SEX IM ALL

EROTISCHE ERZÄHLUNGEN

Erotische Erzählungen von
Isaac Asimov, Robert Silverberg, J. G. Ballard,
Kurt Vonnegut u. a.

herausgegeben von
Jürgen vom Scheidt

GOLDMANN VERLAG

Made in Germany · 3/87 · 1. Auflage
Genehmigte Taschenbuchausgabe

Die Originalausgabe, die 1971 unter dem Titel
»Liebe 2002. erotic science fiction« erschien,
wurde mit Genehmigung des Lizenzgebers gekürzt.
Umschlaggestaltung: Design Team, München
Umschlagillustration: Les Edwards, Agentur Schlück, Garbsen
Druck: Elsnerdruck, Berlin
Verlagsnummer 8643
ST / Herstellung: Peter Papenbrok
ISBN 3-442-08643-4

Inhalt

Phase I: Außerirdische Visionen

Phase II: Willkommen im Irrgarten

Phase III: Hölle und Paradies

* *Die Entstehungsgeschichte dieser Erzählung findet sich im Nachwort auf Seite 279*

Phase I: Ausserirdische Visionen

Alain Dorémieux

Vana

Slovic war fünfundzwanzig Jahre alt, als er beschloß, eine Vana zu erwerben.

Slovic wohnte in Neu-Paris im Villenviertel von Meudon. Seine Wohnung lag im siebenundzwanzigsten Stock eines Wohnblocks von mittlerem Ansehen. Dort verbrachte Slovic friedliche Tage. Er erfüllte seine Bürgerpflichten, indem er täglich die obligatorischen zwei Arbeitsstunden absolvierte. Die übrige Zeit war seinen Freizeitbeschäftigungen gewidmet.

Slovic war ruhig und sensibel. Er liebte es, zu Hause Freunde seines Alters zu empfangen, die wie er unverheiratet waren. Miko, sein bester Freund, arbeitete in der gleichen Verwaltung, doch sie trafen sich dort selten, da ihre Arbeitsstunden so gut wie nie in die gleiche Zeit fielen. Miko und Slovic nahmen oft die Mahlzeiten gemeinsam ein.

Die Rechtsprechung untersagte Männern unter dreißig, mit einer Frau zusammenzuleben. Miko meinte, ein Mann müsse die Wartezeit nutzen. Er genoß Vergnügungen aller Art. Slovic hatte einen einfacheren Geschmack. Manchmal bedauerte er, nicht in der Vergangenheit zu leben, im zwanzigsten Jahrhundert, wo, wie man sagte, ein junger Mann schon kurz nach der Pubertät eine Familie gründen durfte. Doch damals war die Erde noch nicht übervölkert.

Das katastrophale Anwachsen der menschlichen Geburtenrate hatte zu der Verordnung geführt, die gegenwärtig in Kraft war.
Miko machte sich über Slovic lustig, als dieser gestand, daß es ihm nicht mißfallen würde, wenn eine Frau sein Leben teilte. Er lachte und sagte, Slovic sei ein großes Kind und wisse nicht, wovon er rede. Und er veranlaßte ihn, mit zum Frauenhaus in der Reservierten Zone zu gehen. Dort würde er das beste Mittel finden, um seine verrückten Ideen zu vergessen.
Slovic begleitete Miko. Aber an manchen Tagen kam es vor, daß er keine Lust hatte, ihn zu sehen. Dann verkroch er sich in seiner Wohnung, meist im Harmonieraum, wo der Akustikapparat durch große, in die Wand eingelassene Lautsprecher Musik ausstrahlte.
Slovic hatte Neigungen, die seine Freunde als rückständig ansahen. Er mochte die Musik seiner Zeit mit ihrer subtilen Verbindung komplexer Tonelemente nicht. Er bevorzugte die derbere Sprache der Komponisten aus der Mitte des zwanzigsten Jahrhunderts: Gerry Mulligan, John Lewis, Horace Silver, Thelonius Monk, die Vorfahren des gegenwärtigen musikalischen Ausdrucks. Zu enormen Preisen sammelte er die äußerst seltenen und abgenutzten Aufnahmen ihrer Werke.
Zu anderen Zeiten, wenn er nicht in der Stimmung war, Musik zu hören, nahm er seinen turbinengetriebenen Wagen und machte eine Spazierfahrt ans Meer. Er benutzte das oberste Band der mehrstöckigen Autobahn, das am wenigsten verstopft war. Die Geschwindigkeit vermittelte ihm ein Gefühl exaltierter Trunkenheit. Er glaubte, intensiver zu leben. Dann sagte er sich, daß er die Gesellschaft von seinesgleichen haßte.
Aber das war nur ein flüchtiges Gefühl. Sobald Slovic wieder mit Miko oder seinen anderen Freunden zusammen war, begriff er nicht mehr, wie er auf solche Gedan-

ken hatte kommen können. Im übrigen sprach er nicht davon. Er hatte Angst, die anderen könnten ihn mit einer Mischung aus Neugier und Abscheu betrachten. Und es wäre das Gerücht entstanden, er sei des Verbrechens des Individualismus schuldig; man hatte Leute schon aus weniger triftigen Gründen eingesperrt.

So war Slovics Leben geteilt zwischen seiner Arbeit, der Musik, dem Wagen und der Zeit, die er mit Miko oder seinen anderen Freunden verbrachte, den Besuchen im Frauenhaus oder manchmal im Spielpalast. Slovic dachte nicht darüber nach, ob er glücklich oder unglücklich war. Diese Antithese existierte nur in den Büchern über die Vergangenheit. Jetzt war niemand mehr »unglücklich«. Und das Wort »Glück« war heutzutage eine altmodische Wendung. Das Synonym dafür lautete »Wohlbefinden«.

Und doch empfand Slovic gelegentlich ein Gefühl des Unbehagens, als wünsche er sich etwas, das er nicht erreichen konnte. Er wußte nicht, was es war, und im übrigen machte er sich keine Gedanken über dieses Gefühl. Nichts fehlte ihm; wie jedermann hatte er alles, was er zum Leben brauchte. Was ihm fehlte, war keine Frau, denn im Haus in der Reservierten Zone konnte er jede Frau finden, die er wünschte. Was das Zusammenleben mit einer von ihnen betraf, so hatte Miko recht: Es war kein Grund zum Neid, sondern eine kindische Utopie.

Wären die Vanas nicht gewesen, hätte Slovic auf unabsehbare Zeit so weitergelebt. Es war Miko, der ihm zum erstenmal von den Vanas erzählte. Zwar hatte Slovic schon von ihrer Existenz gehört, doch er hatte dieser Tatsache nicht mehr als zerstreute Aufmerksamkeit geschenkt. Er interessierte sich wenig für Tagesereignisse; er war der Ansicht, daß es nie etwas wirklich Neues gab.

Die Vanas waren eine der neuesten in der Galaxis entdeckten Lebensformen. Eine Expedition hatte einige Exemplare von einem erdähnlichen Planeten im Orion-

System mitgebracht. Die Gerüchte, die über die Vanas kursierten, hatten einige reiche Sammler veranlaßt, diese Lebewesen zu kaufen. In der Folge hatten sich die Gerüchte noch verdichtet.

Der Import außerirdischer Lebensformen war durch mehrere Klauseln geregelt. Entsprechende Untersuchungen mußten beweisen, daß es sich nicht um eine intelligente Rasse handelte und daß die Rasse keine schädlichen Keime einschleppte. Die Vanas hatten beiden Bedingungen entsprochen. Also waren regelmäßige Flüge zu ihrem Heimatplaneten eingerichtet worden; die Nachfrage nach ihnen hatte begonnen, den Markt zu überschwemmen, und der Handel mit Vanas war ein gutes Geschäft.

Die Merkmale der Vanas waren zu Anfang mehr oder weniger geheimgehalten worden, und zweifellos hatte Slovic deshalb keine Gelegenheit gehabt, sich dafür zu interessieren. In der Öffentlichkeit war nur bekannt, daß sie humanoide Geschöpfe waren, allerdings nicht intelligent. Doch diese partielle Unkenntnis dauerte nicht lange. Die Wahrheit über die Vanas, die zunächst nur hinter vorgehaltener Hand kursierte, wurde schließlich allgemein bekannt. Slovic erfuhr sie durch Miko.

Miko plante, selbst eines dieser Geschöpfe zu kaufen. Er zeigte Slovic eine dreidimensionale Fotografie, die ihm ein Freund mit einem guten Posten bei einer galaktischen Importgesellschaft besorgt hatte. Slovic sah sich das Foto an und wußte, warum man solchen Lärm um die Vanas machte. Er hatte eine Frau vor sich, oder vielmehr das perfekte Abbild einer menschlichen Frau, und dieses Frauenbild war merkwürdig schön.

Slovic sah Miko, dessen Augen glänzten, fragend an. Miko erzählte ihm, was sein Freund ihm erklärt hatte: Die Vanas waren Tiere, hochentwickelt zwar, aber dennoch Tiere, die weder Intelligenz noch eine Sprache besaßen, doch das gleiche Aussehen und – wie Miko betonte – die gleichen Funktionen hatten wie menschliche Frauen. Die Biologen der Expedition, die sie entdeckten, hatten ihre Rasse studiert. Diese weiblichen Geschöpfe pflanzten sich durch Parthenogenese fort. Männliche Individuen waren nicht entdeckt worden. Der Name, den man ihnen gegeben hatte, war von ihrem Ruf abgeleitet, einem sanften und rhythmischen Laut, der an die beiden Silben *va-na* erinnerte.

Das Leben der Vanas war müßig und vegetativ. Die Anwesenheit der Menschen von der ersten Expedition hatte sie nicht verscheuchen können. Mitglieder der Besatzung hatten sich unter die Geschöpfe gemischt. Einer von ihnen war als erster der Verlockung erlegen, die später noch viele Terraner empfinden sollten. So hatten die Männer erfahren, daß die Vanas sich zur Liebe eigneten.

Nachdem die ersten Exemplare auf die Erde gebracht worden waren, stellte man fest, daß die Vanas sich schnell akklimatisierten. Ihre Nahrung war fast ausschließlich pflanzlich. Die Hydroponik-Kulturen der Erde produzierten Pflanzen, die denen ihrer natürlichen Umgebung ähnlich waren. Es stellte sich heraus, daß die Vanas davon ausgezeichnet leben konnten.

Die Geschöpfe ließen sich ebenso leicht zähmen wie ein Hund oder eine Katze, und sie waren jeder Laune ihres Herrn gehorsam. Sie begannen rasch, gewisse Exzesse hervorzurufen. In Nordamerika lösten sie eine neue Welle von Puritanismus aus, der sich gegen sie richtete. Die Zensoren zitierten Fälle von Männern, die mit zwei oder drei Vanas gleichzeitig zusammenlebten und sie schmählichen Praktiken unterzogen; man raunte sich zu, Vanas seien an Mißhandlungen zugrunde gegangen, die ihnen von brutalen, sadistischen Besitzern zugefügt worden waren. Die Kommission für Öffentliche Moral und die Gesellschaft zum Schutz der Galaktischen Tiere begannen gleichzeitig, sich darüber aufzuregen.

In Europa, wo es erst seit kurzem Vanas gab, stellten sie noch kein Problem dar. Die Regierung, die einen Mann unter dreißig für das Zusammenleben mit einer Frau streng bestraft hätte, gestand demselben Mann das Recht zu, mit einer Vana zu leben. In Europa stand die Übervölkerung im Vordergrund aller Sorgen. Dieses Problem spielte aber hier keine Rolle: Die Verbindungen mit den Vanas blieben nämlich unweigerlich steril.

Miko berichtete Slovic all das und sagte schließlich, er werde seine Vana so bald wie möglich bestellen. Dank seiner Beziehung zu dem Freund bei der Importgesellschaft würde er rasch beliefert werden. Er fragte Slovic, ob dieser die Gelegenheit nutzen wolle, über ihn ebenfalls eine Vana zu bestellen. Slovic wollte schon ablehnen und sagen, das interessiere ihn nicht. Plötzlich fiel sein Blick wieder auf das Foto, das Miko ihm gezeigt hatte. Die Vana war sehr schön. Ohne nachzudenken und fast ohne zu wissen warum, sagte Slovik, er nehme das Angebot an.

Er bekam seine Vana in der folgenden Woche. Sie wurde in einem Spezialkäfig geliefert, der mit einem undurchsichtigen Plastiküberzug bedeckt war. Man vermied es, die Vanas beim Transport den Blicken der Leute auszusetzen. Bei den seltenen Gelegenheiten, wo diese Vorsicht außer acht gelassen worden war, hatten die Vanas Menschenansammlungen verursacht.

Als die Lieferanten fort waren, näherte sich Slovic dem noch zugedeckten Käfig. Mit einer einzigen Bewegung riß er die Plastikplane ab. Dann sah er die Vana. Sie kauerte in einer Ecke des Käfigs und blickte ihn an. Slovic war erstaunt, denn sie war noch schöner, als er sie sich vorgestellt hatte. Sie glich jener, die er auf dem Bild gesehen hatte (alle Vanas ähnelten einander wie Schwestern, hatte

Miko gesagt), aber ihre körperliche Gegenwart war so verführerisch, daß kein Foto sie wiedergeben konnte.
Dann fielen Slovic zwei Dinge auf: die Farbe der Vana und ihr Geruch. Miko hatte ihm nicht gesagt, daß die Haut der Vanas anders war als menschliche Haut (vielleicht wußte er es selbst nicht). Das war in der Tat der einzige Punkt, in dem sie sich von der menschlichen Rasse zu unterscheiden schienen. Diese Haut, glatt und glänzend wie eine Tierhaut, war blaß safranfarben mit goldenen Reflexen. Der sehr ausgeprägte Geruch des Geschöpfes erinnerte an Moschus.
Slovic öffnete die Käfigtür. Die Lieferanten hatten ihm gesagt, er brauche nichts zu befürchten, die Vana sei, wie alle ihre Artgenossinnen, vollkommen harmlos, selbst wenn sie auf den ersten Blick etwas wild erscheine. Er streckte die Hand nach ihr aus, und sie ließ sich streicheln, ohne sich zu rühren. Ihre glänzende Haut fühlte sich seltsam weich und lau an. Er spürte, daß unter dieser Haut ein dumpfes Leben pulsierte und Schauer bis an die Oberfläche schickte. Es war ein unendlich verwirrender Kontakt. Bei einer irdischen Frau hatte er noch nie etwas Ähnliches empfunden.
Die Vana sah ihn immer noch an. Zum erstenmal blickte Slovic in ihre Augen und bekam einen Schock. Die Augen des Geschöpfes waren von einem äußerst blassen Türkis, die Iris riesengroß; ihr feuchter Blick schien den seinen absorbieren und verdünnen zu wollen. Doch eine noch seltsamere Wirkung ging davon aus, daß diesem Blick jeder menschliche Ausdruck fehlte. Er verriet weder Freude noch Furcht noch Schmerz. Er schien leer.
Slovic ließ die Käfigtür offen, und nach einigen Minuten stand die Vana auf und kam heraus. Sie war klein; ihre Füße und Hände waren zierlich, ihre Gelenke schmal. Ihr nackter Körper glich bis auf die fehlende Schambehaarung dem einer menschlichen Frau. Doch ihr Gesicht war von

etwas umgeben, das mehr nach goldenem Pelz als nach Haar aussah. Ihre Formen waren harmonisch und makellos, mit einem deutlichen Kontrast zwischen ihren gewölbten Hüften und der schlanken Taille. Die Brüste, hoch und aufrecht, wirkten im Vergleich zu dem übrigen Körper sehr entwickelt; die Brustwarzen waren bräunlich gefärbt. Und schließlich war da das Gesicht der Vana. Ein dreieckiges Gesicht mit den großen, feuchten, türkisfarbenen Augen, von animalischer Grazie und seltsamem Charme. Der kleine Kopf erhob sich über einem langen, schlanken Hals und erinnerte an eine Blume auf ihrem Stengel. Das Geschöpf hatte den Kopf zur Seite geneigt, wie in Erwartung, und betrachtete Slovic. Seine Haltung schien nach Zärtlichkeit zu verlangen. Alles an der Vana war anziehend. Slovic begriff, warum man sich auf der ganzen Erde um die Vanas riß.

Die Vana gewöhnte sich schnell an Slovic. Er nannte sie Sylve und begann, sie zu zähmen, indem er ihr zu essen gab. In einem Spezialgeschäft für Vanas hatte er die beste Nahrung gekauft. Nach dem Essen dankte sie ihm, indem sie zu ihm kam und ihre Wange an ihm rieb. Slovic streichelte sie mit der Hand. Man hatte ihm empfohlen, die Vana anfangs nicht zu erschrecken, sondern sich mit Streicheln zu begnügen. Sehr bald war sie es, die diese Zärtlichkeiten verlangte.

Am Abend des zweiten Tages nahm Slovic Sylve mit in sein Bett. Dann gewöhnte er sich an, es jeden Abend zu tun. Später führte er sie zu der Pritsche, die er für sie in einem leeren Zimmer aufgestellt hatte. Eines Abends war er zu müde, um sie in ihr Bett zu bringen, und so schlief sie bei ihm. Slovic entdeckte, daß es ihm Freude machte, die Nacht mit der Vana zu verbringen. In der Folge ließ er sie mehrmals in seinem Bett übernachten. Wenn er morgens aufwachte, roch er ihren Moschusduft. Er streckte den Arm aus und berührte ihren Körper, der an ihn geschmiegt war. Mit einem leisen Stöhnen erwachte sie ebenfalls. Er zog sie an sich und umarmte ihr warmes, williges Fleisch.

Miko kam zu Besuch. Er war von seiner Vana entzückt. Sie stellte ihn, wie er sagte, vollkommen zufrieden. Er war überrascht und schien schockiert, als Slovic ihm sagte, seine Vana schlafe manchmal bei ihm. Dann faßte er sich wieder. »Du behandelst sie wie eine richtige Frau!« sagte er lachend. Slovic dachte über diese Behauptung nach; er fand sie unpassend. Dennoch hatte Miko gut daran getan, diese Bemerkung zu machen: Er würde von nun an darauf achten, daß er der Vana nicht zu viele Freiheiten zugestand.

Doch nach mehreren einsamen Nächten merkte er mit einem gewissen Erstaunen, daß die Gegenwart Sylves an seiner Seite ihm fehlte. Eines Tages erwachte er im Morgengrauen. Sein Bett kam ihm kalt und leer vor. Er stand auf, um die Vana zu holen. Sie schlief auf ihrer Pritsche, in ihrer Lieblingsstellung zusammengerollt. Mit einem Streicheln weckte er sie auf. Sie hob die Lider und enthüllte ihre feuchten Augen. Er wollte sie veranlassen, aufzustehen und mit in sein Schlafzimmer zu gehen. Doch während sie sich unter seinen Blicken langsam und mit katzenhaften Bewegungen reckte, wollte er sie plötzlich sofort besitzen. Er ließ sich auf die von ihrem Duft durchtränkte Pritsche fallen. Sie öffnete ihm ihren Körper, auf dem sich das Licht spiegelte.

Von diesem Tag an ließ er Sylve manchmal bei sich schlafen, manchmal suchte er sie morgens auf ihrer Pritsche auf. Außerdem begann er unmerklich, auch tagsüber ihre Nähe zu suchen. Er ging nie mehr ins Frauenhaus oder in den Spielpalast. Miko wunderte sich, daß ihm so wenig an Zerstreuung lag. Außerdem war er gekränkt, weil Slovic ihn seltener als früher in seine Wohnung einlud.

Miko war immer noch mit seiner Vana zufrieden und lieh sie manchmal an Freunde aus, denen er den Schlüssel zu seiner Wohnung überließ. Eines Tages fragte er Slovic, ob er nicht für einen Abend dessen Vana haben könne: Seine eigene war schon an einen Freund vergeben, und ein anderer Freund wartete auf den gleichen Dienst. Slovic weigerte sich empört, und Miko war verblüfft. Schweigen breitete sich aus, dann sagte Miko mit angewiderter Stimme:

»Slovic, du bist in dieses Tier *verliebt*!«

Slovic fuhr auf und sah ihn an. Miko betrachtete ihn mit Abscheu. Mit tonloser Stimme, ohne auf seine Worte zu achten, sagte Slovic:

»Ich verbiete dir, sie als Tier zu bezeichnen.«

Miko antwortete nur: »Du bist verrückt geworden.«

Dann ging er und warf die Tür hinter sich zu. Slovic war blaß geworden. Er ging zu Sylve und nahm sie in die Arme. Während er ihr üppiges, goldenes Haar streichelte, sagte er immer wieder: »Du bist kein Tier. Du bist kein Tier.« Sylve rieb ihre Wange an ihm wie am ersten Tag, als er ihr zu essen gegeben hatte. Sie rief leise: *»Va-na.«* Slovic stellte sich vor, daß sie diesen Laut von sich gab, wenn sie sich wohlfühlte.

Von da an teilte Sylve Slovics Leben. Er nahm sie mit in den Harmonieraum, und sie lag ihm zu Füßen, während er der Musik lauschte, die er liebte. Sie schloß ihre schrägen Augen halb und beobachtete ihn durch den Spalt. Slovic nahm sie auch im Auto mit. Er fuhr, geschützt vor indiskreten Blicken, über die am wenigsten belebten Straßen. Sylve kuschelte sich in den Sitz. Ihr Haar flog im Wind. Slovic brach in lautes Lachen aus und merkte, daß er vorher nicht gewußt hatte, was es bedeutete, so zu lachen. Er hatte den Eindruck, etwas Unbekanntes zu

entdecken; er verstand, daß es vielleicht das war, was er früher gesucht hatte.
Eines Tages nahm er Sylve mit ans Meer an einen einsamen Strand. Er wußte nicht, wie das Meer auf dem Heimatplaneten der Vanas war, aber Sylve wirkte fröhlich. Sie schwamm und planschte im Wasser, dann spielte sie im Sand, und ihr beweglicher Körper glänzte in der Sonne. Slovic sagte sich, daß sie zweifellos gelacht hätte, wenn sie dazu fähig gewesen wäre. Dann streckte sie sich neben ihm aus und leckte mit ihrer kleinen, rauhen Zunge seinen Hals. Mit der Hand, deren Fingernägel er regelmäßig schnitt, streichelte sie seinen Körper.
Ein anderes Mal amüsierte er sich damit, sie zu kämmen. Sie wich zurück, als er begann, mit dem Kamm durch ihren rebellischen Schopf zu fahren. Mit sanften Worten und einem Streicheln beruhigte er sie. Da ließ sie ihn gewähren. Er kämmte ihr Haar zurück und band es am Hinterkopf mit einem Band zusammen. Als er sie so im Profil sah, erinnerte sie ihn an ein altes Bild. In seiner Mikrofilmsammlung fand er eine Reproduktion: Es war eines der Porträts der jungen Frau mit dem Pferdeschwanz von Picasso aus dem Jahre 1954, ein geometrisches Profil mit reinen Linien auf hellem Hintergrund. Es erinnerte ihn an kretische Fresken. Slovic war entzückt.
Die Tage vergingen, und er trennte sich nicht mehr von Sylve. Er merkte, daß er begann, sich von der Welt zurückzuziehen, in der er gelebt hatte, und diese Welt zu verwerfen; aber er wußte nicht, wie er dem abhelfen sollte. Seine Freunde gingen ihm aus dem Weg. Man sprach von der verwerflichen Leidenschaft Slovics für seine Vana, von seinem Abgleiten auf eine tierische Stufe. Er war zum Objekt einstimmiger Mißbilligung geworden. Die Leute, die er kannte, wandten den Blick ab, wenn sie ihn trafen. Slovic ging immer seltener aus.
Eines Tages besuchte Miko ihn und redete ihm im Namen

ihrer alten Freundschaft ins Gewissen, beschwor ihn, seine Verirrung aufzugeben. Lächelnd hörte Slovic ihn an. Als Miko geendet hatte, ließ er Sylve kommen, streichelte sie in Gegenwart des Freundes und erklärte:
»Miko, erinnerst du dich, daß ich dir einmal sagte, ich würde gern mit einer Frau leben? Hier ist diese Frau.«
»Du bist verrückt«, rief Miko aus, »du verlierst jeden Maßstab. Sie sind Tiere, Objekte des Vergnügens, nicht mehr. Sie sind noch weniger wert als die Einwohnerinnen des Frauenhauses. Und du wagst zu sagen, daß du eines dieser Geschöpfe *liebst*?«
Slovic war vor Zorn blaß geworden. Er begnügte sich damit, Sylve ohne ein Wort an sich zu drücken und Miko dabei verächtlich anzusehen. Miko gab auf. Er verließ Slovic, nachdem er ihn vor den Konsequenzen seiner Haltung gewarnt hatte. »Die Gesellschaft läßt derart abwegige Verhaltensweisen nicht zu«, sagte er. Als er gegangen war, küßte Slovic Sylve.

Einige Zeit später mußte Slovic wegen Verstoßes gegen das Schamgefühl eine Geldbuße bezahlen. Er war angeklagt, sich öffentlich mit seiner Vana gezeigt zu haben. Zu dieser Zeit begannen sich nach amerikanischem Beispiel auch in Europa Anti-Vana-Ligen zu bilden. An einem anderen Tag wurde Slovic beim Nachhausekommen von haßerfüllten Nachbarn beschimpft und mit Steinen beworfen. Er beschloß, Sylve nicht mehr mit nach draußen zu nehmen.
Sylve teilte jetzt sein Schlafzimmer. Slovic hatte die primitive Pritsche, die er für sie aufgestellt hatte, weggeworfen. Die Vana folgte ihm in der Wohnung überallhin und beobachtete aufmerksam jede seiner Gesten. Slovic liebte es, tief in ihre rätselhaften Augen zu blicken. Manchmal glaubte er darin etwas Ungewöhnliches, Undefinierbares

zu sehen, wie eine Bewegung auf einer glatten Wasserfläche, die vielleicht nur eine flüchtige Manifestation dieses fremdartigen Lebens auf der Erde war.
Slovic wußte jetzt, was das alte Wort »Glück« bedeutete. Er konnte Stunden in Sylves bloßer Gegenwart verbringen, mit ihr spielen oder sie ohne ein Wort beobachten. Er litt nicht darunter, daß er nicht mit ihr sprechen konnte. Ihr Schweigen war ihm sogar angenehm. Morgens badete und frisierte er sie. Abends schlief er ein, während er sie in den Armen hielt und ihren Duft einatmete. Manchmal machte er nachts geräuschlos Licht, um sie schlafen zu sehen.
Einmal wurde Sylve krank, und er dachte, sie würde sterben. Tag und Nacht saß er an ihrem Bett, entwaffnet von dieser unbekannten Krankheit, für die er kein Heilmittel kannte. Sylve befand sich in einem seltsam matten Zustand. Ihre Augen waren glanz- und farblos, und sie hatte nicht die Kraft, sich zu bewegen. Slovic streichelte sie langsam, küßte sie, wie um ihr sein eigenes Leben einzuhauchen. Er hatte den Eindruck, sie sei sein Kind. Sie wurde gesund, ohne daß er wußte wie. Eines Nachts war er eingeschlafen, und als er erwachte, hatte sie sich an ihn geschmiegt; ihr Blick war wieder glänzend, und sie sah ihn einladend an.
Der Sommer kam. Die Stadt war verlassen, die Einwohner hatten sich für die Ferien in alle vier Himmelsrichtungen zerstreut. Die großen Wohnblocks waren still. Durch die weit geöffneten Fenstertüren floß Sonnenschein in die Wohnung. Slovic und Sylve legten sich auf den Boden, um die Sonnenstrahlen zu genießen. Er hatte sich angewöhnt, wie sie nackt zu leben. Bald war sein Körper kupferfarben und paßte gut zu Sylves Teint. Eines Tages, als sie vor einem Spiegel standen, sagte er sich, daß er begann, ihr zu ähneln, daß er ihr gleich wurde.
Im Halbschlaf in der Sonne ausgestreckt, hing Slovic sei-

nen Träumen nach. Er wäre gern fortgegangen, mit Sylve zusammen in ihre Heimat gereist. Dort würden sie ohne jeden Zwang zusammenleben. Slovic wäre weder der Gesellschaft noch sonst jemandem Rechenschaft schuldig. Im Innersten wußte er, daß es nur ein Traum war, aber es gefiel ihm, sich diesem Traum hinzugeben.
Immer stärker hatte er das Gefühl, in einer separaten Welt zu leben, einer Welt, wo er mit Sylve allein war. Das äußere Universum war für ihn in den Hintergrund getreten. Die Stadt, deren geometrische Blocks und abgestufte Terrassen er durch die geöffneten Fenster sah, war durch eine Grenze von ihm getrennt. Sie war nur noch ein Bild ohne Bedeutung. Slovic gehörte nicht mehr zu dieser Stadt und nicht mehr zu diesem Universum.
Manchmal, wenn er sich über die Brüstung der Terrasse beugte, wurde er von einem Schwindelgefühl ergriffen, als würden sich die breiten Straßen fünfzig Meter unter ihm plötzlich zu ihm emporheben. Er zog sich zurück, Schweiß auf der Stirn, nahe daran, das Gleichgewicht zu verlieren. Eine heimtückische Schwäche breitete sich in seinen Gliedern aus. Er mußte sich an eine Wand lehnen, sonst wäre er gefallen. Anfangs kümmerte Slovic sich nicht um diese Symptome, doch nach einigen Wochen mußte er erkennen, daß sie immer häufiger auftraten. Die Schwäche schien seinen ganzen Körper zu erobern, als wolle sie ihn lähmen. Er mußte sich hinlegen. Sylve kam zu ihm und sah verständnislos zu, wie er von einem Unwohlsein ergriffen wurde, das sich in ihm ausbreitete, als werde er in eiskaltes Wasser getaucht.
Eines Morgens fühlte er sich noch schlechter und stand nicht auf. Um sich zu zerstreuen, stellte er das Fernsehgerät in sein Schlafzimmer. Er hatte sich schon lange nicht mehr dafür interessiert, sondern sich nur mit Sylve beschäftigt. Von seinem Bett aus sah er auf dem Bildschirm die Nachrichten aus aller Welt; er tat das zum erstenmal,

seit er sich ganz zurückgezogen hatte. Und so erfuhr er die Wahrheit, die die ganze Erde schon kannte.
Reglos sah er die aufeinanderfolgenden Bilder und hörte die Stimme des Sprechers. Die Vanas hatten den Tod auf die Erde gebracht, sagte die Stimme in dramatischem Ton. Die Wissenschaftler waren unruhig geworden, als die allerersten Besitzer von Vanas Opfer einer fremdartigen Krankheit wurden, der sie bald erlagen. Danach starben nach und nach alle Besitzer von Vanas. Die Geschöpfe waren Träger eines Virus, dessen Existenz den Experten bei der biologischen Kontrolle entgangen war. Auf lange Sicht war dieser Virus für Menschen tödlich.
Auf dem Bildschirm erschienen unter dem Mikroskop aufgenommene Fotos von dem Virus, den man endlich hatte isolieren können. Der Sprecher setzte seinen Vortrag fort. Die Vanas übertrugen den tödlichen Keim beim Geschlechtsverkehr auf die Menschen. Jede neue Vereinigung verstärkte die Ansteckung. Diese Ansteckung erfolgte durch ein heimtückisches Gift, das unerbittlich den Organismus durchdrang und ihn nach und nach zerstörte. Doch die Wissenschaftler hatten ein Mittel gefunden, der Krankheit Einhalt zu gebieten.
Die Epidemie war zuerst in Amerika aufgetreten, wo man die ersten Vanas importiert hatte. Doch jetzt breitete sie sich auch in Europa aus, die ersten Todesopfer waren bereits gemeldet. Alle Besitzer von Vanas sollten sich also unverzüglich ihrer Tiere entledigen und sie beim Hygiene-Dienst abgeben, der die Vanas reihenweise in Gaskammern tötete. Die Besitzer sollten sich sofort zur Behandlung in Speziallaboratorien begeben, andernfalls könnten die Ärzte keine Verantwortung für ihr Schicksal mehr übernehmen.
Der Sprecher schwieg jetzt. Slovic schaltete über die Fernsteuerung von seinem Bett aus den Apparat ab. Lange blieb er bewegungslos liegen. Sein Gesicht verriet nichts.

Als er aufstehen wollte, schien sich der Boden unter seinen Füßen zu drehen. Noch nie hatte er sich so schwach gefühlt. Beim Gehen mußte er sich an jeder erreichbaren Stütze festhalten. Schweiß lief über seinen Körper.

Sylve schlief auf einem Divan im Nebenzimmer. Slovic näherte sich ihr und betrachtete sie lange. Seine Glieder zitterten, als habe er Fieber. Er beugte sich vor, um Sylves Haut mit den Fingerspitzen zu berühren. Sie erwachte und sah ihn mit ihren sanften, nicht menschlichen Augen an. »Sylve, meine kleine Sylve«, murmelte er. Und legte sich neben sie.

Sie rief leise: *»Va-na.«*

James Gunn

Die gutgebauten Mädchen

In Neosho fing es mit Candy Brown an. Wahrscheinlich hatte es schon einige Jahre früher in größeren Städten begonnen, aber niemand hatte sich etwas dabei gedacht.

Obwohl ich erst zehn Jahre alt war, als Candy mit dem Bus aus Kansas City ankam, wußte ich doch recht gut, daß ein Mädchen mit einer Figur, einem Gesicht und einem Namen wie Candy in einer Kleinstadt wie Neosho in Kansas nichts zu suchen hatte. Sie gehörte nach New York, um für schulterfreie Abendkleider, schwarze Spitzenunterwäsche oder Seifenblasen Modell zu stehen. Aber was immer sie auch anbieten mochte: Ihr eigentliches Geschäft war die Liebe.

Das war das Wort, das zu Candy paßte.

Man sagt, die Frauenschönheit sei der Mode ebenso unterworfen wie die Kleider. Vielleicht hätte mein Urgroßvater Candys Beine zu schlank und ihre Hüften und Brüste zu üppig gefunden, aber die jungen Männer Neoshos konnten sich gar nicht satt sehen und hätten kein Gramm an einen anderen Ort gewünscht.

Die Neuigkeit verbreitete sich in der Stadt noch schneller als damals, als sie auf dem Postamt den Krug Parfüm auf den Boden fallen ließen. Noch ehe Candy zum Hotel kam, war die Empfangshalle gesteckt voll. Die Glücklicheren hatten Stühle ergattert, während die übrigen stehen mußten, als würden sie Ochsen feilhalten.

Ich war der Glücklichste von allen. Mit meinen zehn Jahren konnte ich direkt zu ihr hingehen, ihr langes, blondes Haar, ihre blauen Augen und kirschroten Lippen bewundern, konnte ihren Duft einatmen ... Sie duftete wie frisches Heu, in dem man herumtollt.

Die Leute, vor allem die Frauen, redeten über sie. Einige sagten, sie sei verheiratet, und es wäre sinnlos, um sie herumzuschnüffeln, denn ihr Mann würde sie begleiten. Andere erklärten, sie sei nicht verheiratet, stünde aber kurz davor. Ein Teil der Leute hielt sie für eine Witwe, und zuletzt meinten einige, sie wüßten sehr wohl, was sie von ihr zu halten hätten, und der Sheriff müßte dagegen einschreiten, daß dieses Gewerbe in Neosho, und noch dazu in einem Hotel, betrieben werde.

Man nannte sie »Miss'ss« Brown, wobei die Aussprache zwischen »Miß« und »Missis« lag, so wie man eben von Frauen spricht, von denen man noch nicht weiß, ob sie verheiratet sind oder nicht. Ich freilich wußte es vom ersten Tag an. Sie trug keinen Ring an ihrem Finger und hatte mir außerdem versprochen, mich zu heiraten.

Das geschah, nachdem sie sich gerade in das Fremdenbuch des verstörten Marv Kincaid, des Empfangschefs, eingetragen hatte. Marv wandte für einen kurzen Moment seine bewundernden Blicke von ihr ab und las, was sie geschrieben hatte. »Candy«, hauchte er wie eine alte Kuh, die sich zur Nachtruhe niederläßt.

Jetzt war mein Auftritt gekommen: »Miß Candy, wollen Sie mich heiraten?«

Sie blickte auf mich herab und lächelte, und alle jungen Männer in der Empfangshalle seufzten zur gleichen Zeit.

»Wie heißt du?« fragte sie mich mit honigsüßer, samtweicher Stimme.

»Jim«, antwortete ich zaghaft.

»Sicher werde ich dich heiraten, Jim, wenn du dich beeilst und schnell groß wirst.«

Aber sie hielt nicht Wort. Sie heiratete Marv Kincaid, den häßlichsten Mann der ganzen Stadt, und zog sich zurück, um ihm ein schönes Heim zu schaffen. Die Leute von Neosho prophezeiten ein schlimmes Ende. Wahrscheinlich würde sie ihn verlassen oder zum Alkoholiker machen, vielleicht würde man ihn auch bei einem Diebstahl aus der Hotelkasse ertappen oder ihn eines Morgens mit klaffender Kehle im Keller finden.

Doch ich konnte keine besonderen Veränderungen feststellen, außer daß Marv die Abende zu Hause verbrachte, anstatt in den Spielsalons herumzulungern, daß er an einem Fernlehrgang der Universität teilnahm und sich in den Kopf gesetzt hatte, Hoteldirektor zu werden.

Niemand hatte je über Candy zu klagen, am wenigsten Marv selbst. Sie lebte zurückgezogen, war nicht schwatzhaft und flirtete nicht – und ich glaube, das ärgerte die Frauen mehr als alles andere. Außerdem wandten die jungen Männer Neoshos ihre Aufmerksamkeit bald anderen Dingen zu.

Zum Beispiel Tracy. Sie kam kurze Zeit nach Candys Hochzeit an. Tracy und Candy hätten Zwillinge sein können, obwohl Tracy rotes Haar hatte und auch sonst Candy überhaupt nicht ähnlich sah. Wie Candy, so war auch Tracy das Traumweib eines Mannes, mit einer bestrickenden Figur und einem schönen Puppengesicht.

Dr. Winslow bekam sie. Natürlich war er zu jener Zeit noch nicht Dr. Winslow, sondern schlicht und einfach Fred Winslow, und er war keine glänzende Partie. Erst später mauserte er sich und setzte ein Dr. med. vor seinen Namen. Der Doktor betonte bei jeder Gelegenheit, welch große Hilfe Tracy ihm sei.

Ich fragte ihn einmal, wie es gekommen sei, daß Tracy ihn geheiratet habe. Er überlegte einen Augenblick und antwortete dann: »Ich wunderte mich auch darüber – damals allerdings noch nicht. Ich war zu aufgeregt über mein unverhofftes Glück und hatte nur die eine Sorge, es könnte vor der Hochzeit noch etwas schiefgehen. Ich hatte wohl deshalb Erfolg, weil ich als erster soviel Mut aufbrachte, sie darum zu bitten.«

»Hast du je mit ihr darüber gesprochen?«

Er schüttelte den Kopf. »Auch nach fast dreißig Jahren fürchte ich noch, ich könnte eine falsche Antwort bekommen.«

Ich wußte, was er damit sagen wollte. Denn nach Tracy kam Choo-Choo, und nach Choo-Choo kam Kim, und nach Kim kam Dallas, und nach Dallas kam April, und da ich inzwischen achtzehn Jahre alt geworden war, heiratete ich April.

April war eine Blondine wie Candy, mit der gleichen Figur wie Candy. Beide hätten Schwestern sein können. Im Anfang war ich darüber etwas verwirrt und bildete mir ein, ich hätte mich vielleicht wegen dieser Ähnlichkeit in sie verliebt. Aber ich täuschte mich. Bei der ersten Gelegenheit, sie allein anzutreffen, bat ich sie, mich zu heiraten, und sie sagte: »Ja.« April wurde eine vorbildliche Ehefrau, und ich habe kein einziges Mal bereut, sie geheiratet zu haben. Zeigen Sie mir einen anderen Mann, der das ebenfalls behaupten kann.

April hatte alle Eigenschaften, die ein Mann sich wünschen konnte. Sie war gelassen, aber nicht langweilig; leidenschaftlich, aber nicht besitzergreifend, interessiert an meiner Arbeit, aber nicht vorwitzig. Doch was noch wichtiger war: Sie konnte kochen. Mit einem Lächeln stand sie morgens auf, um mir ein gutes Frühstück zu machen. Mittags erwartete sie mich mit einer wohlschmeckenden, aber kalorienarmen Mahlzeit. Und für das Abendessen hatte sie immer eine kleine Überraschung bereit.

Sie stopfte meine Socken und nähte meine abgerissenen Knöpfe an, bügelte meine Hemden und putzte meine Schuhe, und wenn wir ins Bett gingen – nun, in Neosho lassen wir zu dieser Zeit die Gardinen herunter. Sie hielt alles, was ihr Gesicht und ihre Figur versprachen. Und das war mehr als genug für jeden Mann.

Und am Samstag wusch sie das Auto.

Vielleicht ist es anderenorts anders, aber wir in Neosho verlangen nicht mehr von einer Frau.
Die Frauen tratschten. Frauen tratschen immer. »Ich möchte nur wissen, wo die alle herkommen ... Zugegeben, sie fällt auf, aber sie ist kein Tüpfelchen schöner als meine Jane, und ich wette, sie kann nicht so gut kochen wie Jane. Wenn sie schon solche Wunderfrauen sind, warum müssen sie dann bis nach Neosho kommen, um einen Mann zu finden ... Irgend etwas stimmt mit ihnen nicht, ihr werdet noch an mich denken. Eines schönen Tages werdet ihr ein paar todunglückliche Männer herumlaufen sehen.«
Aber die unglücklichen Männer waren diejenigen, die bereits verheiratet waren, ehe Candy mit dem Bus aus Kansas City angekommen war. Den anderen schien es recht gut zu gehen, soweit ich es beurteilen konnte. Nehmen Sie zum Beispiel mich. Ich bekam einen Posten bei der Bank, arbeitete hart und bin nun erster Vizepräsident. Und wenn sich nächstes Jahr der alte Bailey zurückzieht, werde ich Präsident sein.
Jess Hall, der Choo-Choo heiratete, arbeitete sich als Jurist in die Höhe und ist heute der erste Anwalt Neoshos. Lije Simpson, der Kim heiratete, ist Senator der Vereinigten Staaten. Und Byron George, der Dallas heiratete, besitzt eine Reihe von Supermärkten. Ich könnte so fortfahren. Nach April kamen immer wieder neue Mädchen und verheirateten sich. Und all ihren Ehemännern ging es gut. Starb einer von ihnen, dann heiratete seine Witwe wieder, und ihr neuer Ehemann brachte es bald zu etwas.
Irgend etwas verhalf diesen Ehemännern zum Erfolg. Sie hatten den Ehrgeiz und die Ausdauer, härter zu arbeiten als andere Männer. Vielleicht lag der Grund darin, daß sie wußten, was sie zu Hause hatten, ohne sich darüber weiter Gedanken zu machen. So war es bei mir der Fall.

Mir taten nur die Mädchen Neoshos leid. An ihnen war nichts auszusetzen, doch konnten sie der Konkurrenz nicht standhalten. Keines der Mädchen wurde geheiratet. Wer wollte schon ein Mädchen aus Neosho heiraten, wenn er Mädchen wie Candy oder April haben konnte?
Der einzige Schönheitsfehler war ... Nun, das Ganze ereignete sich folgendermaßen.
Der Samstagabend war unser Pokerabend. Wir trafen uns im Hotel; Marv, der Doktor, Jess, By George und ich. Und Lije, wenn er gerade in der Stadt war. An diesem Samstag war er da, denn der Kongreß hatte Ferien.
April erhob kein Gezeter, als ich wegging.
Das tut sie nie.
Aber ich fühlte so etwas wie eine Vorahnung in mir, drehte mich in der Tür noch einmal um und fragte: »Hast du wirklich nichts dagegen, wenn ich dich allein lasse?«
Sie strich mit ihren zarten Händen meinen Hemdenkragen glatt und küßte mich. Sie sah nicht älter aus als vor zwanzig Jahren und schien fast noch schöner geworden zu sein. »Warum sollte ich?« fragte sie. Nicht in spitzem Ton, wie es vielleicht andere Frauen getan hätten, sondern schlicht und gerade. »Sechs Abende der Woche bleibst du bei mir zu Hause. Du verdienst es, dich einen Abend lang mit deinen Freunden zu unterhalten.« Und damit schob sie mich zur Tür hinaus.
Ausgerechnet während ich ein drittes As zu meinen zwei Paaren zog, fing der Doktor an: »Es ist doch seltsam mit uns sechs. Wir sind alle glücklich verheiratete Männer, und doch hat noch keiner von uns ein Kind.«
Lije kicherte: »Vielleicht ist das der Grund, weshalb wir so glücklich verheiratet sind. Die Leute mit Kindern, die ich kenne, sind nervös und gereizt. Alles, jede Kleinigkeit geht ihnen auf die Nerven.«
»Ich wollte sagen«, fuhr der Doktor fort, »daß noch keines der Mädchen ein Kind hat.«

»Das kann nicht wahr sein«, rief By aus, aber uns fiel tatsächlich kein Mädchen ein, das Kinder hatte.
Der Doktor sprach langsam weiter: »Man sieht fast keine kleinen Kinder mehr bei uns.«
»Warum?« fragte Jess unvermittelt.
»In meinen Fall«, entgegnete der Doktor, »ist Tracy unfruchtbar.« Er wirkte gelassen. »Ich wollte Kinder und begann nachzurechnen. Aber als ich merkte –« Er zuckte die Achseln. »Ich sah ein, daß ein Mann nicht alles haben kann.«
»Ich dachte, es liegt an mir«, sagte By.
»Ich auch«, stimmte Marv bei. »Es schien mir unmöglich, daß Candy –«
Wir nickten alle. Es schien wirklich unmöglich. Wir saßen eine Minute stumm da, und ich vergaß fast mein Bombenblatt.
»Und –?« fragte ich.
»Was und?« entgegnete Marv.
»Die Erklärung dafür.«
»Vielleicht«, sagte der Doktor widerstrebend, »vielleicht sind alle unfruchtbar.«
»Warum?« fragte Jess erneut.
Der Doktor zuckte die Achseln.
Allmählich verdroß mich die Unterhaltung. »Pokern wir weiter.«
Aber Jess ließ sich nicht ablenken. Jess ging allen Dingen auf den Grund. »Woher kamen sie? Habt ihr sie jemals danach gefragt?«
»Ich hatte nicht den Mut«, bekannte By. »Die Frage könnte Unglück bringen, genauso wie das Zählen der Spielmarken.«
Wir nickten zustimmend. So war es.
Dann meldete sich Marv zu Wort. »Candy kam von Passaic in New Jersey. Es stand auf ihrem Gepäckschein.«

»Auch Choo-Choo kam von Passaic«, sagte Jess und fügte zögernd hinzu: »Ich habe sie gefragt.«
Wir blickten auf ihn mit dem Respekt vernünftiger Feiglinge vor einem Narren, der Mumm genug hat, russisches Roulett zu spielen.
»Wie kamen sie nach Passaic?« fragte By.
»Durch eine Menge schöner Mütter«, entgegnete der Doktor.
Sie haben sicher schon erlebt, wie jemand eine scheinbar gleichgültige Idee abschütteln will und ein anderer sie aufgreift und zu einer neuen und wertvollen Einsicht führt. Nun, Jess war am Ball. »Habt ihr jemals die Mädchen von ihren Familien sprechen hören? Vater, Mutter, Brüder, Schwestern?«
Wir schüttelten alle den Kopf.
Verdammt! Er begann mir die Augen zu öffnen.
Marv konnte nicht länger an sich halten. »Aber wie kamen sie nach Passaic?«
Jess hob die Schultern: »Vielleicht durch eine Fabrik.«
Wir lachten, zum Teil aus Erleichterung. Schließlich war doch alles nur ein Scherz.
»Wo gibt es Fabriken, die ihre Erzeugnisse verschenken«, rief By aus.
»Wohl noch nichts von Ratenzahlungen gehört?« fragte Jess und kniff seine Augen zusammen. »Führst du genau Buch über jeden Penny, den du Dallas gibst? Oder gibst du ihr, so wie ich, heute fünf, morgen zehn Dollar? Zwanzig Dollar wöchentlich, und das für den Rest deines Lebens. Vielleicht noch mehr. Sie können dich jede Summe bezahlen lassen.«
By zuckte unwillig mit den Achseln. »Wir können es uns leisten. Und außerdem, wenn es nicht für Dallas wäre, würde ich nicht soviel springen lassen, das schwör' ich euch. Eine gute Frau ist das wert, was man für sie ausgibt.«

»Vielleicht hast du recht«, entgegnete der Doktor. »Aber können wir uns die andere Sache leisten? Die Unfruchtbarkeit? Gewiß, als Einzelperson. Aber als Stadt? Als Nation? Als Rasse?« Er blickte uns nachdenklich an. »Es spielt keine Rolle, wenn es keine Winslows mehr gibt. Aber Neosho stirbt aus, die Vereinigten Staaten sterben aus. Die Geburtenrate sinkt. Die Fachleute erklären zwar, das sei ein natürlicher Rückgang nach den abnormal hohen Geburtsraten der vierziger und fünfziger Jahre, aber vergleicht den Anteil der Passaic-Mädchen in Neosho mit den sinkenden Geburtszahlen, und ich wette, das eine paßt zum anderen wie Tracy in ihren Badeanzug.«
»Aber das ist doch verrückt!« widersprach Marv. »Ein Unternehmen kann nicht den eigenen Absatzmarkt vernichten.«
»Das kann es wohl«, mischte sich Jess ein, »wenn darin sein Geschäft besteht.«
»Die Roten?« By dachte einen Augenblick nach. »Nein! Mit denen haben wir seit Gottweißwielange keinen Kummer mehr gehabt. Die haben ihre eigenen Probleme.«
»Und eines davon ist das gleiche, das wir haben«, ergänzte der Doktor grimmig. »Die sinkende Geburtsrate.«
»Außerdem«, sagte ich, um die erhitzten Gemüter etwas zu beruhigen, »außerdem hätte die Staatssicherheitsbehörde längst alles, was wir hier nur vermuten, aufgedeckt.«
»Genauso ist es«, bemerkte Jess trocken.
»Was willst du damit sagen?« fragte Marv beunruhigt.
»Er will sagen, daß das Ganze vielleicht ein Plan unserer eigenen Regierung ist, um die Geburtenzahlen zu senken«, sagte der Doktor langsam.
Jess schüttelte den Kopf. »Das wäre zu drastisch. Scheint mir eher etwas Fortdauerndes zu sein. Ich wette, daß in den letzten zwanzig Jahren in Neosho nur Passaic-Mäd-

chen geheiratet wurden. Und ich glaube nicht, daß während der letzten fünf Jahre hier ein Kind geboren wurde – mit Ausnahme der McDaniels, und da war sie fast vierzig.«

By blickte Jess scharf an. »Meinst du das alles wirklich im Ernst?«

Jess zerknitterte ein Taschentuch zwischen seinen feuchten Händen. »Ich habe Angst.« Und seiner Stimme nach zu schließen, hatte er das wirklich.

Marv sagte mit dünner, nervöser Stimme: »Du erschreckst uns alle. Sprich weiter. Du kannst jetzt nicht aufhören. Ich werde ohnedies nicht schlafen können.«

Jess schluckte kräftig und sagte: »Scheint mir, als wollte jemand die Menschen – aussterben lassen.«

»Aber wie wollen sie das anstellen?« fragte Marv in weinerlichem Ton.

Der Doktor antwortete für Jess. »Habt ihr schon jemals vom Bieswurm gehört?« Wir schüttelten alle den Kopf. »Natürlich nicht. Diese Larven sind jetzt ausgestorben. Aber früher verursachten sie in warmen Gegenden eine gefährliche Rinderkrankheit. Die erwachsenen Weibchen, die wie gewöhnliche Fliegen aussahen, legten ihre Eier in Wunden und Abschürfungen in der Haut der Rinder. Und nachdem die Larven ausgekrochen waren, bohrten sie sich in das Fleisch hinein und fraßen manchmal die armen Tiere bei lebendigem Leibe auf.«

»Was hat ein ausgestorbener Bieswurm mit unserem Fall zu tun?« fragte Marv ungeduldig.

Jess hielt einen Augenblick seine Hand in die Höhe, wie er es vor den Geschworenen zu tun pflegte, wenn ein Zeuge im Begriff war, eine entscheidende Aussage zu machen. Dann nickte er dem Doktor zu.

Und der Doktor fuhr fort: »Die Wissenschaft hat den Bieswurm vertilgt. Die Weibchen, so schien es, wurden nur einmal begattet. Die Entomologen züchteten Schwärme von Männchen, sterilisierten sie mit Gammastrahlen und ließen sie ausfliegen. Für den Rest ihres Lebens legten die Weibchen nur noch unfruchtbare Eier, und der Bieswurm war ausgetilgt.«

»Aber ich sehe keine –« begann Marv von neuem.

Jess schnitt ihm das Wort ab. »Anstatt die Männchen zu sterilisieren, sterilisiert irgend jemand die Weibchen und macht sie so schön, daß alle nur sie heiraten wollen. Betrachtet es einmal von dieser Seite: Der väterliche Instinkt ist ein ererbter Reflex. Er fehlt so gut wie ganz vor der Ehe. Für jeden Junggesellen sind die Kinder eines anderen eine Pest. Doch dann heiratet er. Wenn er Kinder will, dann nur deshalb, weil er es für natürlich hält – nicht etwa, weil er Kinder braucht.«

Der Doktor stimmte ihm widerstrebend zu, und wir schlossen uns an.

Jess machte eine weite Armbewegung. »Demnach sollen wir vernichtet werden.«

»Von wem?« fragte ich.

»Vor etwa dreißig Jahren«, sagte Jess, »in den Fünfzigern, schworen viele Menschen darauf, sie hätten Fliegende Untertassen am Himmel gesehen. In den letzten zwanzig Jahren verstummte das Gerede wieder. Ich bin der Meinung, daß irgend jemand – Bewohner des Mars oder eher der Venus oder, was am wahrscheinlichsten wäre, Wesen, die von außerhalb unseres Sonnensystems kommen –, daß irgendwelche Unbekannte in Passaic eine Fabrik errichtet haben. Und eine andere in Leningrad, eine dritte in Nanking, und so weiter. Und nun lassen sie uns allmählich Selbstmord begehen.«

By widersprach: »Warum sollte jemand Interesse daran haben?«

»Weil die Erde innerhalb des Milchstraßensystems ein Planet ist, auf dem es sich recht gut leben läßt«, antwortete Jess. »Fließendes Wasser, gute Luft, Zentralheizung... Aus diesem Grunde errichteten die Außerirdischen hier ihre Fabriken, damit die zum Selbstmord verurteilten Opfer möglichst lange ihre Länder kultivieren. Sie lassen die Zeit für sich arbeiten. In einem Jahrhundert oder schon eher können sie wiederkommen und von der Erde Besitz ergreifen. Bis dahin werden die früheren Bewohner verschwunden sein. Einfach, wirksam und billig. Nicht so blutig wie eine bewaffnete Invasion.«

»Wenn man uns schon vernichten will«, wandte Marv ein, »warum unternimmt dann unsere Regierung nichts dagegen?«

Wir blickten alle auf Lije. Bis jetzt hatte er kaum ein Wort gesagt.

»Angenommen, wir sollen auf diese Weise vernichtet werden«, sagte Lije ruhig, »was könnte die Regierung dagegen unternehmen? Wenn sie dir sagten, Marv, daß Candy eine Invasionswaffe sei, dann würdest du sie entweder auslachen oder du würdest den Kopf verlieren und jemanden wählen, der nicht so ein verdammter Narr ist. Und wenn sie dir sagten, du solltest Candy hergeben? Gute Nacht, Washington.«

»Gut, aber sicher –« protestierte Marv energisch.

»Und noch etwas anderes«, fuhr Lije fort. »Nehmen wir an, die Regierung würde jener Fabrik in Passaic verbieten, weiterhin Mädchen wie Candy, Kim, Choo-Choo, Dallas, April und Tracy auf den Markt zu bringen – und das käme fast einem Sakrileg gleich –, dann stehen die Chancen neunundneunzig zu eins, daß irgend jemand oder irgend etwas eine Warnung ins Weltall senden würde: Plan Nummer eins fehlgeschlagen, startet Plan Nummer zwei. Und Nummer zwei wäre vielleicht die blutige Art. Ich möchte mich nicht mit irgendwelchen Lebewesen anlegen, die genügend wissenschaftliche Erfahrung haben, um eine Frau zu schaffen – und, bei Gott, sie sind Frauen,

mit Ausnahme der Babys! – und die so viel über mich wissen, um mir eine Frau wie Kim zu verpassen.«
Wir saßen da, wußten keine Einwände mehr und versuchten, uns mit den neuen Gedanken vertraut zu machen. Wir waren von ihrer Richtigkeit überzeugt, konnten aber noch nicht die Konsequenzen übersehen.
»Warte einen Augenblick, Lije«, sagte By. »Du hast immer nur in Annahmen gesprochen.«
»Das sollte ich tun«, entgegnete Lije, »aber es ist die reine Wahrheit. Vielleicht hätte ich es euch nicht sagen sollen, aber die Regierung beschäftigt sich schon seit Jahren mit diesem Problem. Vielleicht fällt euch Burschen ein Ausweg ein. Wir finden keinen. Wenn etwas davon durchsickert, könnte es eine Panik auslösen, die es den Außerirdischen ersparen würde, ein ganzes Jahrhundert zu warten.«
Plötzlich brach Marv los: »Ich gebe Candy nicht her. Mir ist es gleich, wer sie ist. Keine andere Frau könnte mir mehr bieten. Und jeder, der versuchen sollte, sie mir wegzunehmen, müßte mit Waffen und Spießgesellen kommen.«
»Ich glaube, wir können es dir nachempfinden, denn wir sind in der gleichen Lage«, sagte Jess, und wir nickten. »Trotzdem müssen wir ein notwendiges Opfer bringen. Wie ich es sehe, sind wir jetzt Soldaten, und Soldaten müssen Härte ertragen können.«
Wir nickten grimmig. Und ich hatte keine Gelegenheit mehr, meine Asse auszuspielen.

Nun, wir haben es geschafft. Und wenn die Venusbewohner im nächsten Jahrhundert wiederkommen, werden sie eine unangenehme Überraschung erleben.
Unser Leben hat sich etwas verändert. Nehmen Sie zum Beispiel den gestrigen Tag. Ich schloß meine Bank ab – ich bin jetzt Präsident – und ging ein paar Häuserblocks

weiter zu einer kleinen Hütte, um die ein weißer Zaun läuft. In der Tür kamen mir die Kinder entgegengestürzt: Kit, fünf Jahre; Kevin, vier Jahre; Laurie, drei Jahre; Linda, zwei Jahre; und Karl, ein Jahr. Sie fielen über mich her wie Ameisen über einen Brotkrümel, hielten meine Beine fest und rissen an meinen Armen. »Daddy, Daddy, Daddy!« schrien sie alle außer Karl, der noch nicht sprechen kann, aber er klammert sich schon so fest an mich wie die anderen.

Ich schleppte sie von der Haustür weg und fühlte kaum meine vierundvierzig Jahre. Dann löste ich ein Kind nach dem anderen von mir und gab jedem einen Kuß.

»Na«, bemerkte Jane spitz, »hast du dich wieder entschlossen, ein paar Minuten mit deiner Familie zu verbringen?«

Ich murmelte etwas und küßte sie flüchtig auf ihre erhitzte Wange. Sie hatte sich über den Herd gebeugt, um den Kindern das Abendessen zuzubereiten.

»Bist du sicher, daß du soviel Zeit erübrigen kannst?« fragte sie sarkastisch. »Wir wollen niemandem deine Gesellschaft rauben.«

Ohne zu antworten ging ich weiter und setzte mich in meinen Lieblingsstuhl. Es war besser, nicht zu antworten. Jane war schon wieder rund, sie hatte acht schwere Monate hinter sich, und der schwerste kam noch. Aber ich kann Ihnen versichern, daß sie sich freute, mich zu sehen.

»Gott weiß«, fuhr sie mich an, »es ist nicht so, als würden wir dich brauchen. Du kannst gehen, wann es dir paßt.«

»Ja, Liebe«, entgegnete ich, aber ich blieb sitzen.

»Nur weil du unsere Rechnungen bezahlst, glaubst du, uns zu besitzen«, sagte Jane und drohte mir mit dem Löffel. »Schön. Ich will dir einmal sagen –«

Verstehen Sie nun? Die Venusbewohner machten einen großen Fehler. Sie vergaßen eine grundsätzliche Paarungseigentümlichkeit des Menschengeschlechts: daß die Frau von Natur aus monogam, der Mann aber polygam ist.
Ich ertrage Jane recht gut, finde unser Verhältnis in gewisser Weise sogar erfrischend. Auch sehen wir uns nur an einem Abend in der Woche. Wenn ich genug habe, kann ich aufstehen und fortgehen, wann immer ich Lust dazu habe. Und dann gehe ich nach Hause zu April.

Isaac Asimov

Was man so Liebe nennt

»Aber das sind doch zwei verschiedene Arten«, sagte Kapitän Garm und starrte prüfend die beiden Lebewesen an, die man ihm von dem Planeten dort unten heraufgebracht hatte. Seine optischen Organe stellten sich auf äußerste Schärfe ein und traten dabei weit aus seinem Kopf hervor. Die Farbscheibe darüber leuchtete in schnellen Lichtblitzen.

Botax empfand es als wahre Wohltat, sich endlich wieder in Farben unterhalten zu können, nachdem er lange Monate in einer Spionierzelle auf dem Planeten verbracht und die modulierten Schallwellen zu entschlüsseln versucht hatte, mit denen die Eingeborenen sich verständlich machten. Nun, da er wieder in Farbblitzen sprechen konnte, fühlte er sich fast wie zu Hause, im fernen Perseusarm der Galaxis. »Nicht zwei Arten«, sagte er, »sondern zwei Ausführungen der gleichen Art.«

»Unsinn, sie sehen doch ganz unterschiedlich aus. Leicht persenähnlich, dem Ding sei Dank, und äußerlich nicht so abstoßend wie so viele Abarten. Annehmbare Größe, erkennbare Glieder. Aber keine Farbscheibe. Können sie sprechen?«

»Ja, Kapitän«, Botax verharrte in einer leicht mißbilligenden prismatischen Pause. »Die Einzelheiten stehen in meinem Bericht. Diese Wesen formen in Rachen und Mund Schallwellen, die sich ungefähr anhören wie ein komplizierter Husten. Ich habe es auch gelernt.« Er war stolz. »Es ist sehr schwierig.«

»Muß ja widerlich sein. Nun, das erklärt ihre flachen, festsitzenden Augen. Augen sind weitgehend nutzlos, wenn sie nicht dem Farbsprechen dienen. Doch wie können Sie behaupten, daß es sich hier um ein und dieselbe Art handelt? Das linke ist kleiner und hat längere Taster oder was immer das sein mag, und es scheint auch anders proportioniert zu sein. Es hat Wölbungen, wo das andere keine hat. Sind sie lebendig?«

»Sie sind lebendig, aber im Augenblick nicht bei Bewußtsein, Kapitän. Sie sind psychobehandelt worden, um ihnen die Angst zu nehmen, damit sie sich leichter studieren lassen.«

»Sind sie es überhaupt wert, daß man sie studiert? Wir sind hinter unserem Plan zurück und haben noch mindestens fünf Planeten von weit größerer Bedeutung als diesen hier zu überprüfen und zu erforschen. Eine Zeitstau-Einheit ist teuer, und ich hielte es für vernünftiger, wenn wir sie zurückbrächten und weiter...«

Botax' feuchter, spindeldürrer Körper zitterte vor Erregung. Seine röhrenförmige Zunge schnellte vor, krümmte sich nach oben über seine flache Nase, während seine Augen sich einwärts saugten. Seine gespreizte, dreifingrige Hand machte eine abwehrende Bewegung, und seine Sprache bewegte sich tief im roten Bereich.

»Das Ding möge uns beistehen, Kapitän. Keine Welt kann von größerer Bedeutung für uns sein als diese. Vielleicht sehen wir einer Krise von unbekannter Tragweite entgegen. Bei diesen Wesen kann es sich sehr wohl um die gefährlichste Rasse in der Galaxis handeln, Kapitän, gerade weil es zwei Sorten davon gibt.«

»Ich verstehe Sie nicht.«

»Es war meine Aufgabe, diesen Planeten zu studieren, und sie war äußerst schwierig, denn er ist einmalig. Er ist so einmalig, daß ich seine einzelnen Aspekte kaum zu begreifen vermag. Fast das ganze Leben auf diesem Planeten besteht aus Arten, die in zweierlei Ausführungen vorhanden sind. Sie sind nicht in Worten, nicht einmal in Gedanken zu beschreiben. Ich kann sie nur als erste und als zweite Sorte bezeichnen. In ihren Lauten ausgedrückt heißt der kleine ›Frau‹ und der große ›Mann‹. Die Kreaturen sind sich also selbst dieses Unterschiedes bewußt.«

»Welch abscheuliches Mittel der Verständigung!«

»Und um Junge hervorzubringen, Kapitän, müssen die beiden zusammenarbeiten.«

»Wie?«

»Das herauszubringen war äußerst schwierig. Es ist eine sehr persönliche Sache. Ich habe die verfügbare Literatur durchforscht und keine klare, eindeutige Beschreibung dafür finden können. Aber es war mir möglich, gewisse einleuchtende Schlüsse zu ziehen.«

Garm schüttelte den Kopf. »Lächerlich. Knospen ist der heiligste, geheimste Vorgang des Lebens. In Zehntausenden von Welten ist er gleich. Wie der große Photobarde Levuline sagte: ›Zur Knospenzeit, zur Knospenzeit, zur süßen, berauschenden Knospenzeit, wenn –‹«

»Kapitän, Sie verstehen nicht. Diese Zusammenarbeit der beiden Sorten bewirkt irgendwie eine Mischung und Neuzusammensetzung der Gene. Das ist ein Trick, der in jeder Generation neue Kombinationen von Charaktereigenschaften zur Folge hat. Veränderungen vervielfachen sich; mutierte Gene setzen sich beinahe sofort durch, während bei unserem gewohnten Knospensystem Jahrtausende vergehen können.«

»Wollen Sie mir etwa weismachen, daß die Gene eines Individuums mit denen eines anderen kombiniert werden können? Geht Ihnen denn gar nicht auf, wie vollkommen blödsinnig das ist? Es würde alle Erkenntnisse der zellularen Physiologie über den Haufen werfen.«

»Es muß aber so sein«, erwiderte Botax, der sich unter dem zuckenden Blick des anderen zu winden begann. »Die Entwicklung ist beschleunigt. Dieser Planet ist ein Tummelplatz der Arten. Man schätzt eineinviertel Millionen verschiedene Arten von Kreaturen.«

»Wohl eher eineinviertel Dutzend! Verlassen Sie sich doch nicht vorbehaltlos auf das, was Sie in der Eingeborenen-Literatur gelesen haben.«

»Ich selbst habe Dutzende von eindeutig verschiedenen Arten auf kleinem Raum gesehen. Ich sage Ihnen eins, Kapitän. Wenn man diesen Wesen noch eine kurze Zeitspanne läßt, dann werden sie zu Gehirnen mutieren, die mächtig genug sein werden, um uns einzuholen und die Galaxis zu regieren.«

»Beweisen Sie mir, daß es diese Zusammenarbeit, von der Sie gesprochen haben, tatsächlich gibt, Forscher, und ich werde mir Ihre Behauptungen durch den Kopf gehen lassen. Können Sie es nicht, so weiß ich, daß Ihre Ideen Hirngespinste sind, und werde weiterfliegen.«

»Ich kann es Ihnen beweisen.« Botax' Farbblitze wechselten in ein intensives Gelbgrün. »Die Wesen jener Welt sind auch auf andere Weise einzigartig. Sie sehen Fortschritte voraus, die sie selbst noch nicht gemacht haben: wahrscheinlich eine Folge ihres Glaubens an den schnellen Wechsel, den sie ja unablässig unter Beweis stellen. Sie begeistern sich deshalb an einer Literaturgattung, die sich um die Raumfahrt dreht, die sie aber selbst noch gar nicht entwickelt haben. Ich habe die Benennung für diese Literatur mit ›Science Fiction‹ übersetzt. Ich habe mich bei meiner Lektüre fast ausschließlich auf Science Fiction beschränkt, weil ich mir dachte, daß sie sich selbst und die Gefahr, die sie für uns darstellen, am ehesten in ihren Träumen und Phantasien verraten würden. Und aus der Science Fiction-Literatur habe ich auch die Methode ihrer zwischensortigen Zusammenarbeit abgeleitet.«

»Wie haben Sie das gemacht?«

»Auf jenem Planeten gibt es eine Zeitschrift, die manchmal auch Science Fiction-Geschichten veröffentlicht, jedoch fast ausschließlich den verschiedenen Möglichkeiten der Zusammenarbeit gewidmet ist. Sie spricht nicht völlig frei, was ärgerlich ist, sondern beschränkt sich auf bloße Andeutungen. Ihr Name bedeutet in Farbblitzen ausgedrückt etwa soviel wie ›Spieljunge‹ oder ›Playboy‹. Das dafür verantwortliche Wesen, so vermute ich, interessiert sich einzig und allein für die zwischensortige Zusammenarbeit und sucht immer und überall mit einer systematischen und wissenschaftlichen Hartnäckigkeit danach, der ich meine Achtung nicht versagen kann. Auch in der Science Fiction-Literatur hat er Beispiele für die Zusammenarbeit gefunden, und ich habe mich von dem Material leiten lassen, das mir seine Zeitschrift bot. Aus den Geschichten, die er als Beispiele brachte, habe ich mir den ganzen Vorgang zusammengereimt. Und noch eins, Kapitän: Wenn die Zusammenarbeit hier beendet ist und die Jungen vor Ihren Augen entstanden sein werden, dann beschwöre ich Sie, geben Sie Anweisung, daß von dieser Welt kein Atom mehr übrig bleiben soll.«

»Also gut«, sagte Kapitän Garm müde, »wecken Sie sie auf und tun Sie, was Sie tun müssen, aber schnell.«

Marge Skidmore war sich ihrer Umgebung plötzlich voll bewußt. Deutlich erinnerte sie sich an die Hochbahnhaltestelle im ersten Dämmerlicht. Sie war fast allein gewesen, neben ihr stand nur ein Mann, ein anderer lehnte am entgegengesetzten Ende des Bahnsteigs. Der heranbrausende Zug machte sich gerade als schwaches Rattern in der Ferne bemerkbar.

Dann war da dieser Lichtblitz gewesen, ein trunkener Wirbel, die undeutliche Vision eines spindeldürren, schleimtröpfelnden Wesens, eine rasende Aufwärtsbewegung und jetzt –

»O Gott«, sagte sie schaudernd. »Es ist immer noch da. Und da ist ja noch eins.«

Sie verspürte einen krankhaften Ekel, aber keine Furcht.

Fast war sie stolz auf sich selbst, daß sie sich nicht fürchtete. Der Mann neben ihr, der so still stand wie sie selbst und noch immer seinen verbeulten Filzhut trug, war derselbe, den sie neben sich auf dem Bahnsteig gesehen hatte.

»Sie hat's also auch erwischt?« fragte sie.

Charlie Grimwold fühlte sich schlaff und aufgedunsen. Er versuchte die Hand zu heben, um sein dünnes, widerspenstiges Haar zu glätten, das die Haut seines Schädels nicht mehr ganz bedeckte. Dabei stellte er fest, daß er sie nur gegen einen gummiartigen, aber hartnäckigen Widerstand zu bewegen vermochte. Er ließ die Hand fallen und blickte mürrisch zu der schmalgesichtigen Frau hinüber, die ihn ansah. Er taxierte sie auf Mitte dreißig. Ihr Haar war hübsch, und ihr Kleid saß ausgezeichnet, aber im Augenblick hatte er nur einen einzigen Wunsch, nämlich irgendwo anders zu sein. Er legte nicht den geringsten Wert auf Gesellschaft, nicht einmal auf weibliche.

Er sagte: »Ich weiß nicht, meine Dame. Ich hab' da einfach so auf dem Bahnsteig gestanden.«

»Ich auch.«

»Und dann sehe ich 'nen Blitz. Höre überhaupt nichts. Und hier bin ich. Müssen wohl so kleine Männchen vom Mars oder von der Venus sein.«

Marge nickte bekräftigend. »Glaube ich auch. 'ne Fliegende Untertasse? Haben Sie Angst?«

»Nein. Das ist ja das Komische, wissen Sie. Ich denk' mir, vielleicht dreh' ich gleich durch, sonst müßte ich doch Angst haben.«

»Komisch. Ich hab' nämlich auch keine Angst. O Gott, der eine kommt auf uns zu. Wenn er mich anfaßt, schrei ich. Schauen Sie bloß diese wabbligen Hände an. Und die runzlige Haut, ganz glitschig. Da kommt einem ja der Kaffee hoch.«

Botax näherte sich ihnen behutsam und sagte mit einer halb krächzenden, halb kreischenden Stimme – der bestmöglichen Nachahmung der Eingeborenentöne, deren er fähig war: »Erdenwesen! Ihnen wird nichts geschehen. Aber wir müssen Sie bitten, uns den Gefallen zu tun, zusammenzuarbeiten.«

»He, es spricht!« sagte Charlie. »Was meinen Sie mit ›zusammenarbeiten‹?«

»Ihr beide. Miteinander«, sagte Botax.

»Oh?« Er sah Marge an. »Haben Sie 'ne Ahnung, was er meint, Lady?«

»Nicht den leisesten Schimmer«, antwortete sie von oben herab.

Botax sagte: »Ich meine –«, und er gebrauchte das kurze Wort, das er einmal als Synonym für den Vorgang gehört hatte.

Marge wurde rot und sagte: »Was?« in dem lautesten Schrei, den sie zustande bringen konnte. Sowohl Botax als auch Kapitän Garm legten die Hände über ihre mittleren Partien, um die Hörscheiben zu schützen, die unter den schrillen Tönen schmerzlich erzitterten.

Marge sprach schnell und beinahe unzusammenhängend weiter: »Das ist ja wohl das allerletzte. Ich bin eine verheiratete Frau, Sie, Sie ... Wenn mein Ed hier wäre, der würde Ihnen was anderes erzählen. Und Sie, Sie schlauer Bursche.« Sie drehte sich gegen den gummiartigen Widerstand zu Charlie um. »Wer auch immer Sie sein mögen – wenn Sie sich einbilden ...«

»Oh, Lady, Lady«, sagte Charlie in unbehaglicher Verzweiflung, »es ist ja nicht meine Idee. Ich meine, es liegt mir fern, 'ne Lady aufs Kreuz zu legen. Sie wissen schon, was ich meine. Ich bin auch verheiratet. Habe drei Gören daheim. Hören Sie –«

Kapitän Garm sagte: »Was geht hier vor, Forscher Botax? Diese kakophonischen Laute sind grauenhaft.«

Botax blitzte einen kurzen purpurroten Fleck der Verlegenheit. »Das gehört zu dem komplizierten Ritual. Es ist üblich, daß sie sich zunächst sträuben. Nach dem Anfangsstadium müssen die Häute entfernt werden.«

»Sie müssen gehäutet werden?«

»Nicht wirklich gehäutet. Es sind künstliche Häute, die schmerzlos entfernt werden können und müssen. Besonders bei der kleineren Sorte.«

»Na gut. Sagen Sie ihm, daß es die Häute ablegen soll. Wirklich, Botax, ich finde das sehr unangenehm.«

»Ich glaube, es ist nicht gut, wenn ich der kleineren Ausführung befehle, die Häute auszuziehen. Ich meine, wir sollten das Ritual lieber so echt wie möglich nachvollziehen. Ich habe hier Auszüge aus jenen Weltraumgeschichten, von denen der Mann vom ›Spieljungen‹ so begeistert war. In diesen Geschichten werden die Häute gewaltsam entfernt. Hier ist beispielsweise die Beschreibung eines Zwischenfalles *›bei dem das Kleid des Mädchens übel zugerichtet wurde, als er es ihr fast ganz von ihrem schlanken Körper herunterriß. Für eine Sekunde spürte er die warme Festigkeit ihrer halbentblößten Brüste an seiner Wange –‹* und so weiter. Wie Sie sehen, dient das Herunterreißen, die gewaltsame Entfernung als Anreiz.«

»Brüste?« sagte der Kapitän, »den Blitz kenne ich nicht.«

»Ich habe ihn erfunden, um die Bedeutung annähernd wiederzugeben. Er bezieht sich auf die Wölbungen am oberen Vorderteil der kleineren Ausführung.«

»Aha. Dann sagen Sie dem größeren Wesen also, daß es dem kleineren die Häute herunterreißen soll. Welch widerwärtige Angelegenheit.«

Botax wandte sich an Charlie. »Sir«, sagte er, »reißen Sie dem Mädchen das Kleid fast ganz von seinem schlanken Körper herunter. Ich werde Sie zu diesem Zweck befreien.«

Marges Augen weiteten sich, und sie drehte sich in augenblicklicher Empörung zu Charlie um: »Unterstehen Sie sich! Unterstehen Sie sich, mich anzufassen, Sie Wüstling!«

»Ich?« sagte Charlie klagend. »Es ist doch nicht meine Idee. Meinen Sie vielleicht, ich lauf' durch die Gegend und reiße Frauen die Kleider runter? Hören Sie mal«, sagte er zu Botax, »ich hab' 'ne Frau und drei Kinder. Wenn die rauskriegt, daß ich rumlaufe und Kleider runterreiße, dann kann ich vielleicht was erleben. Wissen Sie, was meine Frau tut, wenn ich 'ner Dame nur nachschaue? Also passen Sie auf, die –«

»Sträubt er sich immer noch?« fragte der Kapitän ungeduldig.

»Offensichtlich«, sagte Botax. »Nun, Sie müssen verstehen, die fremdartige Umgebung mag dieses Stadium der Zusammenarbeit über Gebühr verlängern. Da ich weiß, wie unangenehm Ihnen die Sache ist, werde ich diesen Teil des Rituals selbst übernehmen. In den Raumfahrterzählungen liest man oft, daß ein außerweltliches Wesen diese Aufgabe erfüllt. Hier zum Beispiel.« Und er blätterte in seinen Notizen, bis er die Stelle gefunden hatte. »Hier wird eine ganz abscheuliche Kreatur dieser Art beschrieben. Die Wesen auf diesem Planeten machen sich nämlich höchst alberne Vorstellungen. Sie kommen einfach nicht auf die Idee, daß es auch so schöne Wesen wie uns gibt mit einer so exquisiten Schleimhaut.«

»Weiter! Weiter! Wir können nicht den ganzen Tag damit vergeuden«, sagte der Kapitän.

»Ja, Kapitän. Hier heißt es, daß der Außerirdische *›sich dem Mädchen näherte. Hysterisch schreiend war sie in der Umarmung des Ungeheuers gefangen. Klauen tasteten blind nach ihrem Körper und rissen ihren Rock in Fetzen‹*. Sie sehen, die eingeborene Kreatur schreit vor Erregung, wenn ihre Häute entfernt werden.«

»Dann beeilen Sie sich, Botax, entfernen Sie die Häute.

Aber bitte, verhindern Sie, daß sie schreit. Diese Schallwellen lassen mich am ganzen Körper erzittern.«
Botax wandte sich höflich an Marge: »Erlauben Sie bitte –«
Ein spachtelförmiger Finger machte Anstalten, sich in den Rückenausschnitt ihres Kleides einzuhaken.
Marge wand sich verzweifelt. »Fassen Sie mich nicht an. Fassen Sie mich nicht an! Sie werden es mir noch mit Ihrem Schleim vollmachen. Dieses Kleid hat bei Ohrbachs 24,95 Dollar gekostet! Bleiben Sie mir vom Leib, Sie Ungeheuer. Schau sich einer diese Augen an!« Sie keuchte in der verzweifelten Anstrengung, sich der tastenden außerirdischen Hand zu entziehen. »Ein schleimiges, glotzäugiges Ungeheuer, das ist er. Hören Sie, ich zieh' es selber aus, wenn Sie mich bloß nicht mit Ihrem Schleim beschmutzen.«
Sie machte sich am Reißverschluß zu schaffen und zischte Charlie dabei wütend von der Seite an: »Unterstehn Sie sich hinzuschauen.«
Charlie schloß die Augen und zuckte ergeben mit den Schultern.
Sie stieg aus dem Kleid. »In Ordnung? Zufrieden?«
Kapitän Garms Finger zitterten verzweifelt. »Sind das die Brüste? Warum hat das andere Wesen den Kopf fortgedreht?«
»Abwehr. Abwehr«, sagte Botax. »Übrigens sind die Brüste noch bedeckt. Weitere Häute müssen entfernt werden. Wenn sie entblößt sind, bilden die Brüste einen sehr starken Anreiz. Sie werden immer als Elfenbeinkugeln oder weiße Bälle oder so ähnlich beschrieben. Ich habe Zeichnungen hier, visuelle Umsetzungen, die von den Deckblättern der Raumfahrtmagazine stammen. Wenn Sie sie bitte anschauen wollen, werden Sie feststellen, daß auf jedem von ihnen eine Kreatur mit mehr oder weniger entblößten Brüsten gezeigt wird.«

Der Kapitän blickte nachdenklich von den Illustrationen zu Marge und wieder zurück: »Was ist Elfenbein?«

»Das ist noch so ein Blitz, den ich mir selbst ausgedacht habe. Es ist das Material, aus dem die Stoßzähne eines dieser großen Wesen von niederer Intelligenz bestehen, die es auf jenem Planeten gibt.«

»Aha«, Garm blitzte ein pastellfarbenes Grün der Befriedigung, »das erklärt alles. Dieses kleinere Wesen gehört einer Kriegersekte an, und das sind die Stoßzähne, mit denen es den Feind zerschmettert.«

»Nein, nein. Sie sind ganz weich, soviel ich verstanden habe.«

Botax' kleine braune Hand schnellte in Richtung auf die besagten Gegenstände, und Marge zuckte kreischend zurück.

»Wozu dienen sie dann?«

»Ich glaube«, sagte Botax nach erheblichem Zögern, »man braucht sie, um die Jungen damit zu füttern.«

»Die Jungen essen sie auf?« fragte der Kapitän mit allen Anzeichen tiefer Pein.

»Nicht ganz. Diese Gegenstände produzieren eine Flüssigkeit, von der die Jungen sich ernähren.«

»Sie verzehren eine Flüssigkeit, die von einem lebendigen Wesen stammt? Brrr.« Der Kapitän bedeckte den Kopf mit seinen drei Armen. Er holte zu diesem Zweck den Zusatzarm in der Mitte zu Hilfe, doch er zog ihn so schnell aus der Scheide, daß er Botax fast niedergeschlagen hätte.

»Ein dreiarmiges, schleimiges, glotzäugiges Ungeheuer«, sagte Marge.

»Ehem«, sagte Charlie.

»Heh, Sie, passen Sie bloß auf Ihre Augen auf. Halten Sie sich zurück.«

»Hören Sie, liebe Dame, ich bemühe mich, nicht hinzuschaun.«

Botax näherte sich ihnen wieder. »Madame, würden Sie bitte den Rest ablegen?«
Marge zog sich in das Fesselfeld zurück, so weit sie konnte. »Niemals!«
»Wenn Sie es wünschen, werde ich es entfernen.«
»Rühren Sie mich nicht an! Um Gottes Willen, rühren Sie mich nicht an. Ich ziehe es ja schon aus.« Schwer atmend murmelte sie in sich hinein und blickte dabei erbost zu Charlie hinüber.

»Nichts geschieht«, sagte der Kapitän mit tiefer Befriedigung, »und außerdem scheint dies Exemplar unvollkommen zu sein.«
Für Botax bedeutete dies einen Angriff auf seine eigenen Fähigkeiten. »Ich habe Ihnen zwei makellose Exemplare geliefert. Was paßt Ihnen nicht an dem Wesen?«
»Die Brüste bestehen nicht aus Kugeln oder Bällen. Ich weiß, was Kugeln oder Bälle sind, und auf den Bildern, die Sie mir gezeigt haben, sind sie so dargestellt. Da sind es große Kugeln. Bei diesem Wesen hier sehe ich aber nichts als kleine herabhängende Säcke. Außerdem sind sie zum Teil auch noch farblos.«
»Unsinn«, sagte Botax. »Natürliche Abweichungen müssen Sie schon zugestehen. Ich werde die Kreatur selbst fragen.«
Er wandte sich an Marge: »Madame, sind Ihre Brüste unvollkommen?«
Marges Augen wurden riesengroß, und einige Augenblicke lang rang sie verzweifelt um Fassung. »Wirklich?« brachte sie schließlich heraus. »Vielleicht bin ich keine Gina Lollobrigida oder Anita Ekberg, aber ich bin völlig in Ordnung, danke. O verdammt, wär' mein Ed doch bloß hier.«
Sie blickte Charlie an. »Hören Sie mal, sagen Sie diesem glotzäugigen, schleimigen Ding da, daß ich nicht unterentwickelt bin.«

»Lady«, sagte Charlie sanft, »ich darf doch nicht hinschauen, haben Sie das vergessen?«

»Na, sicher doch, Sie schauen ja nicht hin. Sie haben ganz schön geblinzelt, da können Sie Ihre unverschämten Augen geradesogut aufreißen und sich für 'ne Dame einsetzen, falls Sie auch nur 'nen Funken Ehre im Leib haben, aber das haben Sie ja bestimmt nicht.«

»Also gut«, sagte Charlie und blickte Marge von der Seite an, während sie inzwischen die Gelegenheit benutzte, schnell einzuatmen und sich in die Brust zu werfen. »Ich laß mich zwar nicht gern in so heikle Sachen reinziehen, aber Sie sind schon in Ordnung – glaube ich.«

»Glauben Sie? Sind Sie blind oder was? Ich bin mal zweite bei der Wahl zur Miß Brooklyn gewesen, falls Sie das nicht wissen sollten, und gefehlt hat's bei mir nur in der Hüfte, nicht an –«

Charlie sagte: »Schon gut, schon gut. Sie sind hübsch. Ehrlich.« Er nickte bekräftigend in Botax' Richtung. »Sie sind in Ordnung. Ich bin nicht grad 'n Fachmann, verstehn Sie, aber ich find' sie o.k.«

Marge atmete entspannt aus.

Botax fühlte sich erleichtert. Er wandte sich an Garm. »Die größere Sorte zeigt Interesse, Kapitän. Der Reiz wirkt. Und jetzt zum letzten Schritt.«

»Und der wäre?«

»Dafür gibt es keinen Blitz, Kapitän. Er besteht im wesentlichen darin, daß das eine seinen Eß- und Sprechapparat gegen den entsprechenden Apparat des anderen preßt. Ich habe einen Blitz dafür erfunden, nämlich: Kuß.«

»Nehmen diese Unappetitlichkeiten denn gar kein Ende?« grollte der Kapitän.

»Das ist der Höhepunkt. Es ist immer das gleiche in allen Geschichten: Nachdem die Häute mit Gewalt entfernt worden sind, umklammern sie einander mit ihren Armen und vergehen in brennenden Küssen, um den am häufigsten gebrauchten Satz so annähernd wie möglich zu übersetzen. Hier ein Beispiel, nur das eine, das ich aufs Geratewohl herausgesucht habe: *›Er hielt das Mädchen in seinen Armen, und sein Mund gierte nach ihren Lippen.‹*«

»Vielleicht war ein Wesen im Begriff, das andere zu verschlingen«, sagte der Kapitän.

»Keineswegs«, erwiderte Botax ungeduldig. »Hier geht es um brennende Küsse.«

»Was soll das heißen: brennend? Findet da ein Verbrennungsvorgang statt?«

»Ich glaube, so wörtlich ist das nicht gemeint. Ich nehme an, damit soll ausgedrückt werden, daß die Temperatur steigt. Je höher die Temperatur, so vermute ich, um so erfolgreicher die Produktion der Jungen. Und da die große Sorte nun tatsächlich gereizt ist, braucht sie ihren Mund nur noch gegen den der kleinen zu halten, und schon sind die Jungen da. Ohne diesen letzten Schritt können die Jungen nicht entstehen. Dies ist die Zusammenarbeit, von der ich gesprochen habe.«

»Ist das alles? Nur das?« Die Hände des Kapitäns deuteten eine Bewegung des Sicheinandernäherns an, aber er brachte es nicht über sich, den Gedanken in Blitzen auszudrücken.

»Das ist alles«, sagte Botax. »In keiner der Geschichten, nicht einmal im ›Spieljungen‹, habe ich eine Beschreibung weiterer körperlicher Betätigung in Verbindung mit der Produktion von Jungen finden können. Manchmal kommt nach den Küssen eine Reihe von Zeichen, die aussehen wie kleine Sterne, aber ich vermute, daß sie nichts anderes bedeuten als noch mehr Küsse. Ein Kuß für jeden Stern, je nachdem, wie viele Jungen sie produzieren wollen.«

»Nur einen bitte, und zwar sofort.«

»Gewiß, Kapitän.«

Botax sagte mit feierlichem Nachdruck: »Würden Sie bitte die Dame küssen?«
Charlie sagte: »Hören Sie mal, ich kann mich ja gar nicht rühren.«
»Ich werde Sie natürlich befreien.«
»Die Dame könnte was dagegen haben.«
Marge funkelte ihn böse an. »Darauf können Sie verdammt nochmal Gift nehmen, daß ich was dagegen habe. Bleiben Sie mir bloß vom Leib.«
»Das möchte ich ja gern, liebe Dame, aber was tun die, wenn ich es nicht tue? Ich möchte auf keinen Fall, daß die anfangen, verrückt zu spielen. Wir können ja einfach – Sie wissen schon – nur einfach 'nen Kuß.«
Sie zögerte, da sie einsah, wie recht er mit seiner Warnung hatte. »Einverstanden. Aber kein dummes Zeug. Ich bin nicht so eine, die sich mit jedem hergelaufenen Kerl in den Ecken rumdrückt, damit Sie Bescheid wissen.«
»Weiß ich doch, Lady. Ich kann nichts dafür. Das müssen Sie zugeben.«
Marge murmelte ärgerlich: »Richtig schleimige Ungeheuer. Scheinen sich für so 'ne Art Götter zu halten, so wie die einen hier rumkommandieren. Schleimgötter, jawohl, das sind sie!«
Charlie trat auf sie zu. »Wenn's Ihnen jetzt recht ist, Lady.«
Er machte eine vage Bewegung, als wollte er an seinen Hut tippen. Dann legte er seine Hände unbeholfen auf ihre entblößten Schultern und spitzte die Lippen behutsam zum Kuß.
Marge machte den Kopf so steif, daß sich die Haut in ihrem Nacken in Falten legte. Ihre Lippen trafen sich.
Kapitän Garm blitzte ärgerlich: »Ich spüre keinen Anstieg der Temperatur.« Der Hitzefühler auf seinem Kopf hatte sich zu voller Länge ausgestreckt und blieb zitternd dort oben stehen.

»Ich auch nicht«, sagte Botax einigermaßen ratlos, »aber wir haben es ganz genauso gemacht, wie es in den Raumfahrtgeschichten steht. Ich glaube, er müßte seine Glieder weiter ausstrecken – ah, ja so. Sehen Sie, es klappt.«
Beinahe wie von selbst war Charlies Arm um Marges weichen nackten Körper geglitten. Für einen Augenblick schien es, als wolle Marge ihm nachgeben, doch dann bog sie sich plötzlich zurück gegen das Fesselfeld, das sie noch immer mit beträchtlicher Festigkeit hielt.
»Lassen Sie das.« Die Worte kamen gedämpft, gegen den Druck von Charlies Mund. Sie biß plötzlich zu, und Charlie sprang mit einem wilden Aufschrei zurück, tastete nach seiner Unterlippe und betrachtete dann seine Finger, ob Blut darauf zu sehen sei.
»Was soll denn das nun wieder, werte Dame?« fragte er anklagend.
Sie sagte: »Wir hatten uns auf 'nen Kuß geeinigt und sonst nichts. Was wollten Sie denn da anfangen, he? Sind Sie 'n Playboy oder was? In was für 'ner Gesellschaft befinde ich mich denn hier? Der Playboy und die Schleimgötter, was?«
Kapitän Garm blitzte einen schnellen Wechsel von Blau und Gelb. »Ist es jetzt vollbracht? Wie lange müssen wir warten?«
»Ich glaube, daß es jetzt gleich geschehen muß. Im ganzen Universum wird zur Knospenzeit geknospt. Da brauchen wir nicht lange zu warten.«
»So? Wenn ich an all die ekelhaften Bräuche denke, die Sie mir beschrieben haben, glaube ich nicht, daß ich je wieder knospen werde. Bitte, sehen Sie zu, daß wir das hinter uns bringen.«
»Nur noch einen Augenblick, Kapitän.«
Aber die Augenblicke vergingen, und die Blitze des Kapitäns wechselten allmählich in ein brütendes Orange, während die von Botax beinahe ganz verblaßten.

Botax fragte schließlich zögernd: »Verzeihen Sie, Madame, aber wann wollen Sie denn knospen?«
»Wann ich was will?«
»Junge gebären?«
»Ich habe ein Kind.«
»Ich meine: jetzt Junge gebären.«
»Ich glaube nicht. Ich bin noch nicht so weit, daß ich wieder eins bekommen wollte.«
»Was?« fragte der Kapitän. »Was sagt sie da?«
»Mir scheint«, sagte Botax schwach, »als habe sie im Augenblick nicht die Absicht, Junge zu bekommen.«
Die Farbscheibe des Kapitäns flammte hell auf. »Wissen Sie, was ich glaube, Forscher? Ich glaube, daß Sie eine krankhafte, perverse Phantasie haben. Nichts geschieht mit diesen Wesen. Es gibt keine Zusammenarbeit zwischen ihnen, und keine Jungen werden geboren. Ich glaube, daß es zwei verschiedene Arten sind, und daß Sie ein kindisches Spiel mit mir treiben.«
»Aber, Kapitän –« sagte Botax.
»Ich habe die Nase voll«, sagte Garm. »Sie haben mich verärgert, mir den Magen von innen nach außen gedreht, mich angewidert, angeekelt mit diesem ganzen Knospengerede und mir nur meine Zeit gestohlen. Sie sind bloß auf Schlagzeilen und persönlichen Ruhm aus, und ich werde dafür sorgen, daß Sie sie nicht bekommen. Schaffen Sie mir jetzt diese Wesen vom Hals. Geben Sie dem einen seine Häute zurück und bringen Sie sie wieder dahin, wo Sie sie hergeholt haben. Ich sollte Ihnen die Unkosten für den Zeitstau während dieser ganzen Angelegenheit vom Gehalt abziehen.«
»Aber, Kapitän –«
»Zurück damit, habe ich gesagt. Bringen Sie sie an denselben Ort und in den selben Augenblick zurück. Ich möchte, daß dieser Planet unberührt bleibt, und ich werde dafür sorgen, daß er es bleibt.« Er warf Botax einen

weiteren wütenden Blick zu. »Eine Art, zwei Ausführungen, Brüste, Küsse, Zusammenarbeit, pah – Sie sind ein Spinner, ein Dummkopf dazu und vor allem ein ganz krankes, krankes, krankes Wesen.«
Es gab keine Widerrede mehr. Botax machte sich mit zitternden Gliedern auf, um die Wesen wieder zurückzubringen.

Sie standen an der Hochbahnhaltestelle und blickten wild um sich. Über ihnen lag die Dämmerung, und der herannahende Zug machte sich soeben als ein schwaches Grollen in der Ferne bemerkbar.
Marge sagte zögernd: »Sagen Sie, Mister, ist das wirklich geschehen?« Charlie nickte. »Ich erinnere mich daran.«
Marge sagte: »Das können wir niemandem erzählen.«
»Sicher nicht. Man würde uns für verrückt erklären. Sie verstehen schon, was ich meine?«
»Ja.« Sie rückte ein Stück von ihm ab.
Charlie sagte: »Hören Sie, es tut mir leid, daß Sie in so 'ner Verlegenheit waren. Ich konnte nichts dafür.«
»Ist schon in Ordnung. Ich weiß ja.« Marges Augen untersuchten den hölzernen Bahnsteig zu ihren Füßen. Das Rattern des Zuges wurde jetzt lauter.
»Ich meine, Lady, Sie waren wirklich nicht schlecht. Nein, Sie haben sogar gut ausgesehen, aber es war mir 'n bißchen peinlich, das zu sagen.«
Plötzlich lächelte sie. »Ist schon gut.«
»Wollen Sie vielleicht 'ne Tasse Kaffee mit mir trinken, nur so zur Entspannung? Meine Frau rechnet eigentlich noch gar nicht mit mir.«
»Oh? Nun ja, Ed ist übers Wochenende nicht in der Stadt, und ich habe nur 'ne leere Wohnung, die auf mich wartet. Mein kleiner Sohn ist zu Besuch bei meiner Mutter«, erklärte sie.

»Na sehen Sie. Wir sind ja schon miteinander bekannt gemacht worden.«

»So könnte man sagen.« Sie lachte.

Der Zug fuhr ein, aber sie drehten sich um und stiegen die enge Treppe zur Straße hinunter.

Sie tranken ein paar Cocktails miteinander, und dann konnte Charlie sie schließlich nicht im Dunkeln allein heimgehen lassen, und deshalb begleitete er sie bis vor die Haustür. Marge konnte natürlich nicht anders, als ihn für ein paar Augenblicke hereinzubitten.

Im Raumschiff unternahm der niedergeschlagene Botax inzwischen einen letzten Versuch, seine Thesen zu beweisen. Während Garm das Schiff für die Abfahrt bereitmachte, schaltete Botax hastig den superstrahligen Transparenzschirm an, um einen letzten Blick auf seine beiden Exemplare zu werfen. Er stellte scharf auf Charlie und Marge in ihrer Wohnung ein. Sein Taster erstarrte, und er begann einen schillernden Regenbogen von Farben zu blitzen.

»Kapitän Garm! Kapitän! Schauen Sie nur, was die jetzt machen!«

Doch in diesem Augenblick raste das Schiff aus dem Zeitstau heraus.

Damon Knight

Fachmann vom Antares

»Jeff, bitte nicht! Du tust mir weh.«
»Verdammt, ihr frigiden Weiber macht mich krank!«
Ihr Ton veränderte sich, und er wußte, daß sie weinte.
»Warum hast du mich dann geheiratet?«
»Das frage ich mich manchmal auch. Komm her, Baby...«

Als er am Montag morgen zur Arbeit kam, war ein Antarier da. Jeff blieb an der Tür stehen und musterte ihn. Das Ding war größer als er, sehr schlank, über und über mit goldenem Flaum und Federn bedeckt. Es sah so aus, als könne man es mit einem Rülpser davonpusten.
Der Aufseher winkte ihn zu sich. Fünf oder sechs von den anderen standen mit unbehaglicher Miene herum. »Jeff, das ist Mr. Nellith von der *Antarean Technical Exchange Commission*. Er wird untersuchen, was mit unserem Hyper-Funkgerät los ist. Mr. Nellith, Jeff Gorman, unser Schaltungsexperte.«
»Hallo!« grüßte Jeff mißtrauisch und streckte die Hand aus, zog sie aber gleich wieder zurück. Irgend jemand kicherte. Womit sollte dieses Ding einem, verdammt noch mal, die Hand schütteln? Es hatte dünne, goldene Flügel, die es dicht an den Körper gelegt trug. Wie ein Huhn. Der Kopf war sogar noch vogelähnlicher: großer Schädel, riesige glühende Augen und ein kleines Ding wie ein Schnabel, aber mit weichen Lippen. Als Kleidung trug es eine Art Weste mit Taschen. Soweit Jeff sehen konnte, hatte es aber sonst nichts Männliches an sich.
»Freut mich, Sie kennenzulernen«, lispelte Nellith mit

Zwitscherstimme. »Sie sind Spezialist in Kommunikationsschaltungen? Dann haben wir ja etwas gemeinsam.«

Verdammt will ich sein, wenn wir das haben, dachte Jeff und ließ die Muskeln an Armen und Brustkasten spielen. Alles an ihm war kurz und dick: Hals, Finger, Beine, Rumpf.

Der Aufseher sagte hastig: »Also, Mr. Nellith, das da ist unser Problem.« Er zeigte auf den großen emaillierten Schrank an der einen Wand. Es war ein antarisches Hyper-Funkgerät, eines der ersten, die die Regierung bestellt hatte, als das technische Austausch-Programm begann. Man benutzte sie, um Raumschiffe der Vereinigten Staaten überall dort zu überwachen, wohin sie mit dem neuen antarischen Antrieb flogen. Zwei Jahre lang hatte es großartig funktioniert, nun streikte es.

Jeff war ein T5 und hatte die Schaltpläne studiert. Es wäre seine Aufgabe gewesen, es zu reparieren, aber es gab keine vernünftige Möglichkeit, in dieses verdammte Ding da hineinzukommen. Der Schrank war in horizontale Abschnitte mit schmalen Zwischenräumen eingeteilt. In der Mitte dieser Zwischenräume befanden sich kleine, sieben bis acht Zoll tiefe Zugangslöcher mit nicht einmal einem Zoll Durchmesser, die in die Maschine hinaufliefen. Um einen Funktionsteil herauszunehmen, mußte man mit Gelenkwerkzeugen und Periskop arbeiten – und was, wenn man etwas in die Maschine fallen ließ?

Die anderen folgten dem Antarier hinüber zum Schrank, und nach einer Minute ging Jeff ebenfalls hin.

Nellith bewegte die Flügel, an deren Spitze jetzt etwas zu sehen war, das wie eine kleine Seilrolle wirkte, die sich aber öffnete: Es war ein Tentakel, ungefähr sieben Zoll lang und mit einem Bündel schwächlich aussehender Fäden am Ende, die der Antarier wie Finger benutzte. Er schaltete den Strom ein, drehte am Verstärker und spielte eine Weile an den Knöpfen herum. Dann bündelte er

einen Satz Fäden zusammen und steckte sie in das Zuführungsloch. Der Tentakel schob sich in diesem Loch hoch, immer tiefer. Er pulsierte, als taste der Fremde drinnen herum.
»Sie haben die Schaltung überbelastet«, piepste Nellith.
Alle sahen auf Jeff. Er spürte, wie sein Gesicht dunkelrot anlief. »Na ja, wir mußten doch irgend etwas versuchen, oder? Verdammt, warum baut ihr diese dämlichen Dinger nicht so, daß man da rein kann?«
Der Aufseher erklärte rasch: »Die Antarier bauen jetzt ein anderes Gerät. Bis dahin haben wir einen Wartungsvertrag. Wenn etwas nicht stimmt, schicken sie einen ... hm ... Mann der, der es repariert.« Er hustete. »Was meinen Sie, Mr. Nellith – wird's gehen?«
Das Wesen holte einen Funktionsteil heraus – einen der kleinen antarischen Hyper-Resonatoren – und hielt ihn in den Fäden am Ende seines Tentakels. »Es kann einige Zeit dauern«, sagte er.

»Rate mal, was Nelly heute gemacht hat«, sagte Jeff verdrossen. Er nahm die Krawatte ab und öffnete seinen Kragen.
»Was denn?« erkundigte sich Marge. Sie war, wie immer, adrett und hübsch – das blonde Haar sauber gebürstet, eine Andeutung von Make-up –, aber die blauen Augen blickten stumpf. Sie war um zwei Zoll größer als er, schlank und sehr zart. Vielleicht paßten sie, körperlich und anders, nicht gut zusammen, aber er war trotzdem sehr stolz auf sie. Sie war eine Puppe, bei der sich die anderen Männer vor Verlangen verzehrten, wenn sie sie an seinem Arm sahen. Er hatte sie praktisch von der Schulbank weg geheiratet: Er war der erste Mann in ihrem Leben, und darauf war er ebenfalls stolz.
»Einer von den Kollegen hatte die Nummern von Ersatz-

teilen aufgeschrieben«, berichtete er. »Dann hat er den Zettel verlegt, der Idiot. Nelly nahm den Notizblock, tastete über das darunterliegende Blatt und las die Zahlen davon ab. Dann baten sie ihn, ohne hinzusehen das Datum auf einer Münze zu lesen, und das konnte er auch. Also nahm Andy Wolchak ihn mit zum Essen in den Silver Grill und gewann mit Wetteinsätzen auf ihn zwanzig Dollar. Ein paar von uns wollten nach der Arbeit noch mal hingehen und ganz abräumen, aber das wollte Nelly nicht. Er sagte, er ›sei sich nicht klar darüber gewesen, daß das unehrlich sei‹. Wie findest du das?«

Zu Beginn der zweiten Woche, die der Antarier im Werk verbrachte, stellte ihm das Ministerium ein Zimmer in einem Wohnblock direkt gegenüber von Jeffs Wohnung zur Verfügung. Nur ein Hof lag dazwischen. An jenem Abend gab die Firma eine Party zu seinen Ehren und lud dazu das gesamte Projekt-Personal ein.

Marge unterhielt sich praktisch den ganzen Abend mit Nellith, während Jeff ihr quer durch das Zimmer wütende Blicke zuwarf. Die beiden steckten ununterbrochen die Köpfe zusammen. Wenn sie so nebeneinander standen, ähnelten sie sich sogar irgendwie: beide hochgewachsen und zart, und Marges blondes Haar unterschied sich in der Farbe nicht viel von Nelliths Federn.

»Zum Teufel, worüber habt ihr eigentlich den ganzen Abend gequatscht?« fragte er, als sie nach Hause kamen.

»Er ist interessant; sehr geistig«, antwortete sie. »Er ist schon überall in der Galaxis gewesen und hat die Religionen studiert. Er sagt, unsere Vedanta sei sehr interessant.«

»O Gott!«

Jeff nannte den Antarier »Nelly« – zuerst hinter seinem Rücken, um sich mit den anderen über ihn lustig zu machen, und dann auch, wenn Nellith ihn hören konnte. Zuletzt pflegte er sogar zu sagen: »He, Nelly ... Oh, Verzeihung, ich meine, Mr. Nellith.« Aber der Fremde blieb immer höflich, und Jeff konnte nicht sagen, ob er sich ärgerte oder nicht.
Eines Tages, als sie allein im Raum waren, ging Jeff zu Nellith hinüber und trat ihm absichtlich auf den zerbrechlich aussehenden Fuß, aber der Aufseher kam im falschen Augenblick zurück, und so mußte er sagen, es sei ein Versehen gewesen und es werde nicht wieder vorkommen.
Am nächsten Tag begann er sich bei Nellith mit Falsettstimme anzubiedern, seinen Gang zu loben, seinen schlanken Körper, und tätschelte ihm sogar den flaumigen Kopf. Einmal legte er auch die Hände um Nelliths Taille, um zu beweisen, wie schmal sie war. Ein oder zwei der anderen kicherten.
Und jeden Abend, wenn er vom Pokern oder Kegeln nach Hause kam, war es das gleiche: Marge saß auf dem Dachgarten unter dem kühlen, violetten Himmel, und neben ihr saß Nellith.
»Zum Teufel, worüber *redet* ihr denn die ganze Zeit?«
»Das sagte ich dir doch schon: Religion, Mystik, geistige Fragen und so ...«
»Ach was! Geh doch zum Teufel damit!«

Eines hatte er herausgefunden: Wenn Nellith an den Schaltungen arbeitete und seinen Tentakel tief in das Innere des Schrankes versenkt hatte, dann war er ein regelrechter zerstreuter Professor. Man konnte praktisch alles tun, und er würde es nicht mal bemerken.
Einmal, in der Mittagsstunde, ging Jeff ins Ladenzentrum hinunter und kaufte einen Strandrock, einen Wickelrock

aus weißer Baumwolle mit riesigen gelben und blauen Blumen darauf. Er kaufte ihn in der Kinderabteilung.
Unter der Jacke schmuggelte er das Ding hinein und versteckte es. Nach ungefähr einer Stunde, als alle beschäftigt waren und Nelly wieder im Inneren der Maschine herumtastete, stand er auf und ging auf Zehenspitzen hinüber. Er wand Nellith den Rock um die knochigen Hüften und knöpfte ihn zu. Nellith bemerkte nichts.
Er ging zu seinem Schreibtisch zurück, und als dann einer der Kollegen zufällig aufblickte und Nellith in dem bunten Rock sah, gab es ein brüllendes Gelächter.
Der Aufseher war sauer und wußte genau, daß Jeff der Schuldige war. Aber das sollte er erst mal beweisen!
»Es ist nicht so wichtig«, lispelte Nellith mit einem Blick auf Jeff.
Das war am Montag von Nelliths letzter Woche. Am Dienstag kam Jeff nach Hause und stellte fest, daß Marge verschwunden war – einfach weg, ohne Abschiedsbrief, alle Sachen ausgeräumt und die Wohnung tadellos in Ordnung.
Am Mittwoch bekam er ein Schreiben von einem Anwalt. Sie wollte die Scheidung einreichen.
Am Freitag nachmittag sagte einer der Kollegen etwas, das er nicht glauben konnte. Er wartete nach der Arbeit auf dem Parkplatz auf den Mann und schlug ihn nach Strich und Faden zusammen, aber es wollte ihm einfach nicht aus dem Kopf gehen. An diesem Abend gab es eine Abschiedsparty für Nellith. Jeff ging nicht hin, sondern saß zu Hause, trank Bier und grübelte vor sich hin.
Um acht Uhr zog er ein sauberes Hemd an, sprang in ein Taxi und fuhr zum Raumhafen.
Er fand sie im Wartesaal: Nellith genau wie immer, über und über goldener Flaum und Federn; Marge jung und hübsch in einem neuen, blauen Kostüm mit einer Orchidee am Revers.

Als er dann Miene machte hinüberzugehen, traten ihm zwei Raumhafenpolizisten in den Weg, während ein Zivilist auf ihn zukam und eine Metallmarke im Lederetui vorzeigte. »Bitte, machen Sie kein Aufsehen, Mr. Gorman.«

»Aber verdammt noch mal, das ist meine Frau!«

Der Mann machte ein verlegenes, aber entschlossenes Gesicht. »Wie ich gehört habe, wird sie Mr. Nellith heiraten, sobald die Scheidung ausgesprochen ist.«

»Was reden Sie da? Heiraten? Wie kann sie denn dieses ... Ding da heiraten?«

Reporter drängten sich um sie herum und noch mehr Polizisten und noch mehr Männer in Zivil. Einer von ihnen sagte: »Nellith hat, dem Vertrag gemäß, reziproke Bürgerrechte. Nach dem antarischen Gesetz ist nichts gegen Ehen zwischen zwei Spezies einzuwenden. Sie sind sogar nicht ungewöhnlich.«

Jeff öffnete seine Fäuste und bat: »Lassen Sie mich nur mir ihr sprechen, ja? Nur zwei Minuten.«

Es war ihnen nicht recht, aber sie ließen ihn näher treten. Immerhin blieben sie ihm dicht auf den Fersen. Er ignorierte den Fremden und sah Marge an. Sie starrte zurück, als kenne sie ihn nicht.

»Sag mir, warum!« preßte er zwischen den Zähnen hervor. »Wenn es ein anderer Mann gewesen wäre, dann könnte ich es ja vielleicht verstehen. Aber wie kannst du mit so einem verdammten Vogel durchbrennen?«

Draußen landete mit leisem Düsengeräusch das antarische Beiboot, und die Träger begannen Marges Koffer zu holen. Sie warf ihm einen verächtlichen Blick zu, der seine niedrige Stirn, den dicken, behaarten Rumpf, die fleischigen Hände und Finger umfaßte. »Das würdest du doch nicht verstehen«, sagte sie.

Dann gingen sie alle hinaus und ließen ihn stehen.

Robert Silverberg

Braut einundneunzig

Es war ein Standard-Heiratsvertrag über sechs Monate. Ich unterzeichnete ihn, und Landy unterzeichnete ihn, und dann waren wir für die vorgeschriebene Zeit Mann und Frau. Der Standesamtautomat tickte und klapperte und spuckte unsere Heiratsgenehmigung aus. Meine Freunde grinsten, schlugen mir auf die Schulter und beglückwünschten mich gröhlend. Fünf Schwestern Landys kicherten und summten und erstrahlten in allen Farben des Spektrums. Wir alle waren sehr glücklich.

»Küß die Braut!« riefen meine Freunde und die Schwestern mir zu.

Landy glitt in meine Arme und schmiegte sich eng an mich. Sie war biegsam und zart, und als ich die Arme um sie legte und sie küßte, zuckten die Lippen ihres Schlitzes für die Nahrungsaufnahme. Wir blieben etwa eine halbe Minute in dieser Stellung. Ich mußte ihr zugestehen: Sie wich nicht zurück. In Landys Welt küßt man nicht, wenigstens nicht mit dem Mund, und ich glaube kaum, daß sie an diesem ersten Versuch besonderen Gefallen fand. Aber nach den Bedingungen des Heiratsvertrages befolgten wir die terrestrischen Sitten. Das muß bei zwischenweltlichen Heiraten im voraus festgelegt werden. Und hier, auf Terra, küßt man die Braut. Also küßte auch ich meine Braut. Mein Kumpel Jim Owens ließ sich hinreißen, packte eine der Schwestern Landys und küßte sie. Mit einem Stoß vor die Brust schleuderte sie ihn quer durch die Kapelle. Nun, es war eben nicht ihre Hochzeit.

Die Feierlichkeiten waren vorüber. Wir bekamen Kuchen und Halluzinogene, als gegen Mitternacht jemand sagte: »Wir sollten das junge Brautpaar jetzt allein lassen.«

Sie zogen alle ab, und Landy und ich begannen unsere Hochzeitsnacht.
Wir warteten, bis der letzte gegangen war. Dann verließen wir durch einen Seitenausgang die Kapelle und stiegen in eine komfortable zweisitzige Flugkapsel. Die süßen Honigdüfte Landys stiegen mir in die Nase, und ihre biegsamen Glieder schlangen sich um mich. Ich drückte einen Knopf, und dann glitten wir mit dreihundert Stundenkilometern den Harriman Kanal hinab. Die Luftströmungen waren günstig, und wir hatten großen Spaß an der Fahrt. Landy küßte mich ein zweites Mal; sie begriff unsere Gewohnheiten sehr schnell. Nach fünfzehn Minuten erreichten wir unseren programmierten Bestimmungsort. Die Flugkapsel führte eine schnelle Linkskurve aus, zischte in den Empfangsmuskel und ankerte auf der gewellten Haut unseres Hotels. Sogleich bewirkte die Spitze der Kapsel den gewünschten Grad der Reizung, die Haut gab nach, und wir schossen in das Innere des Gebäudes. In unserem Zimmer öffnete ich die Kapsel und half Landy beim Aussteigen. Ihre sanften, goldenen Augen schimmerten vor Begeisterung und Freude. Ich drückte den Stempel »Bitte nicht stören« auf die Wandfilter.
»Ich liebe dich«, sagte sie in gebrochenem Englisch.
»Ich liebe dich«, entgegnete ich in ihrer eigenen Sprache.
Sie schmollte ein wenig. »Wir feiern eine terrestrische Hochzeit, erinnerst du dich?«
»Natürlich, du hast recht. Champagner und Kaviar?«
»Bitte.«
Ich gab das entsprechende Programm ein, und der Imbiß kam eiskalt und appetitanregend aus der Vorratszelle angerollt. Ich ließ den Kork knallen und träufelte Zitronensaft über den Kaviar. Dann tafelten wir. Fischrogen und der Saft überreifer Trauben, nichts weiter, ich erinnere mich genau.
Dann schalteten wir das Multiperiskop ein und betrachte-

ten durch die hundert Stockwerke des Hotels über uns die Sterne. In jener Nacht stand ein Mond für Verliebte am Himmel, außerdem hatte eines der Sternkartelle über zwanzig Bogengrade eine Reihe von Perlen aufgezogen, als ob es uns damit eine persönliche Freude bereiten wollte. Wir hielten Hände und schauten.

Schließlich zogen wir unsere Hochzeitskleider aus.

Ja, und dann vollzogen wir unsere Ehe.

Sie erwarten sicher nicht von mir, daß ich Ihnen darüber berichte. Es gibt Dinge, die selbst heute noch geheiligt sind. Wenn es Sie interessiert, wie man eine Suvornesin liebt, dann machen Sie es wie ich und heiraten Sie eine. Aber ich möchte Ihnen ein paar Tips geben, was es damit auf sich hat. Vom anatomischen Standpunkt gesehen entspricht diese Verbindung dem üblichen Akt auf Terra, soweit es die grundsätzliche Rollenverteilung zwischen dem männlichen und weiblichen Geschlecht betrifft. Das heißt: Der Mann gibt, und die Frau empfängt. Aber es bestehen doch entscheidende Unterschiede in der Stellung, Verflechtung, im Sinnlichen und in der Reaktion des Partners. Natürlich gibt es diese Unterschiede. Warum sonst sollte man eine Fremde heiraten?

Ich gestehe, daß ich nervös war, obwohl es meine einundneunzigste Hochzeitsnacht war. Noch nie zuvor hatte ich eine Suvornesin geheiratet. Ich war auch noch nie mit einer im Bett gewesen, und wenn Sie ein wenig an den Sittenkodex der Suvornesen denken, dann werden Sie mir beipflichten, daß ich eine verdammt ausgefallene Idee hatte. Ich hatte ein Handbuch über die suvornesische Ehe studiert, aber jeder Junge von welcher Welt auch immer wird sehr bald erfahren, daß das Umsetzen von Wort und Buchstabe in leidenschaftliche Handlung weit schwieriger ist, als es zunächst scheint.

Landy war jedoch sehr hilfsbereit. Natürlich wußte sie über den terrestrischen Mann nicht mehr als ich über die suvornesische Frau, aber sie war sehr lernbegierig und achtete darauf, daß ich alles richtig machte. Auf diese Weise kamen wir ausgezeichnet zurecht. Man muß das richtige Gefühl dafür haben. Manche Männer haben es, manche haben es nicht. Ich habe es.

Wir liebten uns in dieser Nacht ziemlich oft. Am nächsten Morgen frühstückten wir auf einer sonnenüberfluteten Terrasse, von der wir auf ein türkisfarbenes Becken voller tanzender Amöboide herabsehen konnten. Später verließen wir das Hotel und fuhren mit einer Kapsel zum Raumhafen, um unsere Hochzeitsreise anzutreten.

»Glücklich?« fragte ich meine Braut.

»Sehr«, antwortete sie. »Du bist schon jetzt mein Lieblingsehemann.«

»Waren unter den anderen Ehemännern auch Terrester?«

»Nein, natürlich nicht.«

Ich lächelte. Ein Ehemann hört gern, daß er der erste ist.

Am Raumhafen unterzeichnete Landy die Erklärung als Frau Paul Clay, worüber ich mich sehr freute, und ich unterzeichnete neben ihr. Man überprüfte uns und ließ uns an Bord gehen. Das Personal des Raumschiffes strahlte vor Entzücken über uns. Ein hübsches, blauhäutiges Mädchen wies uns den Weg zu unserer Kabine und wünschte uns auf so liebenswürdige Weise eine gute Fahrt, daß ich versuchte, sie zu berühren. Als sie an mir vorbeiging, griff ich nach ihrem Sympathiezähler und drehte die Scheibe bis zum Anschlag. Sie war bestürzt und drehte sie schnell wieder zurück. »Das Berühren ist verboten, Sir!«

»Tut mir leid. Ich ließ mich hinreißen.«

»Ihre Frau ist so hübsch. Ist sie eine Honirangin?«

»Suvornesin.«

»Ich hoffe, Sie werden sehr glücklich mit ihr.«

Wir waren wieder allein. Landy kuschelte sich an mich. Natürlich sind zwischenweltliche Hochzeiten heute sehr modern, aber ich hatte Landy nicht aus bloßer Laune geheiratet. Ich fühlte mich wirklich von ihr angezogen, und sie sich von mir. Überall im Milchstraßensystem schließen die Menschen die ausgefallensten Ehen, nur um sagen zu können, sie hätten Sthenicer, Gruuler oder sogar einen Hhinamoren geheiratet. Wahrhaft groteske Paarungen.

Ich will nicht behaupten, daß der Sex Hauptzweck einer Ehe ist oder daß man unbedingt den Vertreter einer Gattung heiraten sollte, mit dem die physische Kopulation leicht durchzuführen ist. Aber in einer Ehe sollte es irgendeine Art von Wärme geben. Wie kann man für eine Hhinamor-Frau wahre Liebe empfinden, wenn dieses Wesen genaugenommen aus sieben blaßblauen Reptilien besteht, eingehüllt in ein Gasgemisch von Argon?

Landy gehörte wenigstens zur Gattung der Säugelebewesen und war humanoid. Selbstverständlich bleibt eine suvornesisch-terrestrische Paarung unfruchtbar, denn im Grunde meines Herzens bin ich ein konventioneller Mensch und versuche, Abscheulichkeiten zu vermeiden. Ich überlasse die Aufgabe der Arterhaltung gern jenen, deren Geschäft die Fortpflanzung ist, und Sie können überzeugt sein, daß ich selbst dann, wenn unsere Chromosomen die gleiche Struktur gehabt hätten, mit Landy niemals dieses ekelerregende Geschäft angefangen hätte. Ehe ist Ehe, und Fortpflanzung ist Fortpflanzung, und was hat denn überhaupt das eine mit dem anderen zu tun?

Während der sechs folgenden Wochen unserer Reise vergnügten wir uns an Bord des Raumschiffes auf die verschiedensten Weisen. Es versteht sich, daß wir uns unzählige Male liebten. Wir gingen zum schwerelosen Schwimmen und spielten in der Sternenhalle Paddelpolo. Wir machten die Bekanntschaft mit anderen frischvermählten Paaren, unter anderem mit einer neu eingegangenen Superverbindung, die aus drei Banamonen und einem Paar Ghinver bestand.

Und außerdem ließ sich Landy ihre Zähne verpflanzen. Als besondere Überraschung für mich.
Die Suvornesen haben zwar auch Zähne, aber diese gleichen nicht den Zähnen der Terrester, warum sollten sie auch? Es sind elegante, kleine, spitzige Nadeln, befestigt auf rotierenden Basen, die der Suvornese in die Nahrung gräbt, wobei er von rückwärts mit der Zunge dagegenraspelt. Für suvornesische Ansprüche sind diese Zähne vollkommen funktionsgerecht, und meiner Meinung nach paßten Landys Zähne sehr gut zu ihrer Erscheinung. Jedenfalls hatte ich sie nie gebeten, ihre Zähne auszutauschen. Aber sie mußte eine versteckte Anspielung gehört haben, ich würde ihre Zähne unerotisch finden oder so etwas Ähnliches. Vielleicht strahlte ich einen unterschwelligen Widerwillen gegen ihr fremdartiges Gebiß aus, während ich mir auf der Bewußtseinsebene einredete, ihre Zähne wären schön. So ging sie zum Arzt des Raumschiffes und bekam den Mund voller terrestrischer Zähne.
Ich wußte nicht, wohin sie ging. Sie verschwand nach dem Frühstück und sagte nur, sie hätte etwas Wichtiges zu erledigen. Ahnungslos, wie ich war, legte ich die Kiemen an und ging schwimmen, während Landy ihre hübschen Zähne dem Arzt überließ. Er säuberte die Wundhöhlen und pflanzte eine neue Zahnwurzelschicht aus homogenem Gummigewebe ein. In dieses synthetische Material meißelte er neue Zahnhöhlen. Mit dem Bohrer schliff er einen Satz Zähne passend zu, fügte sie in die periodentale Membrane und verband sie mit einem raschen Abstrich von substanzgleichem Zement. Die ganze Operation dauerte weniger als zwei Stunden. Als Landy zurückkam, leuchtete der Streifen farbveränderlicher Haut auf ihrer Stirn violett, ein Zeichen hoher Gefühlserregung. Ich war darüber ein wenig beunruhigt.
Sie lächelte. Sie zog die Lippen des Eßschlitzes zurück und zeigte mir ihre neuen Zähne.

»Landy! Was zum Teufel –«

Bevor ich es verhindern konnte, fühlte ich mit jeder Pore den Schock und die Bestürzung. Und Landy empfand Bestürzung über meine Bestürzung. Ihre Stirne leuchtete nicht mehr im sichtbaren Farbspektrum, sondern badete mich in einer Flut von Ultraviolett, das mich traurig machte, obwohl ich es gar nicht sehen konnte. Sie ließ ihre Lippen hängen, ihre Augen blitzten, und ihre Nasenlöcher zogen sich zusammen.

»Gefallen sie dir nicht?« fragte sie.

»Ich war nicht darauf gefaßt – du hast mich überrascht –«

»Ich tat es deinetwegen!«

»Aber mir gefielen deine früheren Zähne«, beteuerte ich.

»Nein. Nein, das ist nicht wahr. Du hattest Angst vor ihnen. Ich weiß, wie ein Terrest küßt. Du hast mich nie in dieser Weise geküßt. Aber jetzt habe ich schöne Zähne. Küß mich, Paul.«

Sie fiel zitternd in meine Arme, und ich küßte sie.

Wir hatten unsere erste Gefühlskrise zu überstehen. Sie hatte diese dumme Geschichte mit ihren Zähnen nur gemacht, um mir zu gefallen, und nun war sie fassungslos. Ich tat alles, um sie wieder zu beruhigen, wagte es aber nicht, sie zum Arzt zurückzuschicken, um sich ihre früheren Zähne wieder einsetzen zu lassen. Das hätte die Situation nur verschlimmert.

Ich brauchte ziemlich lange, um mich an die terrestrischen Hackmesser in ihrem zarten, kleinen Mund zu gewöhnen. Natürlich hatte man ihr einen makellosen Satz zweier glänzender Elfenbeinreihen eingesetzt, aber sie paßten einfach nicht zu ihrem Eßschlitz. Ich mußte jedesmal, wenn sie den Mund öffnete, eine unangenehme Empfindung bekämpfen.

Wenn ein Mann eine alte gotische Kathedrale kauft, dann braucht er keinen Architekten, um die Turmspitze mit wabbernden Bioplastauflagen zu verkleiden. Und wenn ein Mann eine Suvornesin heiratet, dann will er nicht, daß sie sich Stück für Stück in eine Terrestin verwandelt. Wo ist da die Grenze? Würde sich Landy nun mit einem synthetischen Nabel schmücken, würde sie sich ihre Brüste versetzen lassen oder zu einem Arzt gehen, um ihre Geschlechtsteile so zu verändern, damit –

Nun, sie tat nichts von all dem. Sie trug ihre terrestrischen Zähne noch etwa zehn Raumschifftage, ohne daß einer von uns beiden öffentlich Notiz davon nahm. Dann suchte sie still den Arzt auf und ließ sich wieder einen Satz suvornesischer Zähne einsetzen. Das Ganze war nur eine Geldfrage gewesen, sagte ich mir. Ich sprach nicht mehr weiter über die Angelegenheit, in der Hoffnung, die Episode als zeitweilige, nun endgültig überwundene Verirrung abzutun. Doch irgendwie wurde ich das Gefühl nicht los, Landy bildete sich auch weiterhin ein, sie müßte terrestrische Zähne haben. Aber wir diskutierten nicht länger, und ich war glücklich, sie wieder ganz suvornesisch zu sehen.

Sie verstehen, wie so eine Ehe läuft? Zwei Menschen versuchen, einander zu gefallen, aber das gelingt ihnen nicht immer, und manchmal verletzen sie sich gegenseitig gerade in dem Bemühen zu gefallen. So standen auch die Dinge mit Landy und mir. Doch wir waren erfahren genug, um die große Zahnkrise zu überstehen. Wäre es meine zehnte oder elfte Ehe gewesen, sie hätte mit einem Unglück enden können. Mit der wachsenden Erfahrung lernt man, Fallgruben auszuweichen.

Wir mischten uns oft unter die Gesellschaft der Mitreisenden. Falls wir Unterricht brauchten, wie man eine Ehe nicht führen sollte, so hatten wir nicht lange zu suchen. Die benachbarte Kabine bewohnte ebenfalls ein gemischtes Paar, Grund genug für uns, um einige Zeit mit ihnen zu verkehren. Aber sehr rasch merkten wir, daß uns ihre Gesellschaft nicht behagte. Sie bemühten sich beide krampfhaft, die Verpfändung ihres Vertrages zu bewirken – ein sehr häßliches Schauspiel, das kann ich Ihnen versichern.

Die Frau war Terrestin, ein großes, üppiges Exemplar mit orangefarbenem Haar und gefleckten Augäpfeln. Sie hieß Marje. Ihr neuester Ehemann war Lanamoriane, ein schwerfälliger menschenähnlicher Ochse, mit verrunzelter, blauer Haut, vier Teleskoparmen und einer dreifüßigen Stelze anstelle der Beine. Zunächst schienen sie recht liebenswert, beide reiselustige Leute, Interplanetartouristen, die überall gewesen waren und alles erlebt hatten und nun sechs Monate Seligkeit gebucht hatten. Aber wir erkannten sehr bald, wie bissig, ja sogar grausam sie sich selbst in Anwesenheit Fremder befehdeten. Jeder war darauf aus, den anderen bloßzustellen.

Sie kennen die Bedingungen eines Heiratsvertrages über sechs Monate, nicht wahr? Jeder Partner bürgt mit einem Pfand gegen böswilliges Verlassen. Falls der andere die Marschroute der Ehe nicht einhält und den Partner vor der gesetzlichen Trennung verläßt, ist das Pfand zugunsten des anderen verwirkt. Nun, es fällt nicht so schwer, sechs Monate verheiratet zu bleiben, und so kommt es auch selten vor, daß die Ehepartner zahlen müssen: Schließlich sind wir eine reife Zivilisation. Solche frühen Mißbräuche des Systems wie etwa der Versuch, den Partner zum böswilligen Verlassen der Ehe zu verleiten, um dann die Bürgschaft zu kassieren, gehören seit langem der Vergangenheit an.

Aber Marje und ihr lanamorianischer Ehemann waren erpicht auf Geld. Jeder von ihnen trachtete nach dem Pfand und setzte Himmel und Hölle in Bewegung, um den anderen in Verruf zu bringen und um möglichst bald die Ehe zu brechen. Als ich merkte, was gespielt wurde, schlug ich Landy vor, daß wir uns im Raumschiff nach

anderen Freunden umsehen sollten. Und das führte dann zu unserer zweiten Gefühlskrise.
Zu ihrem Programm gegenseitiger Unleidlichkeit gehörte es, daß Marje und ihr Ehepartner beschlossen, ihre Ehe durch den Makel eines Ehebruches zu beleben. Sie müssen wissen, daß ich recht altmodische Ansichten über das Ehegelübde habe. Ich fühle mich der Liebe und Ehre verpflichtet, gehorche sechs Monate lang und mache weiter keine Faxen. Wenn ein Mann eine ganze Ehe lang nicht monogam bleiben kann, dann sollte er sich ein anderes Rückgrat einpflanzen lassen. Ich nahm an, Landy würde meine Ansicht teilen, aber ich täuschte mich.
Wir waren zu viert im Foyer des Raumschiffes und brachten uns mit steifen Drinks aus Fuselöl und freiem Ester in Stimmung, als Marje sich an mich heranmachte. Sie war nicht gerade feinfühlig. Sie machte ihre Kleider durchsichtig, wogte Ellen von Busen gegen mein Gesicht und sagte: »In unserer Kabine steht ein hübsches, weites Bett, Liebling.«
»Es ist noch nicht Zeit, zu Bett zu gehen«, entgegnete ich ihr.
»Es könnte aber Zeit sein.«
»Nein.«
»Sei Retter in der Not, Paulsie. Seit Wochen kriecht dieses Monstrum über meinen ganzen Körper. Ich brauche einen Terresten, der mich liebt.«
»Das Raumschiff ist voller verfügbarer Terrester, Marje.«
»Ich möchte aber dich.«
»Ich bin nicht verfügbar.«
»Laß den Quatsch, Willst du damit sagen, daß du einem terrestrischen Artgenossen einen kleinen Liebesdienst verweigerst?« Sie stand auf und ihr überall hervorquellendes bloßes Fleisch bebte. Mit anstößigen, unverblümten Ausdrücken schilderte sie ihre intimen Beziehungen zu dem Lanamorianen und flehte mich an, ihr eine Stunde lang

konventionellere Liebe zu schenken. Ich blieb standhaft. Vielleicht, schlug sie vor, könnte ich ein Abbild von mir programmieren und es ihr ins Bett schicken? Nein, nicht einmal das, entgegnete ich ihr.

Schließlich wurde Marje böse, weil ich sie im Stich ließ. Ich glaube, sie konnte mit Recht über meine fehlende Ritterlichkeit verärgert sein, und wäre ich nicht zufällig in diesem Augenblick verheiratet gewesen, ich hätte ihr mit Freuden zur Verfügung gestanden. Aber wie die Dinge nun einmal lagen, konnte ich nichts für sie tun. Darum kochte sie. Sie schüttete mir einen Drink ins Gesicht und stolzierte aus dem Foyer. Wenig später folgte ihr der Lanamoriane.

Ich blickte zu Landy. Während des ganzen unerquicklichen Gespräches hatte ich es ängstlich vermieden, sie anzusehen. Ihre Stirne zeigte fast Infrarot, was bedeutete, daß sie mit den Tränen kämpfte.

»Du liebst mich nicht«, sagte sie.

»Wie bitte?«

»Wenn du mich liebtest, wärst du mit ihr gegangen.«

»Gehört das zu den suvornesischen Ehebräuchen?«

»Natürlich nicht«, schluchzte sie. »Wir wurden nach den terrestrischen Ehesitten verheiratet. Es ist ein terrestrischer Ehebrauch.«

»Wie kommst du auf die Idee, daß –«

»Terrestrische Männer sind ihren Frauen untreu. Ich weiß es. Ich habe darüber gelesen. Jeder Ehemann, der seine Frau liebt, betrügt sie dann und wann. Aber du –«

»Du hast die Dinge verwechselt«, sagte ich.

»Nein! Nein!« Und sie näherte sich einem Wutanfall. Ich versuchte ihr ruhig zu erklären, daß sie zu viele historische Romane gelesen hatte, daß Ehebruch sehr aus der Mode gekommen sei und daß ich ihr durch meine Absage an Marje nur den Beweis für die Beständigkeit meiner Liebe zu meiner Frau liefern wollte. Aber Landy wollte es mir nicht abnehmen. Sie wurde immer verwirrter und zorniger, fand nicht mehr ein noch aus und war ein bebendes Häuflein Elend. Ich tröstete sie auf alle erdenkbare Arten. Allmählich beruhigte sie sich wieder, blieb aber verschnupft. Ich begann einzusehen, daß es seine Tücken hat, eine Fremde zu heiraten.

Zwei Tage später machte sich Marjes Mann an Landy heran.

Ich versäumte das Vorgeplänkel. Ein Schwarm von Energiekugeln passierte das Schiff, und ich war mit den meisten anderen Fluggästen auf der Aussichtsterrasse, um die anmutigen Kreisbewegungen dieser Bewohner des Hyperraumes zu beobachten. Zuerst hatte Landy mich begleitet, aber sie hatte schon zu oft Energiekugeln gesehen, um ihnen noch Interesse abzugewinnen. Nach kurzer Zeit erklärte sie mir, sie wolle für eine Weile, während alle hier oben waren, hinunter zum Funkenbecken gehen. Ich sagte ihr, daß ich später nachkommen würde. Als ich dann so weit war, tummelten sich im Becken etwa ein Dutzend Lebewesen, die funkelnde blaue Spuren durch die strahlende, grüngoldene Flut zogen. Ich stand am Beckenrand und hielt Ausschau nach Landy, konnte aber nirgends etwas von ihrer üblichen Erscheinung entdecken.

Doch dann sah ich sie. Sie war nackt und triefte von schillernder Flüssigkeit – sie mußte also eben aus dem Becken gekommen sein. Der massige Lanamoriane war an ihrer Seite und belästigte sie offensichtlich. Er tappte ungeschickt an ihr herum. Landys Farbspektrum zeigte Kummer.

Ehemann zur Hilfe. Natürlich. Aber ich wurde nicht gebraucht.

Welches Bild von Landy machen Sie sich aus dieser Erzählung? Zerbrechlich, puppenhaft, etwas aus Porzellan? Sie haben recht, sie war es. Kaum vierzig Kilogramm einer Frau und nichts von dem, was wir unter Knochen verstehen, in ihrem Körper, nur Knorpel. Und scheu, empfindlich, leicht aus der Fassung zu bringen durch ein unfreundliches Wort oder eine mißdeutete Geste. Alles in allem: zu jeder Zeit angewiesen auf den Schutz ihres Mannes. Wirklich? Weit gefehlt. Haie haben, genauso wie Suvornesen, nur Knorpel anstelle von Knochen, aber vierzig Kilogramm eines Hais brauchen normalerweise keine Hilfe, um zurechtzukommen. Auch Landy brauchte sie nicht.

Suvornesen sind beweglich, von ausgeglichenem Körperbau, flink und stärker, als sie aussehen – wie Jim Owens schon bei meiner Hochzeit erfahren hatte, als er Landys Schwester küssen wollte. Auch der Lanamoriane erfuhr es.

Von dem Zeitpunkt, da ich seine Annäherungsversuche an Landy bemerkte, bis zu meiner Ankunft an ihrer Seite, hatte sie ihm drei Arme verrenkt und ihn auf seinen massigen Rücken geworfen, wo er nun stöhnend und mit hilflosen Bewegungen seines Dreifußes lag. Landy küßte mich mit sanfter, selbstzufriedener Miene.

»Was ist passiert?« fragte ich.

»Er machte mir einen unsittlichen Antrag.«

»Du hast ihn schlimm zugerichtet, Landy.«

»Er machte mich schrecklich zornig«, versicherte sie mir, obwohl sie gar nicht mehr zornig aussah oder sprach.

Ich machte ihr Vorhaltungen. »Hast du mir nicht erst gestern gesagt, ich liebte dich nicht, weil ich nicht auf Marjes Angebot einging? Du bist inkonsequent, Landy. Wenn du schon die Untreue für einen wesentlichen Bestandteil der terrestrischen Ehebräuche hältst, dann hättest du ihn erhören sollen, oder nicht?«

»Nur die terrestrischen Ehemänner sind treulos. Die terrestrischen Ehefrauen müssen treu sein. Man kennt das als Doppelmoral.«

»Als was?«

»Als Doppelmoral«, wiederholte sie und begann es mir zu erklären. Ich hörte ihr eine Weile zu, doch dann brach ich über ihre lieben, unschuldigen Worte in Gelächter aus.

»Du bist süß«, erklärte ich ihr.

»Und du bist schrecklich. Für welche Art von Frau hältst du mich eigentlich? Wie kannst du mich auffordern, untreu zu werden?«

»Landy, ich –«

Sie hörte nicht mehr. Sie stürmte davon, und wir hatten unsere dritte Gefühlskrise. Die arme Landy hatte es sich in den Kopf gesetzt, eine Ehe nach terrestrischen Sitten, so wie sie diese eben verstand, zu führen, und sie lief kirschrot an, wenn ich Einwände machte. Für den Rest der Woche war sie beleidigt, und selbst nachdem wir uns wieder versöhnt hatten, schienen unsere Beziehungen nicht mehr so wie früher zu sein. Eine Kluft tat sich zwischen uns auf – oder genauer gesagt, die Kluft hatte schon immer bestanden, nur wurde es für uns jetzt schwieriger, sie zu ignorieren.

Nach sechs Wochen landeten wir.

Unser Ziel war Thalia, der Flitterwochenplanet. Ich hatte schon fürher ein halbes Dutzend Flitterwochen auf ihm verbracht, aber Landy kannte ihn noch nicht, und deshalb entschloß ich mich zu einem weiteren Besuch.

Thalia ist, wie Sie wissen, ein mittelgroßer Planet mit etwa dem Eineinhalbfachen der Masse, Dichte und Anziehungskraft der Erde, mit einem Paar farbiger Monde, die wie für Geliebte geschaffen sind, denn sie scheinen Tag und Nacht. Der Himmel ist hellgrün, und die Vegetation tendiert stark zu einem intensiven, lohbraunen Orangegelb. Die Luft erfrischt wie Muskatnuß. Das Land gehört einem Kartell, das im trockenen nördlichen Kontinent nach einfachen Metallen schürft, auf der östlichen Hälfte des Planeten, wo einst ein tropischer Urwald stand und jetzt eine riesige Platte von Laterit abgelagert ist, nach

Energiekernen gräbt und auf einem kleineren Kontinent im westlichen Ozean ein riesiges Erholungszentrum für Neuvermählte betreibt. Man könnte es eine galaktische Gästeranch nennen. Das Personal besteht hauptsächlich aus Terresten, doch die Gäste kommen aus allen Richtungen des Kosmos. Man kann Wunderdinge mit einem unbewohnten, bewohnbaren Planeten machen!
Landy und ich befanden uns noch auf der kalten Seite des Planeten, als wir unser Mutterschiff verließen und in einer Kapsel zu unserer Flitterwochenkabine katapultiert wurden. Sie erwärmte sich sehr schnell unter dem zauberhaften Einfluß der Umgebung. Man hatte uns einen schwebenden Monomolekular-Ballon zugewiesen, der etwa hundert Meter über dem Hauptgebäude ankerte. Wir lebten in völliger Abgeschiedenheit, wie sie von den meisten Neuvermählten verlangt wird. (Ich weiß, daß es auch Ausnahmen gibt.)
Wir bemühten uns nach Kräften, unseren Aufenthalt auf Thalia zu genießen.
So ließen wir uns in einen Pterodactyl-Drachen zwängen, der uns in einem Rundflug über den ganzen Kontinent führte. Wir schlürften Radon-Cocktails während einer Party. Wir kauten Algensteaks vor einem knisternden Lagerfeuer. Wir fischten. Wir liebten uns. Wir rekelten uns in der wohltuenden Sonne, bis meine Haut kupferfarben wurde und Landys Haut die Farbe von feinem Ochsenblut-Porzellan – genau wie von Kang-hsi – annahm. Wir genossen eine wunderbare Zeit, trotz des sich verbreiternden Netzwerkes von Spannungen, das unser Verhältnis durchdrang wie ein Gewebe metallischer Fäden.
Alles ging gut, bis das wilde Pferd losbrach.
Es war nicht eben ein wildes Pferd. Es war ein vierfüßiger Vesilianer von ungeheuerer Größe, blau mit orangenen Streifen, ein dicker, mörderischer Schwanz, ein wild fletschendes Gebiß – fast zwei Tonnen wildes, bösartiges

Tier. Sie hielten es in einem Korral hinter einer der Protonquellen, und von Zeit zu Zeit zogen sich Mitglieder des Personals als Cowboys an und gaben improvisierte Reiterkunststücke für die Gäste zum besten. Es war unmöglich, das Tier zu bändigen. Niemand war bisher länger als zehn Sekunden auf ihm geblieben. Es hatte Unfälle gegeben, und einer der Pferdeknechte war einmal so übel zugerichtet worden, daß er nicht mehr zum Leben erweckt werden konnte. Man hatte zu wenig von seinem Zellgewebe gefunden, um es in die Zentrifuge zu geben.
Landy war fasziniert von dem Tier. Fragen Sie mich nicht, warum. Sie schleppte mich zum Korral, wann immer eine Vorführung angekündigt war, und verharrte in Entzücken, während die Cowboys durch die Luft wirbelten.
Auch an jenem Tag stand sie direkt neben dem Gatter, als das Tier seinen Reiter abwarf, die Stränge niedertrampelte, sich von den Halftern losriß und auf dem weiten, offenen Platz davonstürmte.
»Töten!« begannen die Menschen zu schreien.
Aber alle waren unbewaffnet bis auf die Cowboys, und diese verloren den Kopf und waren unfähig, etwas Vernünftiges zu tun. Der Vierfüßler verließ den Korral mit einem gut angesetzten Sprung, hielt an, um nach einem jungen Baum auszuschlagen, schleuderte sich über einige Dutzend Meter, hielt wiederum an, stampfte den Boden und überlegte, was er nun tun sollte. Er sah hungrig aus, er sah bösartig aus.
Angesichts dieses gefährlichen Tieres hätten die etwa fünfzig jungen Männer, die ihm gegenüber waren, die Chance ihres Lebens gehabt, ihren Bräuten zu beweisen, welch große Helden sie waren. Sie brauchten nur einem der gestrauchelten Pferdeknechte die Peitsche zu entreißen und das Tier zu bändigen, ehe es das ganze Hotel auffraß.
Doch sie waren keine Anwärter auf Heldentum. Alle Ehemänner liefen. Einige packten ihre Frauen, die meisten

aber rannten allein. Ich wollte auch davonlaufen, muß aber zu meiner Ehrenrettung sagen, daß ich mich um Landy kümmern wollte. Ich sah mich nach ihr um, konnte sie aber in der ersten Aufregung nicht finden. Später entdeckte ich sie dann direkt neben dem schnaubenden Tier. Sie ergriff ein Seil, das von seinen Hüften herabhing, schnellte sich in die Höhe und klammerte sich hinter seiner Mähne fest. Das Tier stieg in die Höhe und schlug aus. Auf seinem massigen Rücken wirkte Landy fast wie ein Kind. Sie glitt vorwärts und berührte mit ihrer Eßspalte das Fell des Tieres. Ich beobachtete, wie ihre winzigen Nadeln das undurchdringliche Fell bürsteten.
Das Tier wieherte, beruhigte sich und trottete lammfromm dem Korral zu. Landy überredete es, über das Gatter zu springen. Im nächsten Moment hatten die wenigen Cowboys, die noch zu einer Handlung fähig waren, das Tier sicher angebunden. Landy stieg ab.
»Als Kind ritt ich täglich auf so einem Tier«, erklärte sie mir ernst. »Ich weiß, wie man es behandeln muß. Es ist viel weniger wild, als es aussieht. Außerdem – ach, es tat so gut, wieder auf einem zu sitzen!«
»Landy«, sagte ich.
»Du siehst verärgert aus.«
»Landy, das war ein verrückter Streich. Du hast mit dem Leben gespielt.«
»Ach wo, keine Spur.« Aber ihr Farbspektrum flackerte den Grenzbereichen zu. »Es bestand keine Gefahr. Zum Glück hatte ich meine echten Zähne, obwohl – oder –«
Ich war einem Zusammenbruch nahe, die verspätete Nachwirkung des Schocks. »Mach nie wieder so etwas, Landy.«
Sie sagte mit sanfter Miene: »Warum regst du dich so auf? Ach ja, nun weiß ich es. Bei den Terrestern macht eine Frau solche Sachen nicht. Ich habe die Rolle des Mannes gespielt, nicht wahr? Verzeihst du mir?«

Ich verzieh ihr. Aber wir mußten drei Stunden ohne Unterbrechung diskutieren, um mit all den komplexen Moralproblemen dieser Situation ins reine zu kommen. Zuletzt einigten wir uns, daß Landy mich das Tier beruhigen ließe, wenn der gleiche Vorfall noch einmal stattfinden sollte. Selbst wenn es mich tötete – ich wollte ein richtiger terrestrischer Ehemann und Landy eine richtige terrestrische Ehefrau sein.

Es tötete mich nicht. Ich verlebte meine Flitterwochen und war glücklicher als je zuvor. Die sechs Monate gingen zu Ende, unsere hinterlegten Schuldscheine wurden ausgelöst, und unsere Ehe war zwangsläufig aufgehoben. Aber in dem Augenblick, als wir wieder ledig waren, wandte sich Landy an mich und machte mit Unschuldsmiene den schockierendsten Vorschlag, den ich je von einer Frau gehört hatte.

»Heirate mich wieder«, bat sie. »Jetzt sofort!«

Wir machen solche Dinge nicht. Sechsmonatige Ehen sind ihrer Anlage nach vorübergehend. Wenn sie zu Ende sind, sind sie zu Ende. Ich liebte Landy aufrichtig, aber ihr Angebot erschütterte mich. Sie erklärte mir jedoch ihren Plan, und ich hörte ihr mit wachsender Begeisterung zu. Schließlich gingen wir zum Standesamt und unterzeichneten einen weiteren Vertrag über sechs Monate.

Aber diesmal kamen wir überein, nach suvornesischen statt nach terrestrischen Sitten zu leben. Die zweite Ehe verlängerte die erste nur zeitlich, aber nicht inhaltlich, denn eine suvornesische Ehe unterscheidet sich wesentlich vom Stil einer terrestrischen Ehe.

Und worin?

In einigen Monaten werde ich mehr darüber wissen als jetzt. Landy und ich brechen morgen nach Suvorna auf. Ich ließ mir meine Zähne austauschen, um ihr zu gefallen. Es ist ein seltsames Gefühl, mit dem Mund voller kleiner Nadeln herumzulaufen, aber ich glaube, ich werde mich

daran gewöhnen. Im Geben und Nehmen einer Ehe muß man eben kleine Unannehmlichkeiten in Kauf nehmen.
Landys fünf Schwestern kehren mit uns in ihre Heimat zurück. Dort leben noch elf weitere Schwestern. Nach suvornesischem Brauch bin ich zur gleichen Zeit mit allen siebzehn Schwestern verheiratet, unbeschadet der Verbindungen, die sie vielleicht noch eingingen. Die Suvornesen finden die Monogamie ziemlich abgeschmackt und sogar ein wenig pervers, obwohl Landy sie meinetwegen sechs Monate lang ertrug. Nun ist sie an der Reihe: Wir werden uns nach ihren Gewohnheiten richten.
Meine Braut einundneunzig ist also auch meine Braut zweiundneunzig, und ich werde siebzehn Bräute auf einmal haben, zart, nach Honig duftend, goldaugig und geschmeidig. Ich bin noch nicht so recht in der Lage vorauszusehen, was diese Ehe bringen wird.
Aber ich glaube, sie wird die Unbequemlichkeit aufwiegen, eine Zeitlang suvornesische Zähne zu tragen, meinen Sie nicht auch?

Philip José Farmer

Mutter

»Sieh doch, Mutter! Die Uhr geht rückwärts.«

Eddie Fetts deutete auf das Zifferblatt im Kommandoraum.

Dr. Paula Fetts erwiderte: »Das ist bestimmt beim Absturz passiert.«

»Aber wie ist das möglich?«

»Ich weiß nicht. Ich bin nicht allwissend, Kind.«

»Ach!«

»Nun mach nicht so ein enttäuschtes Gesicht. Ich bin Pathologin, kein Elektroniker.«

»Sei mir nicht böse, Mutter. Das kann ich nicht ertragen. Nicht jetzt.«

Er verließ den Kommandoraum. Besorgt folgte sie ihm. Die Beerdigung der Crew und ihrer Wissenschaftler-Kollegen war für ihn äußerst unerquicklich gewesen. Beim Anblick von Blut war ihm schon immer übel und schwindlig geworden; seine Hände hatten so stark gezittert, daß er ihr kaum dabei helfen konnte, die Knochen und Eingeweide in Säcke zu sammeln.

Er hatte die Leichen in den Atomofen werfen wollen, aber sie hatte es ihm verboten. Die Geigerzähler mittschiffs tickten zu laut – ein Zeichen, daß achtern der unsichtbare Tod auf sie lauerte.

Der Meteor, der das Schiff genau in dem Augenblick getroffen hatte, als es aus der Translation in den normalen Weltraum zurückkehrte, hatte vermutlich den Maschinenraum zerstört. Das hatte sie jedenfalls den zusammenhanglos hinausgeschrienen Worten eines Kollegen entnommen, der in den Kommandoraum geflohen war. Schnell hatte sie Eddie gesucht. Sie hatte gefürchtet, seine

Kabinentür verschlossen zu finden, da er gerade eine Bandaufnahme der Arie *»Heavy Hangs the Albatross«* aus Gianellis *»Ancient Mariner«* machte.
Zum Glück hatte die Notrettungsanlage automatisch die Stromkreise des Schließsystems gelöst, und sie konnte eintreten. Voll Furcht, er könnte verwundet sein, hatte sie seinen Namen gerufen. Eddie lag halb bewußtlos auf dem Fußboden, aber nicht der Zusammenstoß hatte ihn stürzen lassen. Die Ursache für seinen Zustand war ihm aus der erschlafften Hand gefallen und in die Ecke gerollt: eine für Schwerelosigkeit konstruierte, mit Gummisauger versehene Einliter-Thermosflasche. Aus Eddies offenem Mund drang Alkoholgeruch, den nicht einmal Nodor-Pillen hatten überdecken können.
In scharfem Ton hatte sie ihm befohlen, aufzustehen und sich aufs Bett zu legen. Er hatte sich aufgerappelt, und sie hatte, obwohl sie kleiner war als er, all ihre Kraft zusammengenommen und ihn mit Müh und Not zum Bett geschleppt.
Dort hatte sie sich neben ihm ausgestreckt und ihn und sich selber angeschnallt. Sie hatte begriffen, daß das Rettungsboot ebenfalls zerstört worden war und daß der Kapitän nun vor der Aufgabe stand, die Jacht wohlbehalten auf diesen zwar in den Karten verzeichneten, aber noch unerforschten Planeten Baudelaire hinunterzubringen. Alle anderen hatten sich hinter dem Kapitän in den Sesseln festgeschnallt. Helfen konnten sie ihm nicht; sie konnten ihm nur durch ihre stumme Anwesenheit den Rücken stärken.
Doch diese moralische Unterstützung genügte nicht. Das Schiff war in einem flachen Winkel heruntergekommen. Viel zu schnell. Die beschädigten Maschinen hatten es nicht halten können. Den Bug hatte die Hauptwucht des Aufpralls getroffen. Und mit ihm alle, die im Kommandoraum saßen.

Dr. Fetts hatte den Kopf ihres Sohnes an die Brust gedrückt und laut zu ihrem Gott gebetet. Eddie hatte geschnarcht und wirr vor sich hingemurmelt. Dann kam ein ohrenbetäubendes Dröhnen, als wäre das Schiff der Klöppel einer gigantischen Glocke, die eine für Menschenohren unerträglich furchtbare Botschaft hinausläutete. Dann eine grelle Lichtexplosion. Dann Stille und Dunkelheit.

Wenige Sekunden darauf begann Eddie mit kindlicher Stimme zu jammern. »Laß mich nicht allein sterben, Mutter! Komm zurück! Komm zurück!«

Die Mutter lag besinnungslos neben ihm, aber das wußte er nicht. Er weinte eine Zeitlang weiter, dann fiel er in seinen von Alkoholnebeln durchzogenen Stupor zurück und schlief wieder ein. Und abermals herrschten Stille und Dunkelheit.

Es war der zweite Tag nach dem Absturz, falls man das Dämmerlicht auf Baudelaire als »Tag« bezeichnen konnte. Dr. Fetts folgte ihrem Sohn auf Schritt und Tritt. Sie wußte, daß er überaus sensibel und leicht erregbar war. Sie hatte es sein ganzes Leben lang gewußt und immer versucht, ihm alles, was ihn beunruhigen konnte, fernzuhalten. Sie war der Ansicht, daß ihr das recht gut gelungen sei – bis Eddie vor drei Monaten mit einem Mädchen durchgebrannt war und es geheiratet hatte.

Bei diesem Mädchen handelte es sich um Polina Fameux, die aschblonde, langbeinige Schauspielerin, deren 3-D-Fotos zu all jenen Grenzsternen verschickt wurden, auf denen schauspielerisches Talent wenig, ein wohlgeformter Busen jedoch sehr hoch eingeschätzt wurde. Da Eddie ein bekannter Tenor der Metropolitan war, schlug die Nachricht von seiner Heirat wie eine Bombe ein, deren Detonation in der gesamten zivilisierten Galaxis Wellen erzeugte.

Für Dr. Fetts war Eddies Heirat ein schwerer Schlag gewesen, aber sie hoffte, ihren Schmerz erfolgreich hinter einer lächelnden Maske verborgen zu haben. Nicht, daß sie ihn hergeben mußte, bereitete ihr Kummer; schließlich war er kein kleiner Junge mehr, sondern ein erwachsener Mann. Aber bis auf die Saisons an der Met und seine Tourneen hatte er sie seit seinem achten Lebensjahr nicht mehr verlassen.

Damals war sie mit ihrem zweiten Mann in die Flitterwochen gefahren. Aber auch damals war sie nicht lange von Eddie getrennt gewesen, denn Eddie war sehr schwer erkrankt, und sie hatte sofort heimkehren und ihn pflegen müssen, da er darauf bestand, sie sei die einzige, die ihn wieder gesund machen könne.

Die Zeit an der Oper konnte man übrigens auch nicht ganz als Verlust abschreiben, da er sie jeden Mittag über das Bild-Telefon angerufen und ohne Rücksicht auf die Kosten ein langes Gespräch mit ihr geführt hatte.

Die Wellen, die die Heirat ihres Sohnes schlugen, waren jedoch noch keine Woche alt, als ein noch größerer Eklat erfolgte: die Nachricht, daß Eddie sich wieder von seiner Frau getrennt habe. Vierzehn Tage danach reichte Polina die Scheidung ein – wegen unüberwindlicher Abneigung. Die Papiere wurden Eddie in die Wohnung seiner Mutter zugestellt. Er war sofort zu ihr zurückgekehrt, als er und Polina festgestellt hatten, daß »sie nicht miteinander auskamen« oder, wie er es seiner Mutter gegenüber ausdrückte, daß »es bei ihnen nicht klappte«.

Dr. Fetts hätte natürlich nur allzu gern den Grund für die Trennung der beiden erfahren, »respektierte« aber, wie sie ihren Freunden erklärte, sein Schweigen. Was sie nicht erwähnte, war ihre Überzeugung, daß er es ihr eines Tages von selber erzählen werde.

Kurz darauf begann Eddies »Nervenzusammenbruch«. Er war schon vorher gereizt, schlecht gelaunt und deprimiert gewesen, ganz schlimm aber wurde es erst an dem Tag, da ihm ein sogenannter Freund berichtete, Polina beginne jedesmal, wenn Eddies Name falle, laut und anhaltend zu lachen. Der Freund fügte hinzu, Polina habe geschworen, eines Tages die wahre Geschichte ihres kurzen Zusammenlebens zu erzählen.

In jener Nacht hatte die Mutter den Arzt rufen müssen.

In den darauffolgenden Tagen hatte sie erwogen, ihre Arbeit als Forschungspathologin bei De Kruif aufzugeben und sich nur noch der Aufgabe zu widmen, ihren Sohn »wieder auf die Beine zu bringen«. Wie hart sie mit sich rang, zeigte sich an der Tatsache, daß sie auch nach einer ganzen Woche noch nicht zu einem Entschluß gelangt war. Obwohl sie sonst alle Probleme nach kurzem Abwägen zu lösen pflegte, konnte sie sich nur sehr schwer entschließen, ihre geliebten Untersuchungen der Gewebe-Regeneration aufzugeben.

Als sie schon fast so weit war, das für sie Unerhörte, Beschämende zu tun, nämlich eine Münze zu werfen, hatte sie einen Anruf ihres Vorgesetzten bekommen, der ihr erklärte, sie sei in eine Gruppe von Biologen gewählt worden, die eine Forschungsreise zu bestimmten planetarischen Systemen unternehmen sollte.

Erfreut hatte sie die Papiere zerrissen, die Eddies Einweisung in ein Sanatorium einleiteten. Und da er eine bekannte Persönlichkeit war, hatte sie all ihren Einfluß geltend gemacht, um ihm von der Regierung die Genehmigung zur Teilnahme an der Forschungsreise zu verschaffen. Angeblich sollte er die Entwicklungsmöglichkeit der Oper auf den von den Terranern kolonisierten Planeten erforschen. Daß die Jacht gar keine kolonisierten Planeten anlief, schienen die zuständigen Behörden übersehen zu haben. Aber es war ja nicht das erstemal in der Geschichte einer Regierung, daß ihre Linke nicht wußte, was ihre Rechte tat.

Im Grunde wurde er von seiner Mutter selbst »wieder aufgebaut«, die sich weitaus befähigter fühlte, ihn zu kurieren, als sie es den sonst üblichen A-, F-, J-, R-, S-, K- oder H-Therapien zutraute. Gewiß, einige ihrer Freunde meldeten verblüffende Erfolge mit verschiedenen Symbolsuche-Methoden. Andererseits hatten zwei ihrer engsten Mitarbeiter diese Methoden durchprobiert und keinerlei Resultate erzielt. Sie war seine Mutter; sie konnte mehr für ihn tun als die »Alphabeten«. Er war Fleisch von ihrem Fleisch und Blut von ihrem Blut. Außerdem war er ja gar nicht so krank. Er wurde nur manchmal beängstigend blau und stieß dramatische, wenn auch nicht ernstgemeinte Selbstmorddrohungen aus oder saß einfach da und starrte ins Leere. Aber sie würde schon mit ihm fertig werden.

Und so folgte sie ihm jetzt von der rückwärts gehenden Uhr zu seiner Kabine. Sie sah ihn eintreten, sich einen Augenblick drinnen umschauen und sich ihr dann wieder mit verzerrtem Gesicht zuwenden.

»Neddie ist kaputt, Mutter. Vollständig zerstört.«

Sie warf einen Blick auf das Klavier. Der Aufprall hatte es aus seinen Verankerungen gerissen, und es war an die gegenüberliegende Wand gekracht. Für Eddie war es mehr als ein Klavier: Für ihn war es Neddie. Er hatte für alles, mit dem er nicht nur vorübergehend in Kontakt kam, einen Namen. Er war wie ein alter Seebär, der sich verloren fühlt, wenn er sich nicht in der Nähe der ihm vertrauten und namentlich bekannten Punkte der Küste befindet. Ohne diese Stütze schien Eddie hilflos in einem chaotischen Ozean, in einem anonymen, amorphen Meer zu treiben.

Er weinte nicht um Neddie. Sie wünschte, er würde es tun. Er war während der ganzen Reise so apathisch gewesen. Nichts, nicht einmal der unvergleichliche Glanz der nackten Sterne oder die überwältigende Fremdartigkeit der unbekannten Planeten hatte ihn mehr als flüchtig aufmuntern können. Wenn er nur weinen, laut lachen oder irgendwie zu erkennen geben würde, daß er auf die Geschehnisse reagierte! Sie hätte es sogar begrüßt, wenn er sie aus Wut geschlagen oder beschimpft hätte.

Aber nein: Nicht einmal, als sie die zerfetzten Leichen einsammelten und er eine Zeitlang aussah, als müsse er sich erbrechen, wollte er dem Verlangen seines Körpers nach Reaktion nachgeben. Sie wußte, wenn er sich erbrach, würde es ihm anschließend viel besser gehen, würde er mit dem körperlichen auch einen Großteil seines seelischen Unbehagens lossein.

Aber er hatte sich nicht erbrochen. Er hatte Fleisch und Knochen in die großen Plastiksäcke gefüllt und unentwegt seine mißmutige, verdrossene Miene zur Schau getragen.

Jetzt hoffte sie, daß der Verlust seines Klaviers Tränen und Schluchzen auslösen würde. Dann konnte sie ihn in die Arme nehmen und trösten. Dann war er wieder ihr kleiner Junge, der Angst vor der Dunkelheit, Angst vor dem überfahrenen Hund hatte und in ihren Armen unfehlbare Sicherheit, unfehlbare Liebe suchte.

»Laß nur, Kind«, sagte sie. »Wenn wir gerettet werden, kaufen wir dir ein neues.«

»Ja, *wenn* ...«

Er zog die Brauen hoch und setzte sich auf die Bettkante.

»Was machen wir jetzt?«

Sofort wurde sie wieder aktiv und energisch.

»Der Ultrad hat in dem Augenblick, als wir von dem Meteor getroffen wurden, automatisch zu arbeiten begonnen. Falls er den Absturz überstanden hat, wird er also noch immer SOS senden. Falls nicht, können wir es nicht ändern. Wir haben beide keine Ahnung, wie man so etwas repariert.

Möglicherweise jedoch sind in den fünf Jahren seit der

Entdeckung dieses Planeten schon andere Expeditionen hier gelandet. Nicht von der Erde, aber vielleicht aus den Kolonien. Oder von nicht-menschlichen Planeten. Wer weiß? Auf jeden Fall ist es einen Versuch wert. Komm mit, wir sehen mal nach.«

Ein einziger Blick genügte, um ihre Hoffnungen zunichte zu machen. Der Ultrad war so zerstört, daß man ihn kaum noch als ein Instrument erkennen konnte, das Wellen mit mehr als Lichtgeschwindigkeit in den Nicht-Äther hinausschickte.

Mit vorgetäuschter Munterkeit sagte Dr. Fetts: »Na schön, jetzt wissen wir wenigstens, woran wir sind. Macht nichts. Sonst wäre alles viel zu einfach gewesen. Komm, gehen wir mal in den Lagerraum und sehen, was wir da auftreiben können.«

Achselzuckend folgte Eddie der Mutter. Sie wollte unbedingt, daß beide sich einen Panrad nahmen. Falls sie sich aus irgendeinem Grund trennen mußten, konnten sie mit Hilfe dieses Gerätes ständig in Verbindung bleiben und mit dem RS – dem Richtungssucher – einander finden. Sie hatten ein solches Gerät schon häufig benutzt; daher waren sie mit seiner Anwendung vertraut und wußten, wie wertvoll es bei Erkundungs- oder Campingausflügen sein konnte.

Die Panrads waren leichte Metallzylinder, etwa einen halben Meter lang und mit einem Durchmesser von zwanzig Zentimetern; sie enthielten die Mechanismen von zwei Dutzend verschiedenen Apparaturen. Ihre Batterien reichten, ohne aufgeladen werden zu müssen, ein ganzes Jahr. Sie waren praktisch unzerstörbar und funktionierten unter nahezu allen Bedingungen.

Die beiden mieden die Seite des Schiffes, in der das riesige Loch klaffte, und stiegen mit ihren Panrads aus. Eddie suchte die Langwelle ab, während die Mutter den Kurzwellenknopf drehte. Sie glaubten beide nicht, daß sie et-

was hören würden, aber das Suchen war besser als untätig zu sein.
Als Eddie auf den modulierten Frequenzen keinerlei erkennbare Geräusche fand, schaltete er auf die unmodulierten Bereiche um. Zu seiner Verwunderung hörte er Funkzeichen.
»He, Mom! Da ist was auf tausend Kilohertz! Unmoduliert.«
»Aber natürlich, Kind«, antwortete sie, trotz ihrer freudigen Erregung leicht gereizt. »Was erwartest du denn sonst von einem funktelegrafischen Signal?«
Sie stellte ihr Gerät auch auf die entsprechende Wellenlänge ein. Er starrte sie ausdruckslos an. »Ich verstehe ja nicht viel vom Funken, aber Morsezeichen sind das nicht.«
»Was? Du mußt dich irren!«
»Ich . . . Nein, ich glaube nicht.«
»Also, sind es nun Morsezeichen oder nicht? Mein Gott, kannst du denn niemals etwas mit Bestimmtheit sagen?«
Sie drehte den Verstärker weiter auf. Da sie beide nach der Schlaflern-Methode das Galakto-Morsen gelernt hatten, konnte sie seine Angaben sofort kontrollieren.
»Ja, du hast recht. Was hältst du davon?«
Mit seinen scharfen Ohren lauschte er auf die Impulse.
»Das ist nicht nur einfach kurz und lang. Ich höre vier verschiedene Tonlängen heraus.«
Er lauschte weiter.
»Ja, genau. Sie haben einen bestimmten Rhythmus. Ich kann eindeutige Gruppierungen ausmachen. Aha! Diese habe ich jetzt zum sechstenmal gehört. Und da, eine zweite. Und wieder eine!«
Dr. Fetts schüttelte den aschblonden Kopf. Sie selbst hörte nichts als eine Folge einfacher Summtöne.
Eddie warf einen Blick auf die RS-Nadel.

»Kommt aus Nordost bis Ost. Versuchen wir, den Standort zu bestimmen?«

»Gewiß«, antwortete sie. »Aber zuerst wollen wir etwas essen. Wir wissen ja nicht, wie weit es ist und was wir dort finden werden. Mach du unsere Wanderausrüstung fertig, ich werde inzwischen eine warme Mahlzeit kochen.«

»Okay«, sagte er mit einem Enthusiasmus, den er seit langem nicht mehr an den Tag gelegt hatte.

Als er zurückkam, verschlang er alles, was seine Mutter auf dem unzerstörten Herd in der Kombüse zubereitet hatte.

»Dein Eintopf war schon immer der beste«, lobte er.

»Danke. Ich bin froh, daß du wieder ißt, mein Kind. Eigentlich wundert es mich. Ich dachte, dir würde übel sein von all dem hier.« Er winkte vage, aber energisch ab.

»Die Herausforderung des Unbekannten. Ich habe das Gefühl, daß alles viel besser geht, als wir dachten. Viel besser.«

Sie trat auf ihn zu und schnupperte an seinem Atem. Er war geruchlos, duftete nicht einmal nach dem Essen. Also hatte er Nodor genommen, und das hieß vermutlich, daß er heimlich Schnaps getrunken hatte. Wie war es sonst zu erklären, daß er womöglich drohende Gefahren so auf die leichte Schulter nahm? Das war eine Einstellung, die überhaupt nicht zu seinem Wesen paßte.

Aber sie sagte nichts. Sie wußte genau: Wenn er bei dem Versuch, die Funksignale aufzuspüren, in seiner Kleidung oder dem Marschgepäck eine Flasche Schnaps versteckte, würde sie sie sehr schnell finden. Und ihm wegnehmen. Und er würde nicht einmal dagegen protestieren, sondern es schmollend dulden, daß sie die Flasche seiner erschlafften Hand entwand.

Sie machten sich auf den Weg. Beide trugen Rucksäcke und Panrads. Er hatte sich ein Gewehr über die Schulter ge-

hängt und sie die kleine, schwarze Arzt- und Labortasche an ihrem Rucksackriemen befestigt.
Über dem Spätherbstmittag stand eine matte, rote Sonne, die kaum durch die ewige Doppelschicht der Wolken drang. Ihre Begleiterin, ein noch kleinerer, lilafarbener Ball, ging eben am nordwestlichen Horizont unter. Sie schritten in einer Art hellem Dämmerlicht dahin. Doch trotz dieses Mangels an Helligkeit war es warm – ein Phänomen, das gewissen Planeten hinter dem Pferdekopfnebel gemeinsam war.
Das Gelände war hügelig, mit vielen steilen Taleinschnitten. Hier und da gab es sogar Erhebungen, die man als Embryo-Berge bezeichnen konnte. Trotz dieser unwirtlichen Bodenformation gab es jedoch eine überraschend reiche Vegetation. Hellgrüne, rote und gelbe Büsche, Kletterpflanzen und kleine Bäume klammerten sich, horizontal oder vertikal, an jedes erreichbare Fleckchen Erde. Alle Gewächse hatten verhältnismäßig breite Blätter, die sich, um möglichst viel Licht einzufangen, der Sonne nachdrehten.
Während die beiden Terraner geräuschvoll durch den Wald stapften, huschten immer wieder kleine, vielfarbige insekten- oder säugetierähnliche Lebewesen von einem Versteck zum anderen. Eddie nahm sein Gewehr jetzt lieber in den Arm. Doch als sie dann abermals durch Schluchten und über Hügel klettern und sich ihren Weg durch unerwartet dichtes Gestrüpp bahnen mußten, hängte er es sich wieder über die Schulter.
Trotz dieses anstrengenden Marsches ermüdeten sie nicht sehr rasch. Sie wogen ungefähr zwanzig Pfund weniger als auf der Erde, und die Luft war zwar dünner, aber auch sauerstoffhaltiger als dort.
Dr. Fetts hielt mühelos mit Eddie Schritt. Obwohl sie dreißig Jahre älter war als ihr dreiundzwanzigjähriger Sohn, konnte man sie selbst bei näherer Inspektion für

seine ältere Schwester halten. Das war den Langlebigkeitspillen zu verdanken. Gleichwohl begegnete er ihr mit aller Höflichkeit und Ritterlichkeit, die man der eigenen Mutter entgegenbringt, und half ihr die steilen Abhänge hinauf, auch wenn das Klettern ihren Atem nicht sichtbar beschleunigte.

Einmal machten sie an einem Bachufer halt, um sich zu orientieren.

»Die Signale haben aufgehört«, stellte er fest.

»Anscheinend«, erwiderte sie.

In diesem Augenblick begann der im Panrad eingebaute Radar-Detektor zu zirpen. Beide schauten automatisch nach oben.

»Es ist aber kein Schiff in der Luft.«

»Von den Hügeln da drüben kann es auch nicht kommen«, meinte sie. »Auf denen sehe ich nichts als einen riesigen Felsbrocken.«

»Ich glaube trotzdem, daß es von dort drüben kommt. Oh! Da! Hast du das gesehen? Als wäre hinter dem großen Felsen ein langer Stengel eingezogen worden.«

Sie spähte aufmerksam durch das matte Licht. »Ich glaube, du hast Halluzinationen, mein Sohn. Ich habe nichts gesehen.«

Jetzt setzten außer dem Zirpen auch die Funksignale wieder ein. Gleich darauf verstummten beide.

»Komm, laß uns mal nachsehen«, schlug sie vor.

»Irgendwas stimmt da nicht«, meinte er. Sie schwieg.

Sie durchwateten den Bach und begannen den Aufstieg. Auf halbem Weg blieben sie stehen und sogen verblüfft den Geruch ein, den ihnen der Wind von oben entgegentrug.

»Riecht wie ein Käfig voll Affen«, stellte er fest.

»Während der Brunftzeit«, ergänzte sie. Er konnte zwar besser hören als seine Mutter, doch dafür hatte sie die feinere Nase.

Sie stiegen weiter bergan. Der RD begann seine winzigen, hysterischen Signale zu geben. Verdutzt blieb Eddie stehen. Der RS zeigte an, daß die Radarimpulse jetzt nicht, wie zuvor, von dem Gipfel des Hügels kamen, den sie erkletterten, sondern von dem zweiten auf der gegenüberliegenden Talseite. Abrupt wurde es im Panrad still.

»Was machen wir nun?«

»Wir führen das zu Ende, was wir begonnen haben: Wir steigen diesen Hügel hinauf. Dann können wir uns den anderen vornehmen.«

Er zuckte die Achseln und eilte ihrer hochgewachsenen, schlanken Gestalt im Overall nach. Sie war jetzt auf einer heißen Spur, und nichts konnte sie mehr zurückhalten. Kurz ehe sie den bungalowgroßen Felsblock auf der Hügelkuppe erreichte, holte er sie ein. Sie war stehengeblieben und starrte gebannt auf die RS-Nadel, die wild herumschwang und endlich auf Null stehenblieb. Der Affenkäfiggeruch war überaus stark.

»Glaubst du, daß hier ein strahlungserzeugendes Mineral vorkommt?« fragte sie ihn enttäuscht.

»Nein. Die Gruppierungen waren semantisch. Und dieser Geruch ...«

»Aber was ...«

Er wußte nicht, ob er sich freuen sollte oder nicht, weil sie ihm so offensichtlich und unvermittelt die Last der Verantwortung und Initiative aufbürdete. Was er empfand, war Stolz und gleichzeitig ein sonderbares Zurückschrecken, aber er war auch freudig erregt. Es ist fast, als stünde ich kurz vor der Entdeckung einer Tatsache, nach der ich schon sehr lange gesucht habe, dachte er. Was jedoch der Gegenstand dieser Suche sein mochte, wußte er nicht.

Er nahm seine Waffe von der Schulter, eine zweiläufige Kombination von Flinte und Büchse. Der Panrad schwieg immer noch.

»Vielleicht ist dieser Felsblock nur Tarnung für eine Spionageanlage«, sagte er. Aber das klang sogar in seinen eigenen Ohren dumm.
Die Mutter, die hinter ihm stand, schrie plötzlich auf. Er fuhr herum und hob das Gewehr, sah aber nichts, auf das er hätte schießen können. Sie deutete zitternd auf die Hügelkuppe der anderen Talseite und stammelte etwas Zusammenhangloses.
Jetzt entdeckte er eine lange, dünne Antenne, die anscheinend aus dem riesigen Felsblock da drüben herausragte. Zwei Gedanken stritten in ihm miteinander: Es müsse mehr als ein Zufall sein, daß beide Hügel beinahe identische Steinformationen aufwiesen, und: Die Antenne mußte erst vor ganz kurzer Zeit ausgefahren worden sein, denn er war sicher, sie nicht gesehen zu haben, als er das letztemal hinüberschaute.
Er kam jedoch nicht mehr dazu, der Mutter seine Überlegungen mitzuteilen, denn jetzt wurde er von etwas Dünnem, Flexiblem, aber Unwiderstehlichem gepackt, hoch in die Luft gehoben und rückwärts getragen. Er ließ das Gewehr fallen und versuchte mit den bloßen Händen, die Fesseln oder Tentakeln, die ihn umklammerten, zu fassen und zu zerreißen. Ohne Erfolg.
Mit einem letzten Blick sah er die Mutter den Hügel hinunterlaufen, dann sank ein Vorhang herab, und er war im Stockfinstern.
Eddie spürte, wie er noch immer in der Luft herumgedreht wurde. Ganz sicher wußte er es natürlich nicht, aber er hatte das Gefühl, daß er jetzt genau in die entgegengesetzte Richtung blickte. Gleichzeitig lösten sich die Tentakeln, die seine Beine und Arme fesselten, und nur seine Taille wurde noch festgehalten. So fest, daß er vor Schmerzen schrie.
Dann wurde er vorwärtsgetragen, wobei seine Stiefelspitzen immer wieder auf eine elastische Masse stießen.

Als er endlich angehalten wurde – vor welchem gräßlichen Ungeheuer, wußte er nicht –, wurde er plötzlich attackiert: nicht von einem scharfen Schnabel, Zahn, Messer oder sonst einem Schneideinstrument, sondern von einer dichten Wolke des ihm schon bekannten Affenparfüms.

Unter anderen Umständen hätte er sich übergeben. So aber hatte sein Magen gar keine Zeit, zu revoltieren. Der Tentakel hob ihn noch höher und drückte ihn gegen etwas Weiches, Nachgiebiges, etwas Fleischiges, Weibliches, fast Brustähnliches in seiner Beschaffenheit, Glätte, Wärme und angedeuteten, sanften Rundung.

Haltsuchend streckte er Hände und Füße aus, denn einen Augenblick fürchtete er, einzusinken, umschlossen, verschlungen zu werden. Die Vorstellung, daß sich hier in diesem hohlen Felsen oder in einer felsähnlichen Schale eine gigantische Amöbe versteckte, erschreckte ihn so, daß er sich wand und schrie und sich verzweifelt gegen die protoplasmaartige Substanz stemmte.

Doch nichts dergleichen geschah. Er wurde nicht in eine erstickende, schleimige Gallertmasse gestoßen, die ihm die Haut abriß und anschließend sein Fleisch und seine Knochen zerfraß. Er wurde lediglich immer wieder an diese weiche Rundung gedrückt. Jedesmal stemmte er sich dagegen und trat oder schlug danach. Erst nach einem Dutzend dieser scheinbar sinnlosen Versuche wurde er wieder zurückgezogen. Es schien, als sei das Wesen, das diese Aktion vollzog, von seinem Verhalten verwirrt.

Er hatte aufgehört zu schreien. Außer seinem rasselnden Atem waren nur noch die Geräusche aus dem Panrad zu hören. Und kaum waren sie in sein Bewußtsein gedrungen, da änderten die Summtöne ihr Tempo und formten sich zu einer erkennbaren Gruppierung: immer wieder die gleichen drei Einheiten.

»Wer bist du? Wer bist du?«

Es hätte natürlich auch heißen können: »Was bist du?« Oder: »Geh zum Teufel!« Oder: »Now Smoz ka pop?« Oder auch gar nichts – in semantischer Hinsicht.

Aber das glaubte er nicht. Und als er sanft zu Boden gesetzt wurde und der Tentakel sich irgendwo in die Dunkelheit zurückzog, war er überzeugt, daß dieses Wesen sich ihm mitteilte oder es wenigstens versuchte.

Nur dieser Gedanke war es, der ihn davon abhielt, laut loszuschreien und in diesem lichtlosen, stinkenden Gemach blind, kopflos herumzujagen und nach einem Ausgang zu suchen. Er bekämpfte seine Panik, ließ eine kleine Klappe an der Seite des Panrads aufschnappen und steckte seinen rechten Zeigefinger hinein. Er legte die Fingerkuppe auf eine Taste und funkte, als das Ding mit dem Senden aufhörte, so gut es ging die empfangenen Impulse zurück. Das Licht einzuschalten und das Tausend-Kilohertz-Band einzustellen, war nicht nötig. Das Instrument stellte sich automatisch auf die Frequenz ein, die es soeben empfangen hatte.

Das Seltsamste an dem gesamten Vorgang war, daß er am ganzen Leib heftig zitterte, nur nicht an einem einzigen Punkt: Sein Zeigefinger, der in dieser absurden Situation eine entscheidende Funktion zu haben schien, war vollkommen ruhig. Er half ihm in diesem Augenblick zu überleben. Sogar mit seinem Verstand schien der Finger keine Verbindung mehr zu haben. Der Finger war er; der Rest schien nur zufällig mit ihm zusammenzuhängen.

Als er innehielt, begann der andere Sender wieder zu arbeiten. Diesmal jedoch konnte er die Gruppierungen nicht interpretieren. Sie hatten zwar einen gewissen Rhythmus, aber er wußte nicht, was sie bedeuteten. Dazwischen zirpte ständig der RD. Irgendwo in diesem dunklen Loch hielt jemand fest einen Strahl auf ihn gerichtet.

Er drückte auf einen Knopf am oberen Teil des Panrads,

und die eingebaute Taschenlampe beleuchtete den Raum unmittelbar vor ihm. Er sah eine Wand aus einer rötlich-grauen gummiartigen Substanz. In dieser Wand befand sich eine ungefähr kreisrunde, hellgraue Schwellung mit einem Durchmesser von etwa einem Meter. Rings um diese Schwellung stand ein Kranz von zwölf sehr langen, sehr dünnen Tentakeln, die das Ganze wie ein Medusenhaupt wirken ließen.

Obgleich er fürchtete, die Tentakeln könnten ihn wieder ergreifen, sobald er ihnen den Rücken kehrte, drängte die Neugier ihn, sich umzudrehen und mit dem Lampenstrahl seine Umgebung zu erforschen. Er stand in einer eiförmigen, etwa zehn Meter langen, vier Meter breiten und in der Mitte zweieinhalb bis drei Meter hohen Kammer mit Wänden aus einem rötlich-grauen Material, das bis auf unregelmäßige blaue und rote Röhren, die es durchzogen – Venen und Arterien? –, ganz glatt aussah.

Ein türgroßer Teil der Wand wurde von einem senkrechten Schlitz durchteilt; er besaß ebenfalls einen Tentakelkranz. Eddie nahm an, daß es sich um eine Art Iris handelte und daß dies die Öffnung war, durch die man ihn hereingezogen hatte. Seesternförmig angeordnete Tentakelgruppen saßen an den Wänden und hingen von der Decke herab. An der der Iris gegenüberliegenden Wand sah Eddie einen langen, flexiblen Stengel mit einem knorpeligen Wulst am freien Ende. Sobald sich Eddie bewegte, bewegte sich auch der Stengel mit, und der Endwulst folgte ihm wie eine Radar-Antenne. Und genau das war es. Und falls er sich nicht täuschte, war dieser Stengel außerdem ein CT-Sender und Empfänger.

Er ließ den Lampenstrahl wandern. Als das Licht auf das von ihm am weitesten entfernten Ende der Kammer fiel, hielt er den Atem an: Dort hockten zehn Lebewesen dicht beisammen und beobachteten ihn! Sie waren ungefähr so groß wie halb erwachsene Frischlinge und ähnelten hauslosen Schnecken; Augen hatten sie nicht, und der Stengel, der ihnen aus der Stirn wuchs, war jeweils ein Miniatur-Duplikat des großen Stengels an der Wand. Gefährlich wirkten sie nicht. Die kleinen, offenen Münder waren zahnlos, und sie konnten sich mit Gewißheit nur sehr langsam fortbewegen, denn sie krochen wie Schnecken auf einem großen Fleischlappen, einem Fußmuskel.

Immerhin war es nicht unmöglich, daß sie ihn, sollte er einschlafen, allein durch ihre Überzahl überwältigten; oder ihre Mundöffnungen sonderten eine Säure ab, mit der sie ihn verdauten; oder sie trugen irgendwo einen verborgenen Giftstachel.

Seine Überlegungen wurden abrupt unterbrochen. Er wurde gepackt, emporgehoben und an eine andere Tentakelgruppe weitergereicht. An dem Antennenstengel vorbei wurde er auf die Schneckenwesen zugetragen. Kurz ehe er sie erreichte, wurde er dicht vor der Wand angehalten. Eine bisher unsichtbare Iris öffnete sich. Der Lichtstrahl seiner Lampe fiel hinein, aber er konnte nichts sehen als konvulsivisch zuckendes Fleisch.

Sein Panrad ließ eine neue Ton-Gruppierung hören. Die Iris weitete sich, bis ihre Öffnung groß genug war, um seinen Körper, Kopf oder Füße voran, aufzunehmen. Die konvulsivischen Zuckungen hielten inne, und die Öffnung formte sich zu einem Tunnel. Oder zu einem Schlund. Aus Tausenden von winzigen Vertiefungen wuchsen Tausende von winzigen, rasiermesserscharfen Zähnen. Sie schoben sich hoch und sanken wieder zurück, doch ehe sie ganz verschwanden, schossen Tausende von weiteren kleinen, bösartigen Speeren an den sich zurückziehenden Fängen vorbei nach oben. Ein Fleischwolf.

Hinter dieser mörderischen Einrichtung, am anderen Ende des Schlundes, befand sich eine riesige Tasche voll Flüssigkeit, aus der heißer Dampf und gleichzeitig ein Duft wie von Mutters Fleischeintopf aufstieg. Dunkle Brocken –

vermutlich Fleisch – und Gemüsestücke schwammen auf der brodelnden Oberfläche.
Dann schloß sich die Iris, und er wurde wieder zu den Schnecken herumgedreht. Sanft, aber unmißverständlich versohlte ihm ein Tentakel das Hinterteil. Und der Panrad summte eine Warnung.
Eddie war nicht dumm. Er wußte jetzt, daß die zehn kleinen Wesen ungefährlich waren, solange er sie nicht belästigte. Falls er es doch tat... Nun, er hatte soeben gesehen, was dann mit ihm geschehen würde.
Abermals wurde er hochgehoben, an der Wand entlanggetragen und an den hellgrauen Fleck gedrückt. Der Affengestank, der sich gelegt hatte, wurde wieder sehr stark. Eddie entdeckte, daß er einem winzigen Loch entströmte, das sich in der Wand öffnete.
Als er nicht reagierte – er hatte immer noch keine Ahnung, was man eigentlich von ihm verlangte –, ließen ihn die Tentakeln so unerwartet los, daß er auf den Rücken fiel. Unverletzt, weil der fleischige Boden so weich war, erhob er sich.
Was nun? Inventur.
Spezifikation: der Panrad; ein Schlafsack, den er nicht brauchte, solange sich die im Augenblick viel zu hohe Temperatur hielt; eine Flasche mit Old Red Star-Kapseln; eine Thermosflasche, für Schwerelosigkeit mit einem Gummisauger versehen; eine Schachtel mit A-2-Z-Rationen; ein Klapp-Kocher; Patronen für sein Doppelgewehr, das draußen vor dem Felspanzer des Wesens lag; eine Rolle Toilettenpapier, Zahnbürste, Zahnpasta, Seife, Handtuch; Pillen: Nodor, Hormon, Vitamin, Langlebigkeit und Schlaf; und ein in entrolltem Zustand über dreißig Meter langer fadendünner Draht, der in seiner Molekularstruktur einhundert Symphonien, achtzig Opern, tausend verschiedene Musikstücke und zweitausend erstklassige Bücher, von Sophokles und Dostojewski bis zu dem neuesten

Bestseller, gespeichert hatte. Er konnte im Panrad abgespielt werden.

Er legte ihn ein, drückte auf einen Knopf und sagte: »Bitte Eddie Fetts Aufnahme von Puccinis ›*Che gelida manina*‹.«

Und während er beifällig seiner eigenen, herrlichen Stimme lauschte, öffnete er eine Konservendose, die er ganz unten im Rucksack gefunden hatte. Seine Mutter hatte sie mit dem von ihrer letzten Mahlzeit im Schiff übriggebliebenen Eintopf gefüllt.

Ohne zu wissen, was eigentlich vorging, und dennoch irgendwie überzeugt, vorläufig in Sicherheit zu sein, kaute er zufrieden Fleisch und Gemüse. Der Übergang von Widerwillen zu Appetit gelang Eddie zuweilen erstaunlich schnell.

Er leerte die Dose und beschloß die Mahlzeit mit ein paar Crackers und Schokolade. Rationierung kam nicht in Frage. Solange der Lebensmittelvorrat reichte, würde er sich satt essen. Und wenn bis dahin nichts geschehen war, würde er ... Aber schließlich, so sagte er sich, während er sich die Finger ableckte, würde seine Mutter, die ja in Freiheit war, eine Möglichkeit finden, ihn aus seiner mißlichen Lage zu erlösen.

Sie hatte bisher noch immer einen Ausweg gefunden.

Der Panrad, der eine Zeitlang geschwiegen hatte, begann wieder zu zirpen. Eddie richtete den Lampenstrahl auf die Antenne und sah, daß sie auf die Schneckenwesen zielte, die er seiner Gewohnheit entsprechend mit einem Namen versehen hatte. *Sluggos* nannte er sie.

Die Sluggos krochen an die Wand und machten dicht davor halt. Die Münder, die sich an der Oberseite ihrer Köpfe befanden, sperrten sie auf wie hungrige Jungvögel. Die Iris öffnete sich, die beiden Lippen formten eine Tülle und spien dampfend heiße Flüssigkeit, Fleischbrokken und Gemüsestückchen aus.

Eintopf! Eintopf, der sich der Reihe nach in den jeweils wartenden Mund ergoß.
So lernte Eddie den zweiten Satz in Mutter Polyphemas Sprache. Der erste hatte bedeutet: »Wer bist du?« Dieser hier hieß: »Kommt essen!«
Er experimentierte. Er funkte das Signal, das er zuletzt gehört hatte. Wie auf Kommando drehten sich die Sluggos bis auf den, der gerade gefüttert wurde, zu ihm um und krochen ein Stück auf ihn zu, ehe sie unsicher innehielten.
Da Eddie sendete, mußten die Sluggos eine Art eingebauten RS besitzen, sonst hätten sie seine und die Signale der Mutter nicht voneinander unterscheiden können.
Auf einmal versetzte ihm ein Tentakel einen Hieb über die Schulter, daß er zu Boden fiel. Und der Panrad summte den dritten erkennbaren Satz: »Tu das nie wieder!«
Und dann einen vierten, dem die zehn Jungen bereitwillig folgten, indem sie kehrtmachten und ihren früheren Platz wieder einnahmen.
»Hierher, Kinder!«
Jawohl, das waren sie: Sprößlinge, die im Leib ihrer Mutter – der MUTTER – lebten, aßen, schliefen, spielten und sich verständlich zu machen lernten. Sie waren die bewegliche Brut dieses ungeheuren, unbeweglichen Wesens, das sich Eddie geschnappt hatte, wie sich ein Frosch eine Fliege schnappt. Kinder dieser Mutter, die einstmals genauso ein Sluggo gewesen war, bis sie zur Größe eines Schweines herangewachsen und aus dem Mutterleib ausgestoßen worden war. Und die, zu einem festen Ball gerollt, ihren Geburtshügel hinabgekugelt war, sich unten ausgestreckt hatte, den nächsten Hügel hinaufgekrochen und wieder hinuntergerollt war, und immer so weiter, bis sie den leeren Panzer einer Mutter gefunden hatte, die gestorben war. Oder – falls sie zur Oberklasse ihrer Ge-

sellschaft gehören und nicht ein prestigeloser Okkupant sein wollte – bis sie eine leere Hügelkuppe oder eine Erhebung entdeckt hatte, von der aus sie einen möglichst ausgedehnten Bereich beherrschen konnte.

Dort senkte sie dann viele fadendünne Fühler in den Boden und in die Felsspalten – Fühler, die sich von ihrem Körperfett ernährten und wuchsen und sich immer tiefer in den Boden senkten und immer weiter verästelten. Ganz unten setzten die Wurzeln ihre natürlichen chemischen Eigenschaften ein, suchten und fanden Wasser, Kalzium, Eisen, Kupfer, Stickstoff, Kohlenstoff, tasteten Erdwürmer, Maden und Larven ab, entrissen ihnen die Geheimnisse ihrer Fette und Proteine, spalteten die gewünschte Substanz in körperlose, kolloidale Partikelchen, saugten sie durch ihre engen Röhren empor bis in den bleichen, immer mehr schrumpfenden Körper, der an einer flachen Stelle auf einem Kamm, einer Hügelkuppe, einer Bergspitze ruhte.

Der Körper nahm nach den in den Molekülen des Gehirnzentrums gespeicherten Vorlagen die Bausteine der Elemente und formte sie mit Hilfe des am reichlichsten vorhandenen Materials zu einer sehr dünnen Schale, einem Schutzschild, der groß genug war, daß sie hineinwachsen konnte, während ihre natürlichen Feinde, die gefährlichen und ewig hungrigen Raubtiere, die durch das Zwielicht von Baudelaire streiften, vergeblich versuchten, den Panzer zu durchbrechen.

Nach einer Weile verkrampfte sich der stetig wachsende Körper und resorbierte die feste Hülle. Und wenn ihm während dieses nur wenige Tage dauernden Prozesses kein Raubtierzahn zu nahe kam, baute er einen neuen, größeren Panzer. Und später ein weiteres Dutzend und mehr. Bis er zu einem gigantischen, gänzlich veränderten, weiblichen, aber noch jungfräulichen Wesen herangewachsen war. Die Außenseite bestand aus dem Material, das

einer Felsmasse glich und es auch tatsächlich war: entweder Granit, Diorit, Marmor, Basalt oder ganz einfach schlichter Kalkstein. Und – gelegentlich – Eisen, Glas oder Zellulose.
Im Innern des Panzers lag, zentral plaziert, das Gehirn, vermutlich nicht kleiner als das eines Menschen. Rings herum, tonnenschwer, die Organe: das Nervensystem, das mächtige Herz – oder die Herzen –, die vier Mägen, die Mikrowellen- und Langwellengeneratoren, die Nieren, die Därme, die Tracheen, die Geruchs- und Geschmacksorgane, die Parfümfabrik, in der Düfte erzeugt wurden, mit denen sie Tiere und Vögel so nahe heranlockte, daß sie sie einfangen konnte, und der riesige Uterus. Und die Antennen: die kleine drinnen zur Erziehung und Beaufsichtigung der Jungen und der lange, kräftige Stengel draußen, der aus dem Panzer ragte und bei Gefahr eingezogen werden konnte.
Der nächste Schritt war der von der Jungfrau zur Mutter, von der niedrigeren Stufe zur höheren, wie man bei ihrer Impuls-Sprache der längeren Pause vor einem Wort entnehmen konnte. Erst defloriert konnte sie einen gehobenen Platz in ihrer Gesellschaft einnehmen. Schamlos, ohne zu erröten, machte sie die Avancen, die Angebote, bestimmte sie, wann sie sich ergab. Dann fraß sie das Männchen auf.
Die Uhr im Panrad sagte Eddie, daß er seit dreißig Tagen gefangen war, als er diese letzte Information erhielt. Ihn schauderte – nicht etwa, weil er moralisch schockiert gewesen wäre, sondern weil ihm selbst die Rolle des Männchens zugedacht worden war. Und die des Diners.
Sein Finger morste: »Mutter, was soll das heißen?«
Bis dahin hatte er sich noch keine Gedanken darüber gemacht, wie eine Spezies, die keine Männchen besaß, sich fortpflanzen konnte. Jetzt stellte er fest, daß für die Mütter alle Wesen außer ihnen selbst männlich waren. Mütter waren unbeweglich und weiblich. Bewegliche We-

sen waren männlich. Eddie war ein bewegliches Wesen, also männlich.

Er hatte sich dieser speziellen Mutter während der Paarungszeit genähert, also während der Zeit, da sie einen Wurf Junge großzog. Sie hatte ihn ausgemacht, als er am Bachufer das Tal entlangkam. Als er den Fuß des Hügels erreichte, hatte sie seinen Geruch bemerkt. Einen ihr unbekannten Geruch. Am nächsten kam ihm in ihren Gedächtnisspeichern noch der Geruch eines Tieres, das ihm sehr ähnlich war. Ihrer Beschreibung entnahm er, daß sie einen Menschenaffen meinte. Als Eddie ihr scheinbar in die Falle ging, hatte sie sich ihn geschnappt.

Er hätte den Empfängnisfleck attackieren müssen, jene hellgraue Schwellung in der Wand. Und sobald er ihn so weit aufgerissen hatte, daß die geheimnisvollen Funktionen der Schwangerschaft in Gang gesetzt wurden, wäre er in ihrer Magenöffnung verschwunden.

Zum Glück besaß er weder Schnabel noch Fänge oder Klauen. Und sie hatte aus seinem Panrad die eigenen Signale zur Antwort bekommen.

Eddie begriff nicht, warum man zur Paarung unbedingt ein bewegliches Wesen brauchte. Eine Mutter war doch intelligent genug, um einen scharfen Stein zu nehmen und den Fleck selbst aufzureißen.

Woraufhin er hörte, daß es mit der Empfängnis nicht klappte, solange sie nicht von einem gewissen Nervenkitzel begleitet war, von einer Erregung und deren Befriedigung. Warum diese Gefühlsregung notwendig war, wußte auch die Mutter nicht.

Eddie versuchte ihr die Funktion von Genen und Chromosomen zu erklären und weshalb sie bei jeder höher entwickelten Spezies unabdingbar war.

Die Mutter begriff das nicht.

Eddie fragte sich, ob die Zahl der Schnitte und Risse im Empfängnisfleck etwas mit der Anzahl der Jungen zu tun hatte. Und ob in den unter der Konzeptionshaut gelegenen Erbbändern eine Vielzahl von Möglichkeiten verborgen lag. Und ob die aufs Geratewohl erfolgte Reizung und die darauffolgende Stimulierung der Gene der zufälligen Kombination der Gene bei der menschlichen Paarung entsprach und so zu Nachkommen mit Eigenschaften führte, die eine Kombination der Eigenschaften ihrer Eltern waren.

Oder war das unvermeidliche Verschlingen des Beweglichen nach dem Paarungsvorgang mehr als ein emotioneller und der Ernährung dienender Reflex? Bedeutete er vielleicht, daß der Bewegliche zugleich mit der zerrissenen Haut durch seine Zähne und Klauen Gene aufnahm, daß diese Gene das Gekochtwerden im Magen überlebten und später mit den Exkrementen ausgeschieden wurden? Wo Tiere und Vögel sie wiederum mit Schnabel, Zahn oder Fuß aufnahmen und diese Erbträger dann, von anderen Müttern zur Vergewaltigung gefangen, bei der Attacke gegen den Empfängnisfleck dort im Blut und im schwellenden Fleisch deponieren konnten, während sie gleichzeitig neue Gene aufnahmen? Und wurden die Beweglichen dann später in diesem finsteren, aber genialen, niemals endenden Zyklus abermals gefressen, verdaut und wieder ausgeschieden, und damit die kontinuierliche, wenn auch vom Zufall bestimmte, immer neue Kombination von Genen, die Chance für Variationen bei der Reproduktion, die Gelegenheit zu Mutationen und so weiter gesichert?

Die Mutter funkte, sie könne nicht folgen.

Eddie gab auf. Er würde es nie erfahren. Und schließlich, was spielte es schon für eine Rolle?

Er kam zu dem Schluß, daß es keine spielte, und erhob sich aus seiner bequemen Lage, um Wasser zu fordern. Sie spitzte die Lippen ihrer Iris und spie einen Liter lauwarmer Flüssigkeit in seine Thermosflasche. Er warf eine

Pille hinein, schwenkte die Flasche, bis sich die Pille auflöste, und trank diese einigermaßen akzeptable Kopie des Old Red Star langsam aus. Der harte, kräftige Schnaps schmeckte ihm weitaus besser, obwohl er sich auch den mildesten hätte leisten können. Aber er wünschte die schnelle Wirkung. Der Geschmack spielte keine Rolle, da er das Alkoholaroma ohnehin nicht mochte.

Der Schnaps wärmte Eddies Magen und verbreitete sich rasch durch alle Glieder bis in den Kopf. Lediglich die schwindende Anzahl der Kapseln beeinträchtigte sein Wohlbehagen ein wenig. Wenn er keine mehr hatte – was dann? In solchen Augenblicken vermißte er seine Mutter am meisten.

Der Gedanke an sie lockte dicke Tränen in seine Augen. Er schniefte, trank weiter, und als der größte Sluggo ihn anstieß, weil er sich den Rücken kraulen lassen wollte, gab Eddie ihm statt dessen einen kräftigen Schluck Old Red Star. Müßig überlegte er, welche Auswirkungen wohl die Schnapssucht auf die Zukunft dieser Rasse haben würde, wenn aus den Jungfrauen Mütter wurden.

Im selben Augenblick durchzuckte ihn eine Idee, die er für lebensrettend hielt. Diese Kreaturen konnten die von ihnen benötigten Elemente aus dem Erdboden ziehen und damit ziemlich komplexe Molekularstrukturen nachbilden. Vorausgesetzt natürlich, sie bekamen eine Probe der gewünschten Substanz, die sie dann irgendwo in einem geheimnisvollen Organ analysieren konnten.

Und was wäre einfacher, als der Mutter eine seiner kostbaren Schnapskapseln zu verabreichen? Aus einer konnte sie jede gewünschte Anzahl machen. Und die würden, zusammen mit der reichlichen Wassermenge, die sie durch ihre hohlen Fühler aus dem nahen Bach heransaugte, soviel von dem Zeug ergeben, daß jeder Schnapsfabrikant vor Neid erblassen würde!

Er schmatzte genießerisch mit den Lippen und wollte ihr

gerade seinen Wunsch auseinandersetzen, als er ihre Funksignale vernahm.

Sie berichtete ihm ziemlich pikiert, daß ihre Nachbarin auf der anderen Talseite entsetzlich herablassend tue, weil sie ebenfalls ein verständigungsfähiges bewegliches Wesen gefangen habe.

Die gesellschaftliche Ordnung der Mütter war ebenso streng hierarchisch geregelt wie das Tischordnungsprotokoll in Washington oder die Hackordnung auf einem Hühnerhof. Nur das Prestige zählte, und das Prestige wurde von der Sendekapazität, der Höhe der Erhebung, auf der die das umgebende Territorium beherrschende Mutter saß, und von der Vielfalt, Neuheit und Schlagfertigkeit ihrer Plaudereien bestimmt. Die Mutter, die Eddie gefangenhielt, war eine Königin. Sie hatte den Vorrang vor über dreißig anderen Müttern, die alle schweigen mußten, sobald sie senden wollte. Und keine von ihnen durfte zu senden beginnen, bevor die Königin aufgehört hatte. Dann war die nächste in der Rangordnung an der Reihe, und so ging es weiter, die ganze Stufenleiter hinab. Die Königin konnte sie alle jederzeit unterbrechen. Nur falls eine aus den unteren Kadern etwas Interessantes zu übermitteln hatte, konnte sie die eben Sprechende unterbrechen und die Königin um Erlaubnis bitten, ihre Geschichte vorzutragen.

Eddie war über dies alles informiert, hatte aber keine Möglichkeit, den Hügelkuppenklatsch direkt mit anzuhören. Daran hinderte ihn der dicke pseudo-granitene Panzer, so daß er sich ganz auf die von der Innenantenne weitergereichten Informationen verlassen mußte.

Dann und wann öffnete die Mutter ihre Pforte und ließ ihre Jungen ins Freie kriechen, damit sie draußen das Senden von Nachrichten an die Sluggos der Mutter auf der anderen Talseite übten. Gelegentlich ließ sich sogar die andere Mutter persönlich herbei, den Jungen etwas herüberzufunken, und Eddies Betreuerin erwiderte die Gefälligkeit und funkte für die fremden Sprößlinge.

Als die Kinder zum erstenmal durch die Ausgangs-Iris krochen, hatte Eddie, wie Odysseus, versucht, sich als eines von ihnen auszugeben und sich inmitten der Herde hinauszuschieben. Die Mutter jedoch, augenlos, aber keineswegs ein Polyphem, hatte ihn mit ihren Tentakeln herausgefischt und zurückgeholt. Aufgrund dieses Zwischenfalls hatte er sie Polyphema getauft.

Er wußte, daß ihr zuvor schon beträchtliches Prestige durch den Besitz eines sendefähigen Beweglichen ungeheuer gestiegen, ja sogar so sehr gewachsen war, daß die Mütter an der Peripherie ihres Territoriums diese erstaunliche Neuigkeit an die anderen Sektionen weitergaben. Bevor Eddie ihre Sprache lernte, hatte der gesamte Kontinent schon miteinander in Funkverbindung gestanden. Polyphema war zu einer echten Klatsch-Kolumnistin geworden; Zehntausende von Hügelbewohnerinnen hatten begierig auf die Berichte über ihre Erlebnisse mit diesem wandelnden Paradoxon, dem semantischen Männchen, gelauscht.

Das war ein wunderbares Gefühl gewesen. Doch dann hatte die Mutter auf der anderen Talseite vor kurzem ein ähnliches Wesen gefangen. Sie war mit einem Schlag zur Nummer Zwei des Territoriums aufgestiegen und würde der armen Polyphema beim kleinsten Anzeichen von Schwäche ihre Spitzenposition entreißen.

Bei dieser Nachricht geriet Eddie in beträchtliche Erregung. Er hatte oft an seine Mutter gedacht und sich gefragt, was sie wohl machte. Seltsamerweise hatten diese Tagträume meistens damit geendet, daß er ihr, fast hörbar vor sich hinmurmelnd, vorwarf, ihn im Stich gelassen und keinen Versuch zu seiner Befreiung unternommen zu haben. Als er sich jedoch der Unlogik dieser Gedanken bewußt wurde, schämte er sich. Trotzdem war und blieb seine Denkweise von einem Gefühl des Verlassenseins überschattet.

Nun, da er wußte, daß sie noch lebte und in Gefangenschaft geraten war – vermutlich bei dem Versuch, ihn zu befreien –, schüttelte er die Lethargie ab, die ihn seit kurzem dazu verführt hatte, ununterbrochen vor sich hinzudämmern. Er bat Polyphema, ihm ihre Pforte zu öffnen, damit er sich direkt mit dem anderen Gefangenen unterhalten könne. Sie war einverstanden; da sie darauf brannte, ein Gespräch zweier Beweglicher mitanzuhören, zeigte sie sich überaus zuvorkommend. Es würde eine Menge über das Gehörte zu plaudern geben. Das einzige, was ihre Freude ein wenig beeinträchtigte, war der Gedanke, daß die andere Mutter ebenfalls zuhören konnte.

Dann aber fiel ihr ein, daß sie ja Königin war und deswegen sämtliche Einzelheiten zuerst senden konnte, und sie begann vor Stolz und Begeisterung so sehr zu zittern, daß Eddie den Fußboden beben fühlte.

Als sich die Iris geöffnet hatte, schritt er hindurch und blickte über das Tal. Die Berghänge waren noch immer grün, rot und gelb, denn auf Baudelaire warfen die Pflanzen im Winter die Blätter nicht ab. Nur an einigen weißen Stellen erkannte man, daß der Winter begonnen hatte. Die scharfe Kälte auf seiner nackten Haut ließ Eddie erzittern. Die Kleider hatte er schon vor langer Zeit abgelegt. Der Anzug war ihm in der Wärme des Mutterleibs zu unbequem geworden; außerdem mußte er, da er ein Mensch war, seine Abfallprodukte loswerden, und Polyphema, als Mutter, mußte den Schmutz von Zeit zu Zeit mit warmem Wasser aus einem ihrer Mägen fortspülen. Jedesmal wenn die Tracheen-Öffnungen die Ströme ausspien, von denen die unerwünschten Produkte durch die Tür-Iris hinausgefegt wurden, war Eddie bis auf die Haut durchnäßt worden. Als er sich dann ausgezogen hatte, waren seine Kleider mit hinausgeschwemmt

worden. Sein Gepäck hatte er vor demselben Schicksal nur retten können, indem er sich einfach daraufsetzte.
Anschließend waren er und die Sluggos von warmer Luft aus denselben Öffnungen getrocknet worden. Diese Luft stammte aus den mächtigen Batterien der Lungen. Eddie fühlte sich eigentlich durchaus wohl – er hatte schon immer sehr gern geduscht –, doch der Verlust seiner Kleider war ein weiterer Faktor gewesen, ihn an einer Flucht nach draußen zu hindern. Denn wenn er die Jacht nicht gleich fand, würde er unfehlbar erfrieren. Und ob er den Rückweg finden würde, wußte er nicht.
Deswegen zog er sich jetzt, als er hinausgetreten war, gleich wieder um ein, zwei Schritte zurück, bis sich die warme Luft aus Polyphemas Leib wie eine Decke um seine Schultern legte.
Dann spähte er angestrengt über die halbe Meile hinweg, die ihn von seiner Mutter trennte, konnte sie aber nicht erkennen. Das Dämmerlicht und das Dunkel im unbeleuchteten Innern ihres Gefängnisses verbargen sie vor seinen Augen.
Mit Morsezeichen funkte er: »Schalte auf Sprechfunk um, selbe Frequenz.« Paula Fetts gehorchte. Sie erkundigte sich besorgt, ob es ihm gut gehe.
Er antwortete, es gehe ihm großartig.
»Hast du mich sehr vermißt, mein Kind?«
»O ja, Mutter. Sehr.«
Als er das sagte, überlegte er vage, warum seine Stimme so tonlos klang. Sicherlich aus Verzweiflung bei dem Gedanken, daß er seine Mutter nie wiedersehen würde.
»Ich bin fast verrückt geworden, Eddie. Als du gefangen wurdest, bin ich so schnell wie möglich davongelaufen. Ich hatte keine Ahnung, was für ein gräßliches Ungeheuer uns da angreifen mochte. Und dann, als ich halbwegs den Hügel hinunter war, bin ich hingefallen und habe mir das Bein gebrochen...«

»O Gott, Mutter!«

»Ja. Ich schaffte es, zum Schiff zurückzukriechen. Als ich mich endlich beruhigt hatte, gab ich mir B.K.-Injektionen. Leider reagierte mein Körper nicht so, wie er sollte. Deshalb dauerte der Heilprozeß doppelt so lange. Als ich dann wieder laufen konnte, holte ich mir ein Gewehr und eine Schachtel Dynamit. Ich wollte das Ding in die Luft sprengen, weil ich es für eine Art Felsenfestung hielt. Von der wahren Natur dieser Ungeheuer hatte ich keine Ahnung. Zuerst jedoch wollte ich die Lage erkunden. Ich wollte den Felsblock von der anderen Talseite her beobachten. Und da hat mich dann dieses Ding geschnappt. Hör zu, mein Kind. Bevor man uns trennt, möchte ich dir noch sagen, daß du nicht die Hoffnung aufgeben darfst. Ich komme hier jetzt sehr bald raus, und dann hole ich dich.«

»Aber wie?«

»Erinnerst du dich, daß ich für den Notfall immer einen Vorrat von Karzinogenen in meiner Labortasche habe? Nun mußt du wissen, daß der Konzeptions-Fleck der Mutter manchmal, wenn er bei der Paarung zerrissen wird, keine Jungen empfängt, sondern Krebs entwickelt – das Gegenteil einer Schwangerschaft also. Ich habe hier in den Fleck ein Karzinogen injiziert, und daraus ist ein herrliches Karzinom entstanden. In wenigen Tagen ist sie tot.«

»Mom! Du wirst in dieser faulenden Masse umkommen!«

»Nein. Das Wesen hat mir erklärt, daß sich beim Tod dieser Spezies die Labien durch einen Reflex öffnen, damit die Jungen – falls welche vorhanden sind – unbeschadet hinauskönnen. Hör zu, ich werde ...«

Ein Tentakel umschlang ihn und holte ihn in die Mutter zurück. Die Tür-Iris schloß sich.

Als er auf C.W. zurückschaltete, hörte er: »Warum habt

ihr euch nicht unterhalten? Was habt ihr gemacht? Sag es mir! Sag es!«

Eddie sagte es ihr. Daraufhin folgte ein Schweigen, das er nur als Verwunderung auslegen konnte. Als sich die Mutter von ihrem Staunen erholt hatte, sagte sie: »Von jetzt an wirst du nur über mich mit dem anderen Männchen sprechen.«

Offensichtlich beneidete sie ihn um die Möglichkeit, die Wellenlängen zu wechseln, vielleicht haßte sie ihn sogar dafür. Und sicherlich fiel es ihr schwer, sich an diese Vorstellung zu gewöhnen.

»Bitte«, flehte er, ohne zu wissen, auf welch gefährlichem Boden er sich bewegte, »bitte, laß mich direkt mit meiner Mutter spre ...«

Zum erstenmal hörte er sie stottern.

»W-w-was? Deine M-M-Mutter?«

»Ja. Gewiß.«

Der Boden unter seinen Füßen begann sich krampfhaft zusammenzuziehen. Er stieß einen Schrei aus, suchte sich abzustützen und schaltete die Lampe an. Die Wände pulsten wie Pudding, und die Gefäßröhren waren nicht mehr rot und blau, sondern grau. Die Tür-Iris klaffte wie ein erschlaffter Mund, es wurde empfindlich kühl, und an seinen Fußsohlen spürte er, wie ihre Körpertemperatur absank.

Es dauerte eine Weile, bis er begriff.

Polyphema hatte einen Schock erlitten.

Was mit ihm geschehen wäre, wenn sie sich aus diesem Zustand nicht wieder erholt hätte, würde er nie erfahren. Möglicherweise wäre sie gestorben und hätte ihn in die Winterkälte hinausgetrieben, bevor seine Mutter entfliehen konnte. In diesem Fall hätte er sterben müssen, falls er das Schiff nicht gleich fand. Eddie kauerte sich in den wärmsten Winkel der eiförmigen Kammer, dachte über diese Möglichkeit nach und wurde von einem Zittern

geschüttelt, für das die Außenluft allein keine Erklärung war.
Polyphema hatte jedoch ihre eigene Methode, sich zu erholen: Sie spie den Inhalt ihres Eintopf-Magens aus, der zweifellos von Giften durchsetzt war, die ihr Körper während des Schockzustands ausgeschieden hatte. Dieses Erbrechen war der physische Ausdruck ihrer psychischen Katharsis. So heftig war die Flut, daß ihr Ziehkind beinahe mit der heißen Welle hinausgespült worden wäre. In einer instinktiven Reaktion hatte sie Eddie und die Sluggos jedoch mit ihren Tentakeln festgehalten. Nach dem ersten Erbrechen leerte sie die anderen drei Wassertaschen: die zweite heiß, die dritte lauwarm und die vierte, soeben erst frisch gefüllt, sehr kalt.
Eddie kreischte, als das eisige Wasser über ihn hinspülte. Polyphema schloß ihre Iris-Öffnungen wieder. Allmählich hörten Boden und Wände zu beben auf; die Temperatur stieg an, die Venen und Arterien wurden wieder rot und blau. Sie hatte sich ganz erholt. So schien es jedenfalls.
Doch als er nach vierundzwanzigstündigem Abwarten das Thema behutsam noch einmal anschnitt, mußte er feststellen, daß sie nicht nur kein einziges Wort darüber verlieren wollte, sondern sich schlichtweg weigerte, die Existenz des anderen beweglichen Wesens zu akzeptieren.
Eddie, der jede Hoffnung auf ein Gespräch mit seiner Mutter aufgab, überlegte eine Weile. Er kam zu einem einzigen logischen Schluß und war überzeugt, soviel von ihrer Psychologie erfaßt zu haben, um darin nicht fehlzugehen: Er glaubte, daß die Idee eines beweglichen Weibchens für sie einfach nicht akzeptabel war.
Ihre Welt bestand aus zwei Teilen: aus den beweglichen Wesen und ihrer eigenen Art, den Unbeweglichen. Beweglich, das bedeutete Nahrung und Paarung. Beweglich, das bedeutete männlich. Die Mütter waren weiblich.
Die Frage, wie sich die Beweglichen vermehrten, war den

Hügelbewohnerinnen vermutlich nie in den Sinn gekommen. Ihre Wissenschaft und Philosophie lagen auf dem instinktiv-körperlichen Niveau. Ob sie sich eine Vorstellung davon machten, auf welche Weise für den Fortbestand der Beweglichen gesorgt wurde, durch spontane Zeugung oder amöbengleiche Teilung, oder ob sie es für selbstverständlich hielten, daß die Beweglichen einfach »wuchsen«, fand Eddie niemals heraus. Nach ihren Begriffen waren sie selber weiblich und der Rest des protoplasmischen Kosmos war männlich. Jede davon abweichende Konzeption war häßlich, obszön und lästerlich. Sie war – undenkbar.

Polyphema hatte durch seine Worte ein tiefes Trauma davongetragen. Und wenn es auch schien, als habe sie sich erholt, so war doch irgendwo tief in den Tonnen dieses unvorstellbar komplizierten Körpers eine Wunde zurückgeblieben, die nun wie eine verborgene Blume blühte und mit ihrem Schatten eine bestimmte Erinnerung vor dem grellen Licht des Bewußtseins schützte.

Und so verstand Eddie auch, verstand es mit seinen Körperzellen, was dann geschah.

Sechsundsechzig Stunden später öffneten sich Polyphemas Eingangs-Lippen. Ihre Tentakeln schossen hinaus. Als sie sie wieder einzog, trugen sie seine hilflos zappelnde Mutter.

Aus seinem Dämmerzustand gerissen, sah Eddie entsetzt, gelähmt, wie sie ihm ihre Labortasche zuwarf, und hörte ihren unartikulierten Schrei. Und dann sah er, wie sie in die Magen-Iris geschleudert wurde.

Polyphema hatte die einzig sichere Methode gewählt, um sich des Beweisstückes zu entledigen.

Eddie lag auf dem Bauch, die Nase in das warme, schwach pulsierende Fleisch des Bodens gepreßt. Dann und wann verkrampften sich seine Hände, als greife er nach irgend

etwas, das irgend jemand immer wieder aus seiner Reichweite zog.
Wie lange er hier war, wußte er nicht, denn er sah nie wieder auf die Uhr.
Endlich setzte er sich auf und kicherte irre. »Mutters Eintopf war schon immer der beste.«
Das war das auslösende Element. Er lehnte sich auf die aufgestützten Hände zurück, warf den Kopf in den Nacken und heulte wie ein Wolf bei Vollmond.
Polyphema war natürlich stocktaub, konnte mit ihren Radarantennen aber seine Körperstellung ausmachen und mit ihrem scharfen Riechorgan aus seiner Körperausdünstung schließen, daß er unter schrecklicher Angst und Qual leiden mußte.
Ein Tentakel entrollte sich und umfaßte ihn sanft.
»Was ist denn los?« summte der Panrad.
Er steckte den Finger in die Sendeöffnung.
»Ich habe meine Mutter verloren.«
»?«
»Sie ist fort und kommt nie wieder.«
»Verstehe ich nicht. *Ich bin doch hier!*«
Eddie hörte auf zu weinen und legte den Kopf schief, als lausche er auf eine innere Stimme. Er schniefte ein paarmal, wischte sich die Tränen ab, löste behutsam den Tentakel, tätschelte ihn, ging zu seinem Rucksack in der Ecke und holte die Flasche mit den Old Red Star-Kapseln heraus. Eine ließ er in die Thermosflasche fallen, die andere gab er der Mutter mit der Bitte, sie, wenn möglich, zu kopieren. Dann streckte er sich seitlich aus, wie ein alter Römer zum Mahl auf einen Ellbogen gestützt, trank den Schnaps durch den Sauger und lauschte einer bunten Mischung von Beethoven, Mussorgski, Verdi, Strauß, Porter, Feinstein und Waxworth.
Und so floß die Zeit dahin – falls hier so etwas überhaupt existierte. Wenn er keine Lust mehr hatte, Musik,

Theaterstücke oder Bücher zu hören, schaltete er sich in den Sendekreis des Territoriums ein. Wenn er hungrig war, stand er auf und ging oder kroch an die Eintopf-Iris. In seinem Gepäck hatte er Konserven liegen; er hatte vorgehabt, davon zu essen, bis er ganz sicher war ... Was war es doch noch, was er nicht essen durfte? Gift? Irgend etwas, das Polyphema und die Sluggos verschlungen hatten. Aber irgendwann während der Musik-und-Schnaps-Orgie hatte er es vergessen. Jetzt aß er mit großem Appetit und ohne einen Gedanken an etwas anderes als die Befriedigung seiner Bedürfnisse.

Gelegentlich öffnete sich die Tür-Iris, und Billy, der Gemüsehändler, hoppelte herein. Billy sah aus wie die Kreuzung zwischen einer Grille und einem Känguruh. Er war etwa so groß wie ein Collie und brachte in seiner Beuteltasche Gemüse, Obst und Nüsse her. Er überreichte sie der Mutter mit glänzend grünen Chitinpfoten und nahm dafür eine Eintopfmahlzeit in Empfang. Äußerst zufrieden mit dieser Symbiose, zirpte er fröhlich, während er mit den Fazettenaugen, die sich unabhängig voneinander bewegen konnten, gleichzeitig die Sluggos und Eddie betrachtete.

Einem Einfall folgend, verließ Eddie das Tausend-Kilohertz-Band und suchte die Frequenzen ab, bis er herausfand, daß Polyphema und Billy sich auf einer 108-Welle verständigten. Das war anscheinend ihr natürliches Signal. Wenn Billy Lebensmittel zu liefern hatte, sendete er. Wenn Polyphema ihn brauchte, rief sie nach ihm. Auf Billys Seite hatte das keineswegs mit Intelligenz zu tun; er sendete instinktiv. Und die Mutter war, abgesehen von ihrer »semantischen« Frequenz, auf dieses eine Band beschränkt. Aber es klappte großartig.

Alles war großartig. Ihm blieb nichts zu wünschen übrig. Er hatte zu essen, unbegrenzte Alkoholvorräte, ein weiches Bett, Luftkühlung, Duschen, Musik, intellektuelle

Unterhaltung (vom Tonband), interessante Plaudereien (häufig über seine Person), Ruhe und Sicherheit.
Wenn er ihr nicht schon einen Namen gegeben hätte, dann hätte er sie jetzt Mutter Gratis genannt.
Und materielle Annehmlichkeiten waren nicht alles. Sie hatte ihm Antwort auf sämtliche Fragen gegeben, auf alle...
Bis auf eine.
Diese Frage hatte er nie ausgesprochen. Er hätte sie auch gar nicht aussprechen können, denn er war sich vermutlich gar nicht klar darüber, daß er eine solche Frage hatte.
Polyphema jedoch sprach sie eines Tages aus. Sie bat ihn, ihr einen Gefallen zu tun.
Eddie reagierte entrüstet.
»Aber so etwas tut man doch nicht! So etwas tut man einfach nicht!«
Er war sprachlos. Und dann dachte er: Wie albern! Sie ist doch nicht etwa...
Er machte ein bestürztes Gesicht. »Aber ja doch! Sie ist!« sagte er.
Er stand auf und öffnete die Labortasche. Bei der Suche nach dem Skalpell stieß er auf die Karzinogene und warf sie durch die halb offenen Labien weit hinaus, den Hügel hinab.
Dann drehte er sich, das Skalpell in der Hand, wieder um und stürzte sich auf die hellgraue Schwellung an der Wand. Hielt aber noch einmal inne, starrte sie an, ließ das Instrument fallen. Hob es auf, stach kraftlos zu und ritzte nicht einmal die Haut. Und ließ es abermals fallen.
»Was ist denn? Was ist?« summte der Panrad, der an seinem Handgelenk hing.
Auf einmal wurde ihm aus einer nahen Öffnung eine dichte Wolke Menschengeruch ins Gesicht geblasen. Männerschweiß.
»????«

Er stand, halb gebückt, wie gelähmt. Bis wütende Tentakeln ihn packten und auf die weit geöffnete Magen-Iris zuschoben.

Eddie schrie auf, wand sich, steckte den Finger in die Panrad-Öffnung und funkte: »Ja, ja! Schon gut! Schon gut!«

Als er dann abermals vor den Fleck gehalten wurde, stieß er mit plötzlicher wilder Begeisterung zu; schlitzte hemmungslos; schrie: »Da hast du's! Und da! Und da, du Hu...« Der Rest verlor sich in einem unartikulierten Schrei.

Er hätte nicht aufgehört zu schneiden, hätte weitergemacht, bis der Fleck vollkommen zerstört war, hätte Polyphema nicht selber eingegriffen, indem sie ihn wieder auf ihre Magen-Iris zuschob. Zehn Sekunden lang blieb er dort hängen – hilflos und schluchzend vor Angst und Stolz.

Polyphemas Reflexe hätten beinahe ihren Verstand besiegt. Zum Glück zündete in einem Winkel ihres Rausches ein kalter Funken der Vernunft.

Die Windungen, die zu der dampfenden, fleischgefüllten Tasche führten, schlossen sich, die Fleischfalten ordneten sich wieder. Eddie wurde mit warmem Wasser aus dem von ihm so getauften »Hygiene«-Magen geduscht. Die Iris schloß sich. Er wurde abgesetzt. Das Skalpell wanderte in die Tasche zurück.

Sehr lange schien die Mutter tief erschüttert bei dem Gedanken an das, was sie Eddie beinahe angetan hätte. Sie wagte erst wieder zu senden, als ihre Nerven sich ganz beruhigt hatten. Als es dann so weit war, kam sie nie mehr auf diesen Zwischenfall zurück. Und Eddie erwähnte ihn ebenfalls nicht.

Er war jetzt glücklich. Er hatte das Gefühl, als habe sich eine Klammer, die seine Gedärme gepackt hielt, seit er sich von seiner einstigen Ehefrau getrennt hatte, endlich gelöst. Der dumpfe, vage Schmerz über Verlust und Unzufriedenheit, das leichte Fieber und die Krämpfe in seinem Innern, sogar die Apathie, die ihn gelegentlich überkam – das alles war endgültig verschwunden. Er fühlte sich großartig.

Mit der Zeit hatte sich sogar so etwas wie eine tiefe Zuneigung entwickelt. Mutters Panzer beherbergte mehr als nur Eddie; er wölbte sich nunmehr über einer Emotion, die ihrer Art fremd war. Das sollte sich am nächsten Ereignis zeigen, das Eddie wieder mit Entsetzen erfüllte.

Denn die Wunden des Empfängnisflecks heilten, und die Schwellung wuchs zu einem großen Sack. Dann platzte der Sack, und zehn mausgroße Sluggos purzelten heraus. Der Aufschlag hatte die gleiche Wirkung wie der Klaps, den der Arzt einem Neugeborenen gibt: Vor Schreck und Schmerz holten sie zum erstenmal tief Luft. Ihre noch unkontrollierten, schwachen Impulse füllten den Äther mit ziellosem SOS.

Wenn Eddie sich nicht mit Polyphema unterhielt, zuhörte, trank, schlief, aß, badete oder das Band ablaufen ließ, spielte er mit den Sluggos. In gewissem Sinne war er ja ihr Vater. Und als sie zu Schweinegröße heranwuchsen, fiel es der Mutter allmählich schwer, ihn von ihren Jungen zu unterscheiden. Da er nur noch selten aufrecht ging und häufig auf Händen und Knien in ihrer Mitte herumkroch, konnte sie ihn nicht mehr gut ausmachen. Überdies mußte irgend etwas in der feuchten Luft oder der Nahrung liegen, das bei ihm einen totalen Haarausfall auslöste. Im großen und ganzen war er jetzt kaum noch von ihren weißen, weichen, rundlichen, kahlen Sprößlingen zu unterscheiden. Familienähnlichkeit.

Nur einen Unterschied gab es doch. Als nämlich der Zeitpunkt nahte, da die jungfräulichen Wesen hinausgetrieben werden sollten, verkroch sich Eddie im hintersten Winkel, wo er vor Angst wimmernd liegenblieb, bis er ganz sicher

war, daß ihn die Mutter nicht in die kalte, harte, hungrige Welt hinausstoßen würde.
Als diese letzte Krise vorüber war, kehrte er in die Mitte der Kammer zurück. Die panische Angst in seiner Brust hatte sich gelegt, seine Nerven aber bebten immer noch. Er füllte die Thermosflasche und lauschte eine Weile seinem eigenen Tenor, der die *»Sea Things«*-Arie aus seiner Lieblingsoper sang, aus Gianellis *»Ancient Mariner«*. Dann konnte er auf einmal nicht mehr an sich zu halten und begann selbst laut zu singen.

»And from my neck so free
The Albatros fell off, and sank
Like lead into the sea.«

Anschließend schaltete er, schweigend, aber mit singendem Herzen, das Band ab und hörte sich an, was Polyphema zu senden hatte.
Die Mutter kämpfte mit Schwierigkeiten. Sie konnte den lauschenden anderen Müttern diese neue und nahezu unerklärliche Emotion, die sie im Hinblick auf das bewegliche Wesen verspürte, nicht recht beschreiben. Es handelte sich um einen Begriff, den es in ihrer Sprache nicht gab. Und die Hektoliter Old Red Star in ihrem Blut halfen ihr dabei auch nicht weiter.
Eddie lutschte an seinem Plastiksauger und begleitete ihre Suche nach passenden Worten mit mitfühlendem, schlaftrunkenen Nicken. Bis ihm die Thermosflasche aus der erschlafften Hand kollerte.
Er schlief auf der Seite, zu einem Ball gerollt, die Knie an der Brust, die Arme gekreuzt, den Kopf vornübergeneigt. Genau wie der Chronometer im Kommandoraum, dessen Zeiger nach dem Absturz rückwärts liefen, tickte auch die Uhr seines Körpers jetzt rückwärts . . .
In Dunkelheit, Feuchte, sicher und warm, wohlgenährt und tief geliebt.

Phase II: Willkommen im Irrgarten

Alfred Bester

Das Leben ist auch nicht mehr, was es einmal war

Das Mädchen, das den Jeep lenkte, war sehr hellhäutig und sehr nordisch. Ihr blondes Haar hatte sie hinten zu einem Ponyschwanz zusammengefaßt, aber es war so lang, daß man ihn eher als Pferdeschwanz hätte bezeichnen können. Sie trug Sandalen, schmutzige Blue jeans und sonst nichts. Sie war braungebrannt. Als sie mit dem Jeep von der Fifth Avenue abbog und holpernd die Treppe zur Bibliothek hinauffuhr, hüpfte ihr Busen ganz bezaubernd auf und ab.

Sie parkte vor dem Bibliothekseingang, stieg aus und wollte gerade hineingehen, als ihre Aufmerksamkeit von irgend etwas auf der anderen Straßenseite gefesselt wurde. Sie spähte hinüber, zögerte, sah dann an ihren Jeans hinunter und schnitt eine Grimasse. Dann zog sie die Hose aus und warf sie nach den Tauben, die niemals aufhörten, auf der Bibliothekstreppe zu gurren und zu schnäbeln. Als die Vögel erschrocken hochflatterten, lief sie zur Fifth Avenue hinunter, überquerte die Straße und blieb vor einem Schaufenster stehen, in dem ein pflaumenfarbenes Wollkleid ausgestellt war. Es hatte eine hohe Taille, einen weiten Rock und noch nicht allzu viele Mottenlöcher. Es kostete 79,90 Dollar.

Das Mädchen suchte die alten Autos ab, die auf der

Avenue herumstanden, bis sie eine lockere Stoßstange fand. Dann schlug sie die Ladentür aus Spiegelglas ein, trat vorsichtig über die Splitter hinweg und besichtigte die verstaubten Kleiderständer. Sie war recht groß und hatte Mühe, etwas Passendes für sich zu finden. Schließlich ließ sie das pflaumenfarbene Wollkleid hängen und begnügte sich mit einem dunklen Schottenkleid, Größe 12, Preis 120 Dollar, auf 99,90 herabgesetzt. Sie entdeckte ein Verkaufsbuch und einen Bleistift, pustete den Staub weg und trug gewissenhaft ein: Schuldbetrag 99,90 Dollar. Linda Nielsen.

Sie kehrte zur Bibliothek zurück und betrat das Gebäude durch den Haupteingang; es hatte sie eine ganze Woche gekostet, die Türflügel mit einem schweren Hammer einzuschlagen. Sie lief durch die große Halle, deren Boden mit dem Guano der Tauben bedeckt war, die hier seit fünf Jahren nisteten. Im Laufen hielt sie die Arme über den Kopf, um ihre Haare vor herabfallendem Mist zu schützen. Sie stieg die Treppe zum zweiten Stock hinauf und ging in die Abteilung für Drucke. Wie immer trug sie sich ins Register ein. Datum: 20. Juni 1986. Name: Linda Nielsen. Adresse: Central Park, Modellschiffteich. Beruf: letzter Mensch auf der Erde.

Als sie das erstemal in die Bibliothek eingebrochen war, hatte sie lange überlegt, was sie unter »Beruf« eintragen sollte. Streng genommen war sie die letzte Frau auf der Erde, aber das klang eigentlich doch zu chauvinistisch. Und »letzte Person auf der Erde« klang albern, wie wenn man statt eines Drinks etwa ein »Getränk« bestellte.

Sie zog große Mappen aus den Ständern und blätterte sie durch. Sie wußte genau, was sie wollte: etwas Warmes mit blauen Akzenten, das in den Rahmen für ihr Schlafzimmer paßte. In einer unschätzbar wertvollen Sammlung von Hiroshige-Drucken fand sie eine wunderschöne Landschaft. Sie füllte eine Quittung aus, legte sie gewissenhaft auf den Schreibtisch der Bibliothekarin und nahm den Druck mit hinaus.

Unten ging sie noch in den Hauptsaal, trat an die hinteren Regale und suchte zwei italienische Grammatiken und ein italienisches Wörterbuch heraus. Dann kehrte sie durch die große Halle zu ihrem Jeep zurück und legte Bücher und Druck auf den Vordersitz neben ihre Begleiterin, eine exquisite Dresdner Porzellanpuppe. Sie nahm eine Liste zur Hand und las:

Jap. Druck
Italienisch
Bilderrahmen
Hummersuppe
Messingputz
Waschpulver
Möbelpolitur
Mop

Sie strich die ersten beiden Positionen durch, legte die Liste wieder auf das Armaturenbrett, stieg ein und schaukelte mit ihrem Jeep die Bibliothekstreppe hinab. Durch Trümmerstücke schlängelte sie sich die Fifth Avenue hinauf. Als sie die Ruine der St. Patricks-Kathedrale an der 50th Street passierte, tauchte ein Mann vor ihrem Wagen auf.

Er kam direkt aus den Trümmern und wollte, ohne nach rechts oder nach links zu sehen, einfach die Straße überqueren. Sie stieß einen lauten Ruf aus, hämmerte auf die Hupe, die jedoch stumm blieb, und bremste so scharf, daß der Jeep ausbrach und gegen die Überreste eines Busses stieß. Der Mann schrie auf, machte einen Satz und blieb dann, sie fassungslos anstarrend, wie gelähmt stehen.

»He! Können Sie denn nicht aufpassen?« brüllte sie. »Warum machen Sie nicht die Augen auf. Glauben Sie vielleicht, daß Ihnen die ganze Stadt gehört?«

Er starrte nur und stammelte. Es war ein großer Mann

mit dichtem, ergrauendem Haar, rotem Bart und wettergegerbter Haut. Er trug Drillichzeug, schwere Skistiefel und auf dem Rücken einen prall gefüllten Rucksack mit einer zusammengerollten Decke. In der Hand hielt er eine abgenutzte Schrotflinte, und seine Taschen waren mit allen möglichen Dingen vollgestopft. Er sah aus wie ein Goldsucher.

»Mein Gott!« flüsterte er mit rostiger Stimme. »Endlich ein Mensch! Ich wußte es. Ich habe immer gewußt, daß ich jemanden finden würde.« Dann fiel sein Blick auf ihr langes, blondes Haar, und seine Miene wurde lang. »Eine Frau!« murmelte er. »Ich habe aber auch immer Pech.«

»Was sind Sie eigentlich für ein Verrückter?« erkundigte sie sich. »Wissen Sie nicht, daß man bei Rot nicht über die Straße geht? Dafür sind die Verkehrsampeln doch da!«

Er schaute sich verblüfft um. »Was für Verkehrsampeln?«

»Na schön, es gibt eben keine. Aber können Sie nicht ein bißchen aufpassen?«

»Tut mir leid, Lady. Ehrlich gesagt, hatte ich keinen Verkehr erwartet.«

»Sie brauchen bloß Ihren Grips ein bißchen anzustrengen«, knurrte sie und setzte den Jeep von dem Bus zurück.

»He, warten Sie!«

»Ja?«

»Hören Sie, kennen Sie sich vielleicht mit dem Fernsehen aus? Mit Elektronik, wie man es nennt ...«

»Machen Sie Witze?«

»Nein, ehrlich! Ich meine es ernst.«

Sie schnaufte verächtlich und machte Miene, ihren Weg fortzusetzen, aber er gab die Straße nicht frei.

»Bitte, Lady«, sagte er beharrlich. »Ich habe meine Gründe für diese Frage. Kennen Sie sich nun also damit aus?«

»Nein.«

»Verdammt! Ich habe aber auch nie Glück. Lady, entschuldigen Sie, es ist nicht böse gemeint, aber gibt es denn keinen Mann in dieser Stadt?«

»Hier bin nur ich. Ich bin der letzte Mensch auf der Erde.«

»Komisch, und ich dachte immer, das sei ich.«

»Na schön, dann bin ich eben die letzte Frau.«

Er schüttelte den Kopf. »Es muß noch andere Menschen geben; es muß einfach. Ist doch logisch. Im Süden vielleicht; was meinen Sie? Ich komme von New Haven runter und habe mir gedacht, wenn ich dahin gehe, wo das Klima wärmer ist, dann finde ich ein paar Burschen, die ich um einen Gefallen bitten kann.«

»Was für einen Gefallen?«

»Ach, das verstehen Frauen nicht. Nichts gegen Sie!«

»Aber wenn Sie nach Süden wollen, dann gehen Sie in die falsche Richtung.«

»Da ist doch Süden, nicht wahr?« Er zeigte die Fifth Avenue hinab.

»Ja, aber da kommen Sie in eine Sackgasse. Manhattan ist eine Insel. Sie müssen nach Norden gehen und dann über die George Washington-Brücke nach Jersey hinüber.«

»Nach Norden? In welcher Richtung ist das?

»Gehen Sie immer geradeaus, die Fifth hinauf bis zum Cathedral Parkway, dann auf die West Side hinüber und den Riverside Drive hinauf. Sie können es nicht verfehlen.«

Er schaute sie hilflos an.

»Sind Sie fremd hier?«

Er nickte.

»Na schön«, sagte sie. »Steigen Sie ein. Ich nehme Sie mit.«

Sie packte Porzellanpuppe und Bücher auf den Rücksitz, und er quetschte sich neben sie. Als sie den Motor anließ, bemerkte sie seine abgetragenen Skistiefel.

»Wandern Sie?«

»Ja.«
»Aber warum fahren Sie nicht? Sie können sich doch einen Wagen nehmen, Öl und Benzin gibt es genug.«
»Ich kann nicht Auto fahren«, sagte er niedergeschlagen. »Das ist die Tragödie meines Lebens.«
Er seufzte tief, und sein Rucksack stieß schmerzhaft gegen ihre Schulter. Aus dem Augenwinkel beobachtete sie ihn. Er hatte einen mächtigen Brustkasten, einen langen, kraftvollen Rücken und starke Beine. Seine Hände waren groß und hart, sein Hals muskulös. Sie dachte einen Augenblick nach, nickte dann vor sich hin und hielt den Wagen an.
»Was ist?« fragte er. »Will er nicht weiter?«
»Wie heißen Sie?«
»Mayo. Jim Mayo.«
»Ich bin Linda Nielsen.«
»Freut mich, Sie kennenzulernen. Warum will er denn nicht?«
»Jim, ich möchte Ihnen einen Vorschlag machen.«
»Ach?« Er musterte sie mißtrauisch. »Ich will mir gern anhören, was Sie zu sagen haben, Lady – ich meine, Linda –, aber ich muß Ihnen erklären, daß ich einen Plan habe, der mich eine Zeitlang sehr beschäftigen wird...«
Unter ihrem intensiven Blick verstummte er und wandte sich ab.
»Jim, wenn Sie mir einen Gefallen tun, werde ich Ihnen auch einen tun.«
»Zum Beispiel?«
»Na ja, ich fühle mich nachts immer furchtbar einsam. Am Tag ist es nicht so schlimm, da hat man immer eine Menge zu tun. Aber bei Nacht ist es gräßlich.«
»Ich weiß«, murmelte er.
»Ich muß einfach etwas dagegen tun.«
»Aber was soll ich dabei?« fragte er voller Unruhe.
»Warum bleiben Sie nicht eine Zeitlang in New York? Wenn Sie bleiben, kann ich Ihnen Fahrunterricht geben,

und dann suchen wir für Sie einen Wagen, damit Sie nicht zu Fuß in den Süden wandern müssen.«

»He, das ist eine gute Idee! Ist es sehr schwer, das Autofahren?«

»Ich könnte es Ihnen in zwei Tagen beibringen.«

»Aber ich lerne nicht so schnell.«

»Na schön, dann in zwei Wochen. Aber bedenken Sie doch, wieviel Zeit Sie damit auf die Dauer sparen!«

»Ja«, meinte er, »das klingt großartig.« Dann wandte er sich wieder ab. »Aber was soll ich denn für Sie tun?«

Ihre Miene begann vor freudiger Erregung zu leuchten. »Jim, ich möchte, daß Sie mir helfen, einen Flügel zu transportieren.«

»Einen Flügel? Was für einen Flügel?«

»Einen Rosenholz-Flügel von Steinway in der Fifty-seventh Street. Ich hätte ihn so wahnsinnig gern bei mir zu Haus. Das Wohnzimmer schreit einfach danach.«

»Ach so, Sie richten Ihre Wohnung neu ein, wie?«

»Ja, und ich möchte nach dem Essen Klavier spielen. Man kann nicht immer nur Schallplatten hören. Ich habe mir alles gut überlegt; ich habe Bücher, aus denen ich Klavier spielen lerne, und Bücher, aus denen ich lerne, wie man einen Flügel stimmt ... Ich weiß genau, wie ich alles machen werde, nur nicht, wie ich den Flügel in meine Wohnung transportieren soll.«

»Ja, aber ... aber es gibt doch hier in der ganzen Stadt sicher Wohnungen, in denen ein Flügel steht«, wandte er ein. »Es müssen Hunderte sein. Ist doch logisch. Warum ziehen Sie nicht einfach in so eine um?«

»Nie! Ich liebe meine Wohnung. Ich habe fünf Jahre daran gearbeitet, sie einzurichten, und jetzt ist sie wunderschön. Außerdem ist da noch das Wasserproblem.«

Er nickte. »Wasser ist immer ein Problem. Wie haben Sie es gelöst?«

»Ich wohne im Central Park in dem Haus, in dem früher

die Schiffsmodelle aufbewahrt wurden. Es steht am Teich. Es ist ganz zauberhaft, und ich habe es vollständig eingerichtet. Wir könnten den Flügel zusammen transportieren, Jim. Es ist bestimmt nicht sehr schwierig.«

»Tja, ich weiß nicht, Lena ...«

»Linda.«

»Verzeihung. Linda. Ich ...«

»Sie sehen doch aus, als ob Sie stark sind. Was haben Sie denn vorher gemacht?«

»Ich war Profi-Ringer.«

»Na also! Ich wußte doch, daß Sie stark sind.«

»Oh, aber ich ringe nicht mehr. Ich bin jetzt Barkeeper und habe ein Restaurant. ›The Body Slam‹. Oben in New Haven. Vielleicht haben Sie mal davon gehört.«

»Nein, leider nicht.«

»Es war richtig berühmt bei den Sportlern. Was haben Sie denn vorher gemacht?«

»Ich war Marktforscherin bei der BBDO.«

»Und was ist das?«

»Eine Werbeagentur«, erklärte sie ungeduldig. »Aber darüber können wir später noch reden, wenn Sie hierbleiben. Und ich bringe Ihnen das Autofahren bei, und wir schaffen den Flügel rüber, und dann sind da noch ein paar Dinge, die ich ... Aber das hat noch Zeit. Anschließend können Sie dann in den Süden fahren.«

»Tja, Linda, ich weiß nicht recht ...«

Sie ergriff Mayos Hände. »Kommen Sie, Jim, seien Sie kein Spielverderber. Sie können bei mir wohnen. Ich kann sehr gut kochen, und außerdem habe ich ein schönes Gästezimmer ...«

»Wozu? Ich meine, Sie dachten doch, daß Sie der letzte Mensch auf der Erde sind.«

»Das ist eine sehr dumme Frage. Zu einer richtigen Wohnung gehört ein Gästezimmer. Es wird Ihnen sicher bei mir gefallen. Auf den Rasenflächen habe ich eine Farm

und Gärten angelegt, im Teich können Sie schwimmen, und dann holen wir Ihnen einen nagelneuen Jaguar... Ich weiß, wo ein besonders schöner aufgebockt ist.«
»Ich möchte aber lieber einen Caddy.«
»Sie können alles haben, was Sie wollen. Also, was meinen Sie, Jim? Abgemacht?«
»Na schön, Linda«, murmelte er zögernd. »Abgemacht.«

Es war tatsächlich ein hübsches Haus mit dem von Grünspan überzogenen kupfernen Pagodendach, den Mauern aus Feldsteinen und den tiefen Fensternischen. Der ovale Teich davor glitzerte blau in der weichen Junisonne, und Mallard-Enten paddelten und quakten geschäftig. Die schrägen Rasenflächen, die um den Teich herum eine schüsselförmige Vertiefung bildeten, waren terrassiert und bebaut worden. Das Haus blickte nach Westen; ringsherum erstreckte sich der Central Park wie ein ungepflegter Landsitz.
Mayo betrachtete sehnsüchtig das Wasser. »Es müßten Boote drauf sein.«
»Als ich einzog, war das ganze Haus voll davon«, erwiderte Linda.
»Als Junge habe ich mir immer ein Modellboot gewünscht. Einmal habe ich sogar ...« Mayo brach ab. Irgendwo ertönte ein dröhnendes Donnern, eine unregelmäßige Folge schwerer Schläge, wie das Behauen von Steinen unter Wasser. Es endete ebenso unvermittelt, wie es begonnen hatte. »Was war das?« erkundigte sich Mayo.
Linda zuckte die Achseln. »Ich weiß nicht. Ich glaube, die Stadt fällt auseinander. Man sieht immer wieder Häuser einstürzen. Aber man gewöhnt sich daran.« Ihre Begeisterung erwachte aufs neue. »Kommen Sie mit hinein. Ich möchte Ihnen alles zeigen.«

Sie platzte vor Stolz und überschüttete Mayo mit Einzelheiten der Einrichtung, die ihn verwirrten, aber das viktorianische Wohnzimmer, das Empire-Schlafzimmer und die rustikale Küche mit dem gut funktionierenden Kerosin-Herd beeindruckten ihn tief. Das Gästezimmer im Kolonialstil mit dem Pfostenbett, dem bestickten Teppich und den Tole-Lampen beunruhigte ihn.

»Das ist aber ziemlich mädchenhaft, nicht?«

»Natürlich. Ich bin ja schließlich auch ein Mädchen.«

»Ja. Sicher. Ich meine...« Mayo blickte sich zweifelnd um. »Na ja, als Mann ist man nicht an so zierliche Sachen gewöhnt. Nehmen Sie's mir nicht übel.«

»Keine Angst, das Bett ist solide. Aber bitte, vergessen Sie nicht, Jim: nicht die Füße auf die Tagesdecke, und nehmen Sie sie bei Nacht herunter. Wenn Ihre Schuhe schmutzig sind, ziehen Sie sie aus, bevor Sie hereinkommen. Ich habe den Teppich aus dem Museum und möchte nicht, daß er beschädigt wird. Haben Sie Kleider zum Wechseln?«

»Nur, was ich am Leib habe.«

»Na, dann werden wir Ihnen morgen etwas Neues besorgen. Das, was Sie tragen, ist so verdreckt, daß sich das Waschen nicht mehr lohnt.«

»Hören Sie«, sagte er verzweifelt, »Ich glaube, es ist besser, wenn ich im Park kampiere.«

»Aber warum denn?«

»Na ja, ich bin nicht mehr an Häuser gewöhnt. Aber Sie brauchen sich keine Sorgen zu machen. Linda. Ich bin bestimmt da, wenn Sie mich brauchen.«

»Weswegen sollte ich Sie brauchen?«

»Sie brauchen mich nur zu rufen.«

»Unsinn!« erklärte Linda energisch. »Sie sind mein Gast, und Sie wohnen hier. Und jetzt waschen Sie sich; ich mache das Essen fertig. Au, verdammt! Ich habe die Hummersuppe vergessen.«

Sie setzte ihm ein Essen vor, das sie sehr geschickt aus Konserven zusammengestellt hatte und auf exquisitem Forisetti-Porzellan mit dänischem Tafelsilber servierte. Es war eine typische Mädchen-Mahlzeit, so daß Mayo hinterher immer noch hungrig war, aber aus Höflichkeit sagte er nichts. Und eine Ausrede zu erfinden, um fortgehen und sich etwas Kräftiges besorgen zu können, dazu war er einfach zu müde. Er wankte ins Bett, vergaß auch nicht, seine Stiefel auszuziehen, dachte aber nicht mehr an die Tagesdecke.

Am nächsten Morgen erwachte er von lautem Geschnatter und Flügelschlagen. Er wälzte sich aus dem Bett und lief ans Fenster – gerade noch rechtzeitig, um mitanzusehen, wie die Mallard-Enten von etwas, das einem roten Ballon ähnelte, aus ihrem Teich vertrieben wurden. Als er dann seine Augen ganz aufbekam, sah er, daß es sich um eine Badekappe handelte. Sich reckend und gähnend schlenderte er hinaus. Linda rief ihm fröhlich etwas zu und kam auf ihn zugeschwommen. Sie zog sich aus dem Wasser und stützte sich auf die Einfassung. Mehr als die Badekappe trug sie nicht. Mayo wich vor ihrem Geplansche zurück.

»Guten Morgen«, begrüßte ihn Linda. »Gut geschlafen?«

»Guten Morgen«, antwortete Mayo. »Ich weiß nicht. Mein Rücken ist von dem Bett ganz steif geworden. He, das Wasser muß aber kalt sein! Sie haben eine Gänsehaut.«

»Nein, es ist herrlich.« Sie zog die Kappe herunter und schüttelte ihr Haar. »Wo ist das Handtuch? Ach, da. Kommen Sie nur herein, Jim. Es wird Ihnen guttun.«

»Ich mag es nicht, wenn es so kalt ist.«

»Seien Sie doch kein Feigling!«

Ein Donnerschlag zerriß die Morgenstille. Mayo blickte erstaunt zum klarblauen Himmel auf. »Was war das?« fragte er.

»Sehen Sie!« befahl Linda.
»Das klang wie ein Überschallknall.«
»Da!« rief sie ihm zu und zeigte nach Westen. »Sehen Sie?«
Einer der West Side-Wolkenkratzer stürzte majestätisch ein, sank in sich zusammen wie ein Teleskop-Becher und schleuderte Massen von Ziegel- und Betonbrocken herum. Die nackten Stützbalken verdrehten sich und knickten. Sekunden später hörte man das Krachen.
»Mann, ist das ein Anblick!« murmelte Mayo überwältigt.
»Der Abstieg und Fall der großen Stadt. Man gewöhnt sich daran. Und jetzt springen Sie rein, Jim. Ich hole Ihnen inzwischen ein Handtuch.«
Sie lief ins Haus. Er zog Unterhose und Socken aus, stand aber immer noch am Beckenrand und tauchte unglücklich den Zeh ins Wasser, als sie mit einem riesigen Badetuch wiederkam.
»Es ist fürchterlich kalt, Linda!« jammerte er.
»Haben Sie denn nicht kalt geduscht, als Sie noch Ringer waren?«
»Nein, nie. Immer nur kochend heiß.«
»Jim, wenn Sie da stehenbleiben, werden Sie nie reingehen. Sehen Sie doch, Sie fangen ja schon an zu bibbern! Ist das da, um Ihre Taille, eine Tätowierung?«
»Was? Ach so, ja. Eine Python, fünffarbig. Geht ringsherum. Sehen Sie?« Er drehte sich stolz. »Habe ich mir machen lassen, als ich '70 mit der Armee in Saigon war. Eine orientalische Python. Elegant, nicht wahr?«
»Tut es sehr weh?«
»Ehrlich gesagt, nein. Manche tun, als sei das Tätowieren eine chinesische Folter, aber das ist bloß Angabe. Eigentlich kitzelt es viel eher.«
»Sie waren 1970 Soldat?«
»Genau.«

»Wie alt waren Sie da?«
»Zwanzig.«
»Und jetzt sind Sie siebenunddreißig?«
»Sechsunddreißig. Ich werde siebenunddreißig.«
»Dann sind Sie also vorzeitig grau geworden?«
»Möglich.«
Sie betrachtete ihn nachdenklich. »Wissen Sie was? Wenn Sie reingehen, sehen Sie zu, daß Ihr Kopf nicht naß wird.«
Sie lief ins Haus. Mayo, beschämt über seine Unentschlossenheit, sprang mit den Füßen voran ins Wasser. Als Linda wiederkam, stand er bis zur Brust im Teich und spritzte sich Wasser ins Gesicht und über die Schultern. Linda brachte einen Hocker, eine Schere und einen Kamm mit heraus.
»Ist es nicht wunderbar?« rief sie ihm zu.
»Nein.«
Sie lachte. »Na, dann kommen Sie wieder raus. Ich werde Ihnen die Haare schneiden.«
Er kletterte an Land, trocknete sich ab und setzte sich gehorsam auf den Hocker. Linda stutzte ihm das Haar. »Den Bart auch«, drängte sie. »Ich möchte sehen, wie Sie wirklich aussehen.« Sie trimmte den Bart so kurz, daß er ihn abrasieren konnte, inspizierte ihn und nickte befriedigt. »Sehr hübsch.«
»Ach wo!« Er errötete.
»Auf dem Herd steht ein Eimer heißes Wasser. Gehen Sie hinein und rasieren Sie sich. Anziehen brauchen Sie sich nicht. Nach dem Frühstück besorgen wir Ihnen neue Kleider. Und dann ... holen wir den Flügel.«
»Ich kann doch nicht nackt auf der Straße rumlaufen!«
»Seien Sie nicht albern. Wer sieht Sie denn? Und jetzt beeilen Sie sich.«
Sie fuhren zu Abercrombie & Fitch in der Madison Avenue, nahe der 45th Street – Mayo schamhaft in sein

Handtuch gewickelt. Linda erzählte ihm, daß sie seit Jahren Stammkunde dort sei, und zeigte ihm die Verkaufsquittungen, die sie mit der Zeit angesammelt hatte. Mayo prüfte sie neugierig, während sie seine Maße nahm und sich auf die Suche nach einem passenden Anzug machte. Als sie hochbeladen wiederkam, war er regelrecht empört.

»Ich habe ein Paar wunderschöne Elch-Mokassins gefunden, und einen Safari-Anzug, Wollsocken und Sporthemden und ...«

»Hören Sie mal«, unterbrach er sie, »wissen Sie, auf wieviel sich Ihre Rechnungen insgesamt belaufen? Auf beinahe vierzehnhundert Dollar!«

»Ach, wirklich? Ziehen Sie zuerst die Unterhosen an. Sie sind bügelfrei.«

»Sie müssen wahnsinnig sein, Linda! Wozu brauchten Sie denn all das Zeug?«

»Sind die Socken auch groß genug? Was für Zeug? Ich habe alles dringend gebraucht.«

»Ja? Zum Beispiel ...« Er blätterte die unterschriebenen Quittungen durch. »Zum Beispiel ein Unterwasser-Sehgerät mit Plexiglas-Linse, neunfünfundneunzig. Wozu?«

»Damit ich etwas sehen konnte, als ich den Teichboden säuberte.«

»Und was ist mit dem Geschirr aus rostfreiem Edelstahl für vier Personen, neununddreißig-fünfzig?«

»Ach, wenn ich faul bin und keine Lust habe, Wasser heiß zu machen. Edelstahl kann man in kaltem Wasser waschen.« Sie bewunderte ihn. »O Jim, kommen Sie, schauen Sie in den Spiegel! Sie sehen richtig romantisch aus, wie der Großwildjäger in der Hemingway-Story.«

Er schüttelte den Kopf. »Ich möchte wissen, wie Sie je wieder aus den Schulden rauskommen wollen. Sie dürfen nicht soviel Geld ausgeben, Linda. Vielleicht wollten wir das mit dem Flügel lieber lassen, wie?«

»Auf keinen Fall!« erklärte Linda bestimmt. »Es ist mir gleichgültig, wieviel es kostet. Ein Flügel ist eine Anschaffung fürs Leben, und das ist er auch wert.«

Als sie zu den Steinway-Austellungsräumen fuhren, war sie ganz durcheinander vor Erregung. Nach einem langen Nachmittag voll Muskelarbeit und schwierigem Manövrieren hatten sie den Flügel mit Hilfe von Stützkeilen und Montagegestellen über die Fifth Avenue zu Lindas Wohnzimmer geschafft. Mayo probierte noch einmal, ob er auch fest auf den Beinen stand, und ließ sich dann erschöpft in einen Sessel sinken. »Der Fußmarsch nach Süden wäre weniger anstrengend gewesen.«

»Jim!« Linda lief zu ihm hin und warf sich ekstatisch an seinen Hals. »Jim, Sie sind ein Engel! Fühlen Sie sich auch wohl?«

»Mir fehlt nichts«, knurrte er. »Lassen Sie mich los, Linda. Ich krieg' keine Luft.«

»Ich kann Ihnen nicht genug danken. Seit Ewigkeiten träume ich von diesem Flügel. Ich weiß nicht, wie ich das wieder gutmachen soll. Ich werde für Sie tun, was Sie nur wollen. Sie brauchen es nur zu sagen.«

»Ach was!« wehrte er ab. »Sie haben mir ja schon die Haare geschnitten.«

»Im Ernst!«

»Wollten Sie mir nicht das Autofahren beibringen?«

»Aber natürlich! So schnell wie möglich. Das ist das wenigste, was ich für Sie tun kann.« Linda ging zu einem Stuhl, setzte sich hin und betrachtete hingerissen den Flügel.

»Machen Sie nicht so'n Theater um 'ne Kleinigkeit«, sagte er und rappelte sich auf. Er setzte sich an das Instrument, grinste sie über die Schulter verlegen an und holperte durch das Menuett in G.

Linda stockte der Atem; sie richtete sich kerzengerade auf. »Sie können Klavier spielen!« hauchte sie.

»Nein. Ich hab' nur als Kind mal Klavierstunden gehabt.«
»Können Sie auch Noten lesen?«
»Früher mal.«
»Könnten Sie es mir beibringen?«
»Ich denke schon. Es ist ziemlich schwer. Das Stück hier habe ich auch lernen müssen.« Tapfer verstümmelte er das »Frühlingsrauschen«. Der Flügel war vollkommen verstimmt, er machte zahllose Fehler, und es war grauenhaft.
»Wunderschön!« flüsterte Linda. »Einfach wunderschön!« Während sie auf seinen Rücken starrte, erschien ein Ausdruck der Entschlossenheit auf ihrem Gesicht. Langsam erhob sie sich, trat zu Mayo und legte ihm die Hände auf die Schultern.
Er sah zu ihr auf. »Ist was?« fragte er.
»Nein, nichts«, antwortete sie. »Üben Sie nur Klavier. Ich mache uns etwas zu essen.«
Aber sie war den ganzen Abend so gedankenverloren, daß Mayo nervös wurde. Er stahl sich zeitig davon und ging zu Bett.

Am nächsten Nachmittag um drei Uhr gelang es ihnen, einen Wagen in Gang zu setzen, und dann war es nicht einmal ein Caddy, sondern ein Chevy – ein Hardtop-Modell, weil Mayo sich nicht in einem Kabriolett Wind und Wetter aussetzen wollte. Sie fuhren aus der Garage an der Tenth Avenue hinaus und zurück zur East Side, die Linda vertrauter war. Sie gestand ihm, daß ihre Welt von der Fifth Avenue bis zur Third, und von der 42nd Street bis zur 86th Street reiche. Außerhalb dieser Grenze fühle sie sich nicht wohl.
Sie übergab Mayo das Steuer und ließ ihn die Fifth und die Madison Avenue auf- und abkriechen, übte Anfahren

und Halten mit ihm. Er streifte fünf Wracks, würgte elfmal den Motor ab und brach beim Zurücksetzen durch eine Schaufensterfront, die Gott sei Dank keine Glasscheiben mehr hatte. Er zitterte vor Nervosität.

»Das ist aber wirklich schwer«, klagte er.

»Lediglich eine Frage der Übung«, beruhigte sie ihn. »Keine Angst. Ich verspreche Ihnen, daß Sie ein glänzender Fahrer werden, und wenn es einen ganzen Monat dauert.«

»Einen Monat!«

»Sie sagten doch, daß Sie nur langsam lernen, nicht wahr? Also geben Sie nicht mir die Schuld. Halten Sie mal!«

Mit einem Ruck brachte er den Chevy zum Stehen. Linda stieg aus.

»Warten Sie hier.«

»Was ist denn los?«

»Eine Überraschung.«

Sie lief in einen Laden und blieb eine halbe Stunde fort. Als sie wieder zum Vorschein kam, trug sie ein schmales, schwarzes Kleid, Perlen und hochhackige Abendpumps. Die Haare hatte sie sich zu einer Krone hochgesteckt. Mayo starrte sie verblüfft an, als sie einstieg.

»Was soll das?« erkundigte er sich.

»Das gehört zu der Überraschung. Biegen Sie an der Fiftysecond links ab.«

Er plagte sich ab, startete den Motor und fuhr nach Osten.

»Warum haben Sie sich so aufgemacht, im Abendkleid?«

»Das ist ein Cocktail-Kleid.«

»Ja, aber wozu?«

»Um da, wo wir jetzt hinfahren, richtig angezogen zu sein. Vorsicht, Jim!« Linda griff rasch ins Steuer und konnte gerade noch um einen zerstörten Lastwagen herumbiegen. »Ich führe Sie zu einem berühmten Lokal.«

»Zum Essen?«

»Nein, Sie Dummkopf. Auf ein paar Drinks. Sie sind

mein Besuch, und ich habe für Ihre Unterhaltung zu sorgen. Da ist es – links. Sehen Sie zu, ob Sie hier irgendwo parken können.«

Er parkte fürchterlich. Als sie ausstiegen, blieb Mayo stehen und sog verwundert die Luft durch die Nase.

»Riechen Sie das?« fragte er.

»Was?«

»Es riecht irgendwie süßlich.«

»Das ist mein Parfüm.«

»Nein, es ist irgendwas in der Luft, süßlich und erstikkend. Ich kenne den Geruch von irgendwoher, aber ich kann mich nicht erinnern, von wo.«

»Macht nichts. Kommen Sie rein.« Sie führte ihn in das Restaurant. »Sie müßten eigentlich eine Krawatte tragen«, flüsterte sie. »Aber vielleicht kommen wir so hinein.«

Die Einrichtung des Restaurants beeindruckte Mayo nicht, aber die Fotos der Prominenten in der Bar faszinierten ihn. Hingerissen verbrachte er Minuten damit, sich seine Finger an Streichhölzern zu verbrennen, um Mel Allen, Red Barber, Casey Stengel, Frank Gifford und Rocky Marciano zu bewundern. Als Linda schließlich mit einer brennenden Kerze aus der Küche zurückkam, drehte er sich eifrig zu ihr um.

»Haben Sie hier schon welche von den Fernsehstars gesehen?« fragte er sie.

»Kann sein. Wie wär's denn mit einem Drink?«

»Ja, sicher. Aber ich möchte mich noch über diese Fernsehstars unterhalten.«

Er führte sie zu einem Barhocker, pustete den Staub herunter und half ihr ritterlich hinauf. Dann setzte er über die Theke, zog sein Taschentuch heraus und polierte mit geübter Hand das Mahagoniholz. »Das ist meine Spezialität«, grinste er und nahm die unpersönlich-freundliche Haltung eines Barkeepers an. »Guten Abend, Ma'am. Schön heute, nicht? Was darf ich Ihnen bringen?«

»Mein Gott, ich hatte heute soviel zu tun! Martini dry on the rocks. Am liebsten einen doppelten.«
»Gern, Ma'am. Spritzer Zitrone oder Olive?«
»Zwiebel.«
»Gibson dry, doppelt, on the rocks. Kommt sofort.« Mayo suchte hinter der Bar herum und fand nur Whisky, Gin sowie mehrere Flaschen Soda, die durch die versiegelten Verschlüsse höchstens zur Hälfte verdunstet waren. »Tut mir leid, Ma'am, wir haben keine Martinis mehr. Darf's auch was anderes sein?«
»O ja, das da. Scotch, bitte.«
»Das Soda wird abgestanden sein«, mahnte er. »Und Eis habe ich auch nicht.«
»Macht nichts.«
Er spülte ein Glas mit Soda aus und schenkte ihr ein.
»Danke. Trinken Sie etwas mit, Barkeeper. Wie heißen Sie?«
»Jim, Ma'am. Nein, danke. Ich trinke nicht im Dienst.«
»Dann nehmen Sie sich dienstfrei und leisten Sie mir Gesellschaft.«
»Ich trinke auch nicht außer Dienst, Ma'am.«
»Sie dürfen mich Linda nennen.«
»Vielen Dank, Miß Linda.«
»Ist das Ihr Ernst, daß Sie nichts trinken, Jim?«
»Ja.«
»Na, dann auf viele schöne Tage.«
»Und lange Nächte.«
»Wie nett Sie das sagen. Stammt das von Ihnen?«
»Tja, weiß ich nicht. Das ist so ein Spruch, den die Barkeeper benutzen, vor allem bei Männern, wissen Sie. Suggestiv. War nicht böse gemeint.«
»Ich bin auch nicht böse.«
»Bienen!« platzte Mayo auf einmal heraus.
Linda zuckte zusammen. »Was soll das heißen – Bienen?«
»Dieser Geruch. Wie in einem Bienenkorb.«

»So? Keine Ahnung«, sagte sie gleichgültig. »Bitte noch einen.«
»Kommt sofort. Jetzt hören Sie mal, mit diesen Fernsehstars: Haben Sie sie tatsächlich gesehen? Hier?«
»Natürlich, Jim. Auf viele schöne Tage.«
»Auf daß es nur Samstage sind.«
Linda überlegte. »Warum Samstage?«
»Das ist der freie Tag.«
»Ach so!«
»Welche Fernsehstars haben Sie gesehen?«
»Alle.« Sie lachte. »Sie erinnern mich an den kleinen Jungen von nebenan. Ich mußte ihm immer erzählen, welche Stars ich gesehen hatte. Eines Tages erzählte ich ihm, daß ich Jean Arthur hier drinnen gesehen habe, und er fragte mich: ›Mit seinem Pferd?‹«
Mayo verstand die Pointe nicht, war aber trotzdem tief gekränkt. Und als Linda ihn wieder aufmuntern wollte, begann die Bar leise zu beben, während sie gleichzeitig ein schwaches, unterirdisches Grollen vernahmen. Es kam aus der Ferne, näherte sich langsam und wurde leiser. Das Beben ließ nach. Mayo starrte Linda an.
»Könnte es sein, daß dieses Haus einstürzt?«
Sie schüttelte den Kopf. »Nein. Wenn sie einstürzen, dann kommt immer dieses Donnern. Aber wissen Sie, wie sich das anhörte? Wie die U-Bahn in der Lexington Avenue.«
»Die U-Bahn?«
»Ja. Der Personenzug.«
»Das ist doch idiotisch. Wie soll die U-Bahn funktionieren?«
»Ich habe ja nicht gesagt, daß sie es *war*. Ich sagte nur, daß es sich so *anhörte*. Bitte, noch einen.«
»Wir brauchen noch Soda.« Mayo machte sich auf die Suche und kam mit Flaschen und einer großen Getränkekarte zurück. Er war blaß. »Seien Sie lieber vorsichtig,

Linda«, sagte er. »Wissen Sie, was die hier für einen Drink verlangen? Einen Dollar fünfundsiebzig. Sehen Sie – da!«

»Zum Teufel mit den Preisen! Wir wollen das Leben genießen. Einen Doppelten, Barkeeper. Wissen Sie was, Jim? Wenn Sie hier in der Stadt blieben, könnte ich Ihnen zeigen, wo alle Ihre Helden gewohnt haben. Vielen Dank. Auf viele schöne Tage. Ich könnte Sie mit zum BBDO nehmen und Ihnen alle Bänder und Filme zeigen. Was meinen Sie? Stars wie ... wie ... Red – wer?«

»Barber.«

»Red Barber und Rocky Gifford und Rocky Casey und Rocky, das fliegende Eichhörnchen.«

»Sie machen sich über mich lustig«, maulte Mayo wieder beleidigt.

»Ich, Sir? Ich mache mich über Sie lustig?« wiederholte Linda würdevoll. »Warum sollte ich? Ich möchte nur freundlich sein. Ich möchte nur, daß Sie sich amüsieren. Meine Mutter hat immer zu mir gesagt, Linda, hat sie gesagt, bei einem Mann mußt du immer an eines denken: Zieh an, was er will, und sag, was er will. Das hat sie mir gesagt. Mögen Sie dieses Kleid?«

»Es gefällt mir, falls Sie das meinen sollten.«

»Wissen Sie, was ich dafür bezahlt habe? Neunundneunzigfünfzig.«

»Was? Hundert Dollar für so einen Fummel?«

»Das ist kein Fummel. Das ist ein kleines Schwarzes. Und für die Perlen habe ich zwanzig Dollar bezahlt. Unechte«, erklärte sie. »Und sechzig für die Abend-Pumps. Und vierzig für das Parfüm. Zweihundertzwanzig Dollar, damit Sie sich gut amüsieren. Amüsieren Sie sich?«

»Na klar.«

»Wollen Sie mal an mir riechen?«

»Ich habe schon gemerkt, wie Sie riechen.«

»Barkeeper, noch einen!«

»Tut mir leid, aber Sie kriegen keinen mehr, Ma'am.«
»Warum nicht?«
»Weil Sie genug haben.«
»Ich habe noch nicht genug«, widersprach Linda indigniert. »Wo bleiben Ihre guten Manieren?« Sie griff nach der Whiskyflasche. »Kommen Sie, trinken wir noch ein bißchen, und dann reden wir über die Fernsehstars. Auf viele schöne Tage! Ich könnte Sie mitnehmen zum BBDO und Ihnen die Bänder und Filme zeigen. Was meinen Sie?«
»Das haben Sie mich schon mal gefragt.«
»Und Sie haben mir nicht geantwortet. Ich könnte Ihnen auch Kinofilme zeigen. Mögen Sie die? Ich hasse sie, aber ich kann nichts Schlechtes mehr darüber sagen. Die Kinofilme haben mir das Leben gerettet, als der große Knall kam.«
»Wieso das?«
»Das ist ein Geheimnis, verstehen Sie? Das bleibt bitte unter uns. Wenn eine andere Agentur das jemals erfährt...« Linda sah sich um und senkte geheimnisvoll die Stimme. »BBDO hat ein riesiges, geheimes Lager von Stummfilmen gefunden. Verlorengegangene Filme, verstehen Sie? Niemand wußte, daß sie noch existierten. Die würden eine großartige Fernsehserie abgeben. Also haben sie mich nach Jersey in diese verlassene Mine geschickt, um dort Bestandsaufnahme zu machen.«
»In eine Mine?«
»Genau. Auf viele schöne Tage!«
»Warum lagerten die Filme denn in einer Mine?«
»Es waren alte Filme. Nitrat. Feuergefährlich. Und sie werden unbrauchbar. Müssen gelagert werden wie Wein. Deswegen. Also nahm ich zwei Assistentinnen mit, um übers Wochenende die Dinger auszusortieren.«
»Sie sind ein ganzes Wochenende in dieser Mine geblieben?«

»Ja. Drei Mädchen. Freitag bis Montag. So war's geplant. Ich hatte geglaubt, es würde ein Heidenspaß. Auf viele schöne Tage! Also ... Wo war ich? Ach ja! Also nahmen wir Lampen, Wolldecken, Bettwäsche, Lebensmittel und all das Zeug mit und machten uns an die Arbeit. Ich erinnere mich noch genau an den Moment, als der Knall kam. Wir suchten die dritte Spule des UFA-Films ›Gekrönter Blumenorden an der Pegnitz‹. Spule eins, zwei, vier, fünf und sechs hatten wir. Drei fehlte. Bumms! Auf viele schöne Tage!«

»Lieber Himmel! Und dann?«

»Meine Mädchen drehten durch. Ich konnte sie nicht unten halten. Hab' sie nie wiedergesehen. Aber ich wußte Bescheid. Ich hab' die Lebensmittel so lange wie möglich gestreckt. Und anschließend gehungert. Dann bin ich endlich nach oben gegangen, und wozu? Für wen?« Sie begann zu weinen. »Für niemanden. Kein Mensch mehr da. Nichts.« Sie ergiff Mayos Hände. »Warum bleiben Sie nicht?«

»Bleiben? Wo?«

»Hier.«

»Ich bleibe doch.«

»Ich meine ... für lange. Warum nicht? Habe ich nicht ein hübsches Haus? Und Vorräte in ganz New York. Und einen Garten mit Blumen und Gemüse. Wir könnten uns Kühe und Hühner halten. Angeln gehen. Autofahren. Museen besuchen. Kunstgalerien. Gäste ...«

»Es geht Ihnen doch sehr gut. Sie brauchen mich nicht.«

»Doch, doch. Ich brauche Sie. Bestimmt.«

»Wofür?«

»Wegen der Klavierstunden.«

Nach einer langen Pause sagte er: »Sie sind betrunken.«

Sie legte den Kopf auf die Bar, strahlte kokett zu ihm empor und schloß die Augen. Sekunden später wußte Mayo, daß sie eingeschlafen war. Er preßte die Lippen

zusammen. Dann kletterte er aus der Bar heraus, stellte die Rechnung zusammen und legte fünfzehn Dollar unter die Whisky-Flasche.
Er faßte Linda an der Schulter und schüttelte sie sanft. Sie sank ihm in die Arme, und ihr Haar löste sich. Er blies die Kerze aus, hob Linda auf und trug sie zum Chevy hinaus. Dann fuhr er ängstlich und konzentriert durch die Dunkelheit bis zum Teich. Er brauchte vierzig Minuten dafür.
Zu Hause trug er Linda in ihr Schlafzimmer und setzte sie auf das Bett, das mit zahllosen Puppen dekoriert war. Sie sank sofort hintenüber und rollte sich, eine Puppe im Arm, auf die sie in leisem Ton einsprach, zusammen. Mayo zündete eine Lampe an und versuchte sie aufzurichten. Kichernd ließ sie sich wieder zurückfallen.
»Linda«, mahnte er, »Sie müssen Ihr Kleid ausziehen. Sie können nicht in diesem Kleid schlafen. Es hat hundert Dollar gekostet.«
»Neunundneunzigfünfzig.«
»Kommen Sie, Mädchen!«
»Hm.«
Er rollte verzweifelt die Augen und begann sie auszuziehen. Das kleine Schwarze hängte er sorgfältig auf einen Bügel, die Sechzig-Dollar-Pumps stellte er in eine Ecke. Mit dem Schloß der (unechten) Perlenkette wurde er nicht fertig, also brachte er sie mit den Perlen zu Bett. Als sie bis auf die Perlen nackt auf dem hellblauen Bettlaken lag, wirkte sie wie eine nordische Odaliske.
»Haben Sie meine Puppen in Unordnung gebracht?« murmelte sie.
»Nein. Sie sitzen alle um Sie herum.«
»Gut. Ohne die Puppen kann ich nicht einschlafen.« Sie streckte die Hand aus und tätschelte sie liebevoll. »Auf viele schöne Tage. Lange Nächte.«
»Weiber!« schnaufte Mayo verächtlich. Er löschte die

Lampe, stapfte hinaus und warf die Tür hinter sich ins Schloß.

Am nächsten Morgen erwachte Mayo vom Lärm der vertriebenen Enten. Der rote Ballon schwamm auf der Wasserfläche, die glitzernd im warmen Juni-Sonnenschein lag. Mayo wünschte, es wäre ein Modellschiff statt dieses Mädchens, das sich in Bars betrank. Er stakste hinaus und sprang, so weit wie möglich von Linda entfernt, ins Wasser. Als er sich die Brust benetzte, kam unter Wasser etwas auf ihn zu, packte seinen Knöchel und zwickte ihn. Er schrie auf und blickte in Lindas strahlendes Gesicht, das direkt vor ihm aus dem Wasser auftauchte.

»Guten Morgen!« grüßte sie lachend.

»Furchtbar komisch«, knurrte er.

»Sie sehen heute morgen so böse aus.«

Er grunzte.

»Kann ich Ihnen auch nicht verdenken. Ich habe gestern abend etwas Schreckliches getan: Ich habe Ihnen nichts zu essen gegeben. Bitte, entschuldigen Sie.«

»Ans Essen hatte ich nicht gedacht«, erklärte er bissig, doch würdevoll.

»Nicht? Weswegen in aller Welt sind Sie mir aber dann böse?«

»Ich kann Frauen nicht leiden, die sich betrinken.«

»Wer war betrunken?«

»Sie.«

»War ich nicht«, behauptete sie gekränkt.

»So? Und wen mußte ich ausziehen und wie ein Baby zu Bett bringen?«

»Und wer war zu dumm, mir die Perlen abzunehmen?« konterte sie. »Die Kette ist zerrissen, und ich habe die ganze Nacht auf den Dingern geschlafen. Überall habe ich blaue Flecken. Sehen Sie doch! Da und da und ...«

»Linda«, unterbrach er sie streng, »ich bin nur ein einfacher Mann aus New Haven. Ich kann nichts anfangen mit verwöhnten Mädchen, die hohe Rechnungen machen, sich ständig herausputzen und sich in vornehmen Kneipen betrinken.«

»Wenn Sie mich nicht mögen, warum bleiben Sie dann?«

»Ich gehe ja«, gab er zurück. Er kletterte hinaus und begann sich abzutrocknen. »Ich mache mich noch heute vormittag auf den Weg in den Süden.«

»Viel Spaß beim Wandern.«

»Ich werde fahren.«

»Mit was denn? Mit einem Spielzeugauto?«

»Mit dem Chevy.«

»Jim, das ist nicht Ihr Ernst!« Sie kletterte an Land und machte ein besorgtes Gesicht. »Sie können doch noch gar nicht richtig fahren.«

»So? Habe ich Sie gestern abend etwa nicht gefahren, als Sie stockbetrunken waren?«

»Sie werden in Schwierigkeiten kommen.«

»In keine, aus denen ich nicht auch wieder rauskommen könnte. Außerdem kann ich nicht ewig hier rumhängen. Sie sind ein Party-Mädchen: Sie wollen nur spielen. Ich habe ernsthafte Dinge im Kopf. Ich muß nach Süden kommen und jemanden finden, der etwas vom Fernsehen versteht.«

»Jim, Sie schätzen mich falsch ein. Ich bin gar nicht so. Sehen Sie doch, wie ich mein Haus eingerichtet habe. Hätte ich das tun können, wenn ich immer nur auf Parties gegangen wäre?«

»Das haben Sie wirklich schön gemacht«, gab er zu.

»Bitte, gehen Sie heute noch nicht. Sie sind noch nicht soweit.«

»Ach wo! Sie wollen ja nur, daß ich noch hierbleibe und Ihnen das Klavierspielen beibringe.«

»Wer sagt das?«

»Sie selber. Gestern abend haben Sie das gesagt.«

Sie runzelte die Stirn, nahm die Badekappe ab, griff nach ihrem Handtuch und trocknete sich ab. Schließlich sagte sie: »Jim, ich will ehrlich zu Ihnen sein. Gewiß möchte ich, daß Sie eine Zeitlang hierbleiben. Das leugne ich nicht. Aber immer möchte ich Sie nicht hier haben. Denn schließlich, was haben wir eigentlich gemeinsam?«

»Sie sind immer so verdammt vornehm«, grollte er.

»Nein, nein, das ist es nicht. Es ist nur, daß Sie ein Mann sind und ich ein Mädchen, und wir können einander nichts geben. Wir sind verschieden. Wir haben einen verschiedenen Geschmack und verschiedene Interessen. Stimmt's?«

»Genau.«

»Aber Sie sind noch nicht so weit, daß Sie allein fahren können. Ich will Ihnen was sagen: Wir werden den ganzen Vormittag üben, und dann werden wir was Hübsches unternehmen. Was würden Sie denn gern tun? Einen Schaufensterbummel machen? Noch mehr Kleider kaufen? Ins Modern Museum gehen? Ein Picknick veranstalten?«

Er begann zu strahlen. »Wissen Sie was? Ich war noch nie im Leben auf einem Picknick. Einmal, als Barkeeper, bei einer Party, wo sie Muscheln gegrillt haben, aber das ist nicht dasselbe. Das ist nicht, wie wenn man als Kind auf ein Picknick geht.«

Sie war erfreut. »Dann werden wir ein richtiges Kinder-Picknick veranstalten.«

Und sie brachte ihre Puppen mit. Sie trug sie auf den Armen, während Mayo den Picknickkorb zum Standbild der Alice im Wunderland schleppte. Die Statue gab Mayo, der nie von Lewis Caroll gehört hatte, Rätsel auf. Während Linda ihre Lieblinge arrangierte und den Korb auspackte, erzählte sie Mayo eine Kurzfassung des Buches und beschrieb ihm, wie die Bronzeköpfe von Alice, dem

verrückten Hutmacher und dem Märzhasen von den zahllosen, Bergkönig spielenden Kindern blankpoliert worden waren.
»Komisch, ich habe nie von dieser Geschichte gehört«, wunderte er sich.
»Ich glaube, Sie hatten keine besonders glückliche Kindheit, Jim«, meinte sie.
»Warum sagen Sie so et–« Er hielt inne, legte den Kopf schief und lauschte aufmerksam.
»Was ist denn?« fragte Linda.
»Hören Sie den Blauhäher?«
»Nein.«
»Horchen Sie. Er macht ein ganz komisches Geräusch. Wie Stahl.«
»Stahl?«
»Ja. Wie ... wie Säbel in einem Duell.«
»Sie machen Witze!«
»Nein. Im Ernst.«
»Aber Vögel singen doch; sie machen keine Geräusche.«
»Nicht immer. Blauhäher imitieren oft Geräusche. Stare ebenfalls. Und Papageien. Aber warum imitiert er ein Säbelduell? Wo kann er das nur gehört haben?«
»Sie sind ein richtiger Landjunge, nicht wahr, Jim? Bienen und Blauhäher und Stare und so ...«
»Kann schon sein. Aber ich wollte fragen, warum Sie so etwas sagen, daß ich keine schöne Kindheit gehabt hätte.«
»Weil Sie Alice im Wunderland nicht kennen und nie auf einem Picknick gewesen sind, und weil Sie sich immer eine Modell-Jacht gewünscht haben.« Linda öffnete eine dunkle Flasche. »Möchten Sie ein bißchen Wein probieren?«
»Seien Sie lieber vorsichtig«, warnte er.
»Jetzt hören Sie aber auf, Jim. Ich bin doch keine Säuferin!«

»Haben Sie sich gestern abend vollaufen lassen oder nicht?«
Sie kapitulierte. »Na schön, hab' ich. Aber nur, weil das seit Jahren mein erster Drink war.«
Er freute sich über ihr Nachgeben. »Sicher. Sicher. Kann ich mir vorstellen.«
»Also? Trinken Sie mit?«
»Zum Teufel, warum eigentlich nicht?« Er grinste. »Machen wir uns das Leben schön. He, das ist wirklich ein nettes Picknick, und außerdem gefallen mir die Teller. Woher haben Sie die?«
»Abercrombie & Fitch«, antwortete Linda trocken. »Geschirr für vier Personen, rostfreier Edelstahl, neununddreißigfünfzig. Skol.«
Mayo lachte laut auf. »Ich hab' mich schön angestellt, nicht wahr? Mit dem ganzen Theater? Auf Ihre Gesundheit!«
»Auf die Ihre.«
Sie tranken und aßen in herzlichem Schweigen, lächelten einander kameradschaftlich an. Linda zog ihren Rock aus Madras-Seide aus, um sich in der heißen Nachmittagssonne braun brennen zu lassen, und Mayo hängte ihn zuvorkommend an einen Ast. Auf einmal fragte ihn Linda: »Weshalb hatten Sie keine glückliche Kindheit, Jim?«
»Tja, ich weiß nicht.« Er dachte nach. »Vielleicht, weil meine Mutter starb, als ich ein kleiner Junge war. Und noch etwas: Ich mußte immer viel arbeiten.«
»Warum?«
»Mein Vater war Lehrer. Und Sie wissen ja, wie die bezahlt werden.«
»Aha! Deswegen sind Sie so gegen die Intelligenzler.«
»Bin ich das?«
»Natürlich. Nicht böse sein.«
»Kann sein, daß Sie recht haben«, gab er zu. »Es war eine

ziemliche Enttäuschung für meinen Vater, als ich in der Mittelschule Stürmer spielte, während er sich doch einen Einstein wünschte.«

»Hat das Football-Spielen Spaß gemacht?«

»Nicht so wie richtige Spiele. Football ist Arbeit. He, erinnern Sie sich an die Abzählverse von früher, als wir noch klein waren? Ene, mene, mei, und du bist frei.«

»Wir haben gesagt: Ene, mene, mink, mank, pink, pank.«

»Ja, und: Ich und du, Müllers Kuh, Müllers Esel, der bist du.«

»Du magst mich, ich mag dich, ich mag die Jungs, und die Jungs mögen mich.«

»Das kann ich mir vorstellen, daß die Jungens in Sie verliebt waren«, erklärte Mayo feierlich.

»Nein, waren sie nicht.«

»Wieso nicht?«

»Ich war immer zu groß.«

Er wunderte sich. »Aber Sie sind doch gar nicht groß!« versicherte er. »Sie sind genau richtig. Perfekt. Und phantastisch gebaut. Das habe ich gemerkt, als wir den Flügel holten. Sie haben tolle Muskeln für ein Mädchen. Besonders in den Beinen; das zählt.«

Sie errötete. »Bitte nicht, Jim.«

»Nein, ehrlich.«

»Noch etwas Wein?«

»Danke. Trinken Sie doch auch.«

»Na schön.«

Ein Donnerschlag zerteilte den Himmel mit seinem Überschallknall, gefolgt vom Dröhnen einstürzenden Mauerwerks.

»Wieder ein Wolkenkratzer«, sagte Linda. »Wovon sprachen wir gerade?«

»Vom Spielen«, erwiderte Mayo sofort. »Verzeihung, ich habe mit vollem Mund gesprochen.«

»Ach ja. Jim, haben Sie oben in New Haven auch *›Plumpsack‹* gespielt?« Linda begann zu singen. *»Dreht euch nicht um, der Plumpsack geht um, und wer sich umsieht, der kriegt einen Hieb ...«*

»He!« sagte er tief beeindruckt. »Sie können ja singen!«

»Ach wo!«

»Doch, wirklich. Sie haben eine großartige Stimme. Keine Widerrede. Seien Sie mal einen Augenblick still. Ich muß über was nachdenken.« Eine Weile überlegte er angestrengt, während er seinen Wein austrank und geistesabwesend ein weiteres Glas akzeptierte. Endlich schien er einen Entschluß gefaßt zu haben. »Sie müssen Klavierspielen lernen.«

»Sie wissen doch, daß ich mir das sehr, sehr wünsche, Jim.«

»Ich werde also noch eine Zeitlang hierbleiben und Ihnen Unterricht geben. Ich bringe Ihnen bei, was ich kann. He, nicht so stürmisch!« fügte er hastig hinzu, um ihre Aufregung zu dämpfen. »Ich werde auf keinen Fall bei Ihnen wohnen. Ich will eine eigene Wohnung.«

»Aber sicher, Jim! Wie Sie wollen.«

»Und ich will immer noch in den Süden.«

»Ich werde Ihnen Fahrunterricht geben, Jim. Ich halte mein Wort.«

»Und ohne Hintergedanken, Linda.«

»Natürlich, Jim. Was denn für Hintergedanken?«

»Na ja, Sie wissen schon. Etwa, daß Sie auf einmal ankommen und da eine Luikängs-Couch haben, die ich Ihnen rüberschaffen soll.«

»Louis Quinze!« Linda blieb der Mund offenstehen. »Wo haben Sie denn das gelernt?«

»Na, bei den Soldaten nicht, das ist mal sicher.«

Sie lachten, stießen mit den Gläsern an und tranken den Wein aus. Auf einmal sprang Mayo auf, zog Linda am Haar und lief zu dem Wunderland-Standbild hinüber.

Im Handumdrehen war er hinaufgeklettert und hockte auf Alices Kopf.
»Ich bin der Bergkönig!« schrie er und warf einen hoheitsvollen Blick um sich. »Ich bin der Berg ...« Unvermittelt verstummte er und starrte auf eine Stelle hinter der Statue.
»Jim, was ist?«
Wortlos kletterte Mayo herunter und ging zu einem Trümmerhaufen, der halb versteckt unter wuchernden Forsythienbüschen lag. Er kniete nieder und begann alle Stücke mit behutsamen Händen zu untersuchen. Linda lief zu ihm.
»Jim, was ist passiert?«
»Das waren Modellschiffe«, murmelte er.
»Ja, stimmt. Mein Gott, ist das alles? Ich dachte schon, Ihnen sei schlecht geworden, oder so.«
»Wie kommen die hierher?«
»Ich hab' sie weggeworfen.«
»Sie?«
»Ja. Ich sagte Ihnen doch, daß ich das Bootshaus ausräumen mußte, als ich hier einzog. Das liegt schon Ewigkeiten zurück.«
»Das haben Sie getan?«
»Ja. Ich ...«
»Sie sind eine Mörderin!« knurrte er, stand auf und funkelte sie böse an. »Sie sind ein Unmensch. Sie sind wie alle Frauen, Sie haben weder Herz noch Seele. Daß Sie so etwas fertigbringen!«
Er drehte sich um und stakste auf den Bootsteich zu. Linda folgte ihm zutiefst verwirrt.
»Jim, ich verstehe Sie nicht. Weswegen sind Sie mir böse?«
»Sie sollten sich schämen.«
»Aber ich brauchte doch Platz zum Wohnen. Ich kann doch nicht mit einem Haufen Modellboote zusammenleben.«

»Vergessen Sie nur alles, was ich gesagt habe. Ich werde packen und nach Süden aufbrechen. Mit einem Menschen wie Ihnen möchte ich nicht zusammenbleiben, und wenn Sie der letzte Mensch auf der Erde wären.«

Linda riß sich zusammen und rannte plötzlich davon. Als Mayo ins Bootshaus kam, stand sie vor der Tür des Gästezimmers. In der Hand hielt sie einen schweren Schlüssel.

»Ich hab' ihn gefunden«, keuchte sie. »Ihre Tür ist abgesperrt.«

»Geben Sie mir den Schlüssel, Linda!«

»Nein.«

Er trat auf sie zu; sie starrte ihn trotzig an und wich nicht von der Stelle.

»Los!« forderte sie ihn heraus. »Schlagen Sie mich.«

Er stoppte. »Ach was, ich würde nie jemanden anfassen, der kleiner ist als ich.«

Keiner wußte, was er jetzt tun sollte.

»Ich brauche meine Sachen nicht«, murmelte Mayo schließlich. »Ich kann mir anderswo neue besorgen.«

»Na schön, dann packen Sie doch«, antwortete Linda. Sie warf ihm den Schlüssel zu und trat zur Seite. Jetzt stellte Mayo fest, daß gar kein Schloß an der Schlafzimmertür war. Er öffnete sie, blickte hinein, schloß sie wieder und sah Linda an. Sie machte ein unbewegtes Gesicht, begann aber zu kichern. Er grinste. Dann brachen beide in lautes Lachen aus.

»Himmel!« sagte Mayo. »Sie haben mich wirklich zum besten gehalten. Mit Ihnen möchte ich nicht gern Poker spielen.«

»Sie können selbst ausgezeichnet bluffen, Jim. Ich hatte Todesangst, daß Sie mich schlagen würden.«

»Sie sollten wissen, daß ich keinem Menschen weh tue.«

»Ich glaube, das weiß ich auch. Kommen Sie, wir wollen uns hinsetzen und alles in Ruhe besprechen.«

»Ach was, Schwamm drüber, Linda. Ich hab' den Kopf verloren, als ich die Boote sah, und da ...«

»Ich meine nicht die Boote. Ich meine, daß Sie nach Süden wollen. Immer wenn Sie mir böse sind, wollen Sie wieder in den Süden. Warum?«

»Ich habe Ihnen doch gesagt, daß ich jemanden suche, der was vom Fernsehen versteht.«

»Warum?«

»Das würden Sie doch nicht verstehen.«

»Ich kann's ja versuchen. Warum erklären Sie mir nicht, was Sie vorhaben – genau? Vielleicht kann ich Ihnen doch helfen.«

»Sie können mir gar nicht helfen. Sie sind ein Mädchen.«

»Gelegentlich sind wir auch zu was nütze. Zumindest kann ich gut zuhören. Sie können Vertrauen zu mir haben, Jim. Sind wir nicht Freunde? Erzählen Sie!«

»Na ja, als der Knall kam«, begann Mayo, »war ich mit Gil Watkins oben in den Berkshires. Gil war mein Freund, ein prächtiger Kerl und ein gescheiter dazu. Er war irgend so was Ähnliches wie Obermaschinist beim WNHA, dem Fernsehsender von New Haven. Gil hatte tausend Hobbys. Eines davon war die Spe ... Spelä ... ach, ich weiß nicht. Es bedeutet, daß man Höhlen erforscht.

Tja, und da waren wir also in dieser Klamm in den Berkshires, das ganze Wochenende waren wir in der Höhle, untersuchten sie und versuchten, alles aufzuzeichnen und zu erkunden, woher der unterirdische Fluß wohl kam. Wir hatten Lebensmittel und Werkzeug mitgebracht und unsere Schlafsäcke. Dann spielte der Kompaß, mit dem wir arbeiteten, mindestens zwanzig Minuten lang verrückt, und das hätte uns zu denken geben sollen, aber Gil redete irgendwas von magnetischen Erzen und so. Erst als wir am Sonntagabend rauskamen – ich sage Ihnen,

das war ziemlich grausig. Gil wußte natürlich sofort, was passiert war.
›Himmel, Jim‹, sagte er, ›die sind doch tatsächlich hingegangen und haben's getan. Wußte ja jeder, daß es mal soweit kommen mußte. Die haben sich selbst in die Hölle geblasen, und wir werden in unsere verdammte Höhle zurückgehen, bis alles vorbei ist.‹
Also gingen Gil und ich wieder zurück, rationierten die Lebensmittel und blieben so lange wie nur möglich da unten. Schließlich kamen wir wieder raus und fuhren nach New Haven zurück. Da war auch alles tot. Gil montierte ein paar Radioteile zusammen und versuchte, Funksignale aufzufangen. Nichts. Dann packten wir ein paar Konserven ein und fuhren überall rum: Bridgeport, Waterbury, Hartford, Springfield, Providence, New London ... ein riesiger Kreis. Niemand. Nichts. Dann fuhren wir nach New Haven zurück und ließen uns da nieder und führten ein ganz nettes Leben.
Tagsüber holten wir uns Lebensmittel und so und hantierten im Haus rum, damit alles in Ordnung blieb. Am Abend, nach dem Essen, fuhr Gil so um sieben zum WNHA rüber und brachte den Sender in Gang. Er lief auf den Notaggregaten. Ich fuhr dann runter zum ›Body Slam‹, machte den Laden auf, fegte und stellte den Fernsehapparat auf der Bartheke an. Gil hatte mir ein Aggregat dafür angebracht.
Es machte viel Spaß, die Shows zu sehen, die Gil sendete. Er fing mit Nachrichten und Wetterbericht an, und alles, was er brachte, war falsch. Er hatte ja nur einen Bauernkalender und eine Art antikes Barometer, das aussah wie diese Uhr, die Sie da an der Wand hängen haben. Anschließend sendete er die Abend-Show.
Ich hatte als Vorsichtsmaßnahme gegen Überfälle meine Schrotflinte in der Bar. Und jedesmal, wenn ich etwas sah, was mich ärgerte, griff ich zur Flinte und feuerte auf den

Apparat. Dann nahm ich ihn und warf ihn zur Tür hinaus und holte mir einen anderen. Ich muß wohl Hunderte davon im Hinterzimmer gehabt haben. Zweimal die Woche holte ich Nachschub.

Um Mitternacht beendete Gil sein WNHA-Programm, ich schloß die Bar ab, und wir trafen uns zu Hause zum Kaffee. Gil erkundigte sich, wie viele Apparate ich abgeschossen hatte, und lachte, wenn ich es ihm sagte. Er meinte, es sei die akkurateste Fernseh-Umfrage aller Zeiten. Ich fragte ihn, welche Shows in der nächsten Woche kämen, und diskutierte mit ihm über ... na ja ... zum Beispiel, welche Filme oder Football-Spiele WNHA im Programm brachte. Western-Filme gefielen mir nicht, und diese hochgestochenen Fernsehdiskussionen haßte ich richtig.

Aber natürlich wurde wieder alles anders; ich habe doch immer Pech. Nach zwei Jahren stellte ich fest, daß ich bei meinem letzten Apparat angelangt war, und da fing der Ärger an. An diesem Abend brachte Gil einen von diesen albernen Werbespots, in denen eine überhebliche Frau mit dem richtigen Waschpulver eine Ehe rettet. Natürlich griff ich nach meiner Flinte, und erst in der letzten Sekunde fiel mir ein, daß ich nicht schießen durfte. Dann brachte er einen scheußlichen Film über einen mißverstandenen Komponisten, und wieder passierte dasselbe. Als wir uns später zu Hause trafen, war ich ganz durcheinander.

›Was ist mit dir los?‹ fragte Gil.

Ich sagte es ihm.

›Ich dachte, die Shows gefallen dir‹, meinte er.

›Nur, solange ich auf sie schießen konnte.‹

›Du armer Hund‹, lachte er. ›Du bist jetzt ein gefangenes Publikum.‹

›Gil, könntest du nicht vielleicht das Programm ändern – jetzt, wo du siehst, in was für einer Lage ich bin?‹

›Sei doch vernünftig, Jim. WNHA muß Abwechslung

bringen. Wir arbeiten nach der Cafeteria-Methode: für jeden etwas. Wenn dir eine Show nicht gefällt, warum stellst du dann nicht einen anderen Sender ein?‹

›Also, jetzt bist du dumm. Du weißt genau, daß wir in New Haven nur einen Sender haben.‹

›Dann stell deinen Apparat doch ab.‹

›Ich kann den Apparat in der Bar nicht abstellen, das gehört zum Kundendienst. Ich würde meine ganzen Gäste verlieren. Gil, mußt du denn diese scheußlichen Filme unbedingt zeigen? Zum Beispiel gestern abend dieses Militär-Musical, wo sie auf einem Sherman-Panzer singen und tanzen und küssen. Gott im Himmel!‹

›Frauen lieben Uniformfilme‹.

›Und diese Werbespots! Ewig mokieren sich die Weiber über den Hüfthalter, den eine andere trägt, und Schwule rauchen Zigaretten, und ...‹

›Na‹, sagte Gil, ›dann schreib doch einfach einen Brief an den Sender.‹

Das tat ich, und eine Woche später bekam ich die Antwort. Sie lautete: ›Sehr geehrter Mr. Mayo: Wir freuen uns, zu erfahren, daß Sie sich das Programm des WNHA regelmäßig anschauen, und danken Ihnen für Ihr Interesse. Wir hoffen, Sie werden auch weiterhin Freude an unseren Sendungen haben. Hochachtungsvoll, Gilbert O. Watkins, Sendeleiter.‹ Im Umschlag lagen außerdem zwei Eintrittskarten für eine Interview-Sendung. Ich zeigte Gil den Brief, aber er zuckte nur die Achseln.

›Da siehst du, wogegen du ankämpfst, Jim‹, sagte er. ›Denen ist es doch völlig egal, was dir gefällt und was nicht. Die wollen doch nur erfahren, ob du zuschaust.‹

Ich sage Ihnen, die nächsten zwei Monate waren die Hölle für mich. Ich konnte den Apparat nicht abstellen, und ich konnte nicht zuschauen, ohne ein Dutzendmal pro Abend zu meiner Flinte zu greifen. Ich brauchte all meine Willenskraft, um nicht schließlich doch abzudrücken. Ich wurde nervös und gereizt und wußte, daß ich etwas dagegen tun mußte, bevor ich vollkommen überschnappte. So nahm ich also eines Abends die Flinte mit nach Hause und erschoß meinen Freund Gil.

Am nächsten Tag fühlte ich mich wesentlich wohler, und als ich um sieben Uhr zum ›Body Slam‹ hinunterging, um sauberzumachen, pfiff ich sogar vor mich hin. Ich fegte das Restaurant aus, polierte die Theke und stellte dann den Fernseher an, um Nachrichten und Wetterbericht zu sehen. Sie werden es nicht glauben, aber der Apparat war kaputt. Ich kriegte kein Bild. Nicht einmal den Ton kriegte ich. Mein letzter Apparat – kaputt!

Sehen Sie, und deswegen muß ich in den Süden gehen –« erklärte Mayo. »Ich muß einen Fernsehmechaniker auftreiben.«

Als Mayo seine Story beendet hatte, folgte eine lange Pause.

Linda musterte ihn durchdringend und versuchte, das Glitzern in ihren Augen zu verbergen. Schließlich fragte sie ihn mit gemachter Gleichgültigkeit: »Woher hatte er das Barometer?«

»Wer? Was?«

»Gil, Ihr Freund. Das antike Barometer. Woher hatte er es?«

»Tja, das weiß ich nicht. Antiquitäten waren auch eines von seinen Hobbys.«

»Und es sah aus wie diese Uhr?«

»Genauso.«

»Französisch?«

»Kann ich nicht sagen.«

»Bronze?«

»Kann sein. Wie Ihre Uhr. Ist das Bronze?«

»Ja. In der Form wie eine Sonne?«

»Nein, genau wie Ihre.«
»Das ist eine Sonne. Dieselbe Größe?«
»Genau.«
»Wo war es?«
»Hab' ich Ihnen das nicht gesagt? In unserem Haus.«
»Wo ist dieses Haus?«
»In der Grant Street.«
»Welche Nummer?«
»Dreihundertfünfzehn. Hören Sie, was soll das alles?«
»Nichts, Jim. Ich bin nur neugierig. Nicht böse gemeint. Und jetzt hole ich lieber unsere Picknick-Sachen.«
»Macht es Ihnen was aus, wenn ich ein bißchen allein spazierengehe?«
Sie sah ihn schief an. »Versuchen Sie nicht, allein mit dem Auto zu fahren! Automechaniker sind noch rarer als Fernsehmechaniker.«
Er grinste und verschwand. Doch nach dem Essen erfuhr sie den eigentlichen Zweck seines Verschwindens: Er zog ein Notenblatt hervor, stellte es auf den Notenständer des Flügels und führte Linda stolz zur Klavierbank. Sie war entzückt und gerührt.
»Jim, Sie sind ein Engel! Wo haben Sie das gefunden?«
»In dem Apartmenthaus gegenüber. Dritter Stock, hinten raus. Bei Horowitz. Schallplatten hatten die auch – haufenweise. Junge, ich kann Ihnen sagen, es war ziemlich unheimlich, da im Dunkeln nur mit Streichhölzern rumzusuchen! Übrigens, komisch! Der ganze obere Teil des Hauses ist voller Kleister.«
»Kleister?«
»Ja. So 'ne Art weiße Gelatine, aber hart. Wie durchsichtiger Beton. Aber jetzt sehen Sie mal da, diese Note. Das ist ein C. Das mittlere C. Das steht für diese weiße Taste hier. Wir setzen uns nebeneinander. Rücken Sie mal 'n Stück ...«
Der Unterricht dauerte zwei Stunden – zwei Stunden voll

angestrengter Konzentration, nach denen sie beide so vollkommen erschöpft waren, daß sie sich mit einem nur oberflächlichen Gutenachtgruß sofort in ihre Zimmer schlichen.

»Jim!« rief Linda dann noch.
»Ja?« gähnte er.
»Möchten Sie eine von meinen Puppen mit ins Bett nehmen?«
»Nein. Vielen Dank, Linda, aber Männer interessieren sich eigentlich nicht für Puppen.«
»Ja, schon möglich. Macht nichts. Morgen habe ich etwas für Sie, für das sich Männer bestimmt interessieren!«

Am nächsten Morgen erwachte Mayo von einem Klopfen an seiner Tür. Er stemmte sich im Bett hoch und gab sich Mühe, die Augen zu öffnen.
»Ja? Wer ist da?« rief er.
»Ich bin's. Linda. Kann ich reinkommen?«
Er blickte sich hastig um. Das Zimmer war ordentlich, der Teppich sauber, die kostbare Tagesdecke lag glatt zusammengefaltet auf der Kommode.
»Okay. Kommen Sie rein.«
Linda trat ein. Sie trug ein frisches Leinenkleid. Sie setzte sich auf die Kante des Pfosten-Bettes und gab Mayo einen freundlichen Klaps. »Guten Morgen!« sagte sie. »Und jetzt hören Sie zu. Ich muß Sie ein paar Stunden allein lassen. Ich habe etwas zu tun. Das Frühstück steht auf dem Tisch, aber zum Mittagessen bin ich wieder zurück. Okay?«
»Na klar.«
»Werden Sie sich auch nicht einsam fühlen?«
»Wohin wollen Sie denn?«
»Das sage ich Ihnen, wenn ich wiederkomme.« Sie streckte die Hand aus und fuhr ihm durchs Haar. »Seien Sie also

brav und machen Sie keine Dummheiten. Ach ja, noch etwas: Gehen Sie nicht in mein Schlafzimmer!«

»Warum sollte ich?«

»Tun Sie's trotzdem nicht.«

Sie lächelte und verschwand. Einen Augenblick später hörte Mayo den Jeep starten und davonfahren. Er stand sofort auf, ging in Lindas Schlafzimmer und sah sich suchend um. Das Zimmer war ordentlich, wie es nur sein konnte. Das Bett war gemacht, und ihre geliebten Puppen waren fürsorglich auf der Tagesdecke arrangiert. Und dann entdeckte er es.

»Himmel!« sagte er atemlos.

Es war das Modell eines voll aufgetakelten Clippers. Die Masten und die Takelung waren in Ordnung, aber der kleine Rumpf blätterte ab, und die Segel waren zerfetzt. Es stand vor Lindas Schrank, und daneben stand ihr Nähkorb. Sie hatte bereits einen neuen Satz weißer Leinensegel zugeschnitten. Mayo kniete vor dem Modell nieder und berührte es vorsichtig.

»Ich werde es schwarz anmalen, mit einem Goldstreifen rings herum«, murmelte er. »Und nennen werde ich es Linda N.«

Er war so bewegt, daß er das Frühstück kaum anrührte. Er badete, zog sich an, nahm seine Flinte und eine Handvoll Patronen und machte sich auf eine kleine Wanderung durch den Park. Im Bogen ging er nach Süden, kam an den Spielfeldern vorbei, am zerfallenen Karussell, an der verrottenden Eislauffläche, verließ den Park und schlenderte die Seventh Avenue hinab.

An der Fiftieth Street bog er nach Osten und brachte lange Zeit damit zu, die zerrissenen Plakate zu entziffern, die die letzte Vorstellung der Radio City Music Hall ankündigten. Dann wandte er sich wieder nach Süden. Beim plötzlichen Klang von Stahl fuhr er zusammen. Es klang wie riesige Schwerter in einem Titanen-Duell. Aus einer Seitenstraße brach eine kleine Herde von verkrüppelten Pferden hervor; der Lärm hatte sie in Panik versetzt. Ihre unbeschlagenen Hufe klapperten dumpf über das Pflaster. Das Stahlgeklirr hörte auf.

»Daher hat also der Blauhäher das Geräusch«, murmelte Mayo. »Aber was, zum Teufel, kann das nur sein?«

Er ging nach Osten, um nachzusehen, vergaß aber das Geheimnis ganz, als er zum Diamanten-Zentrum kam. Das Glitzern der bläulich-weißen Edelsteine im Schaufenster blendete ihn. Die Tür eines Juwelierladens hing schief in den Angeln, und Mayo schlich sich auf Zehenspitzen hinein. Als er wieder herauskam, hielt er eine echte Perlenkette in der Hand, die ihn eine Jahresmiete für das »Body Slam« an Schuldscheinen gekostet hatte.

Weiter führte ihn seine Tour zur Madison Avenue, wo er auf einmal vor Abercrombie & Fitch stand. Er ging hinein, um ein wenig herumzustöbern, und kam zuletzt auch an die Gewehrständer. Hier vergaß er die Zeit vollständig, und als er wieder zur Besinnung kam, war er auf der Fifth Avenue, auf dem Heimweg zum Bootsteich. Auf den Armen trug er ein automatisches italienisches Cosmi-Gewehr, im Herzen Schuldbewußtsein, und im Laden lag ein Verkaufsbon mit der Aufschrift: Schuld für ein Cosmi-Gewehr $ 750,–, für sechs Schachteln Munition $ 18,–. James Mayo.

Als er das Bootshaus erreichte, war es schon nach drei Uhr. Vorsichtig trat er ein, bemühte sich, gelassen zu wirken, und hoffte, daß Linda das neue Gewehr, das er mitbrachte, nicht bemerkte. Sie saß mit dem Rücken zu ihm am Flügel.

»Hallo!« grüßte Mayo nervös. »Tut mir leid, daß ich so spät komme. Ich ... ich habe Ihnen etwas mitgebracht. Die sind aber echt.« Er zog die Perlen aus der Tasche und reichte sie ihr. Erst dann sah er, daß sie weinte.

»He, was ist denn?«

Sie antwortete nicht.
»Sie hatten doch wohl keine Angst, daß ich Ihnen weglaufe? Ich meine, na ja, meine Sachen sind alle hier. Und der Wagen auch. Sie brauchen bloß nachzusehen.«
Sie drehte sich um. »Ich hasse Sie!« schrie sie ihn an.
Erschrocken über ihre Heftigkeit, ließ er die Perlen fallen und zuckte zurück. »Was ist denn los?«
»Sie sind ein verdammter, gemeiner Lügner!«
»Wer? Ich?«
»Ich bin heute morgen nach New Haven gefahren.« Ihre Stimme bebte vor Empörung. »Es gibt gar kein Haus mehr in der Grant Street. Die sind alle zerstört. Es gibt auch keinen WNHA-Sender. Das ganze Gebäude ist weg.«
»Nein.«
»Doch. Und dann bin ich zu Ihrem Restaurant gefahren. Da liegt kein Haufen Fernsehapparate auf der Straße. Es gibt nur einen einzigen – über der Bar. Die ist vollkommen verrostet. Und das Restaurant ist ein Schweinestall. Und Sie haben die ganze Zeit da gelebt. Allein. Im Hinterzimmer stand nur ein Bett. Es war alles gelogen. Alles gelogen!«
»Warum sollte ich Ihnen was vorlügen?«
»Sie haben auch niemals Gil Watkins erschossen.«
»Aber natürlich habe ich das. Beide Läufe. Er hatte es verdient.«
»Und Sie haben auch keinen Fernsehapparat, der repariert werden muß.«
»Habe ich doch.«
»Und selbst wenn er repariert würde, dann gäbe es gar keinen Sender, der etwas ausstrahlt.«
»Denken Sie doch mal nach«, sagte er böse. »Warum sollte ich Gil erschießen, wenn gar nichts gesendet würde?«
»Wenn er tot ist, wie kann er dann senden?«

»Sehen Sie? Und eben haben Sie noch gesagt, ich hätte ihn nicht erschossen.«
»Ach was, Sie sind doch verrückt! Sie sind wahnsinnig!« schluchzte sie. »Sie haben mir dieses Barometer nur beschrieben, weil Sie zufällig meine Uhr sahen. Und ich habe Ihnen diese idiotischen Lügen geglaubt. Ich hatte mir so sehr ein passendes Barometer zu meiner Uhr gewünscht. Seit Jahren schon suche ich danach.« Sie rannte zur Wand und hämmerte mit den Fäusten dagegen. »Hierher gehört es. Genau hierher. Aber Sie haben gelogen, Sie Wahnsinniger. Es gab überhaupt kein Barometer.«
»Wenn hier einer wahnsinnig ist, dann sind das Sie«, schrie er. »Sie sind so verrückt darauf, dieses Haus einzurichten, daß für Sie gar nichts mehr wirklich ist.«
Sie lief durchs Zimmer, nahm seine alte Schrotflinte und zielte auf ihn. »Machen Sie, daß Sie raus kommen! Auf der Stelle. Raus, oder ich bringe Sie um! Ich will Sie nie wieder sehen.«
Die Flinte ging los, warf sie zurück und streute Schrot über Mayos Kopf hinweg in ein kleines Eckgestell. Porzellan zerbarst und fiel klirrend zu Boden. Lindas Gesicht wurde schneeweiß.
»Jim! Mein Gott, ist alles in Ordnung? Ich wollte ja gar nicht ... Ich meine, sie ist einfach losgegangen ...«
Er trat einen Schritt vor, zu wütend, um etwas sagen zu können. Und eben als er die Hand erhoben hatte, um sie zu schlagen, kam aus der Ferne der Knall von Schüssen. Mayo erstarrte.
»Haben Sie das gehört?« wisperte er.
Linda nickte.
»Das war kein Zufall. Das war ein Signal.«
Mayo griff sich die Flinte, rannte hinaus und feuerte den zweiten Lauf in die Luft. Dann folgte eine Pause. Und dann kamen wieder die fernen Schüsse, eine gleichmäßige Dreierfolge. Es war ein etwas merkwürdiges Geräusch,

fast so, als wären es eher Implosionen als Explosionen. Weit hinten im Park stieg eine Schar verängstigter Vögel zum Himmel hinauf.

»Da ist jemand!« jubelte Mayo. »Bei Gott, ich habe Ihnen ja gesagt, daß ich jemanden finden werde. Kommen Sie!«

Sie liefen nach Norden. Mayo suchte in seinen Taschen nach weiteren Patronen, um seine Flinte wieder zu laden und noch einmal Signal zu geben.

»Ich danke Ihnen, daß Sie auf mich geschossen haben, Linda.«

»Ich habe nicht auf Sie geschossen«, protestierte sie. »Das war nur Zufall.«

»Der glücklichste Zufall der Welt! Die hätten hier durchziehen können, ohne jemals etwas von uns zu erfahren. Aber was für Gewehre benutzen die bloß? Solche Schüsse wie die habe ich noch nie gehört, und ich habe schon einiges erlebt. Warten Sie einen Augenblick.«

Auf dem kleinen Platz vor dem Wunderland-Denkmal blieb Mayo stehen und hob die Flinte, um zu schießen. Dann ließ er sie langsam sinken. Er atmete tief ein. Mit rauher Stimme sagte er: »Drehen Sie sich um. Wir kehren zum Haus zurück.« Er schob sie herum, bis sie wieder nach Süden blickte.

Linda starrte ihn an. Innerhalb einer Sekunde hatte er sich aus einem sanften Teddybären in einen Panther verwandelt.

»Jim, was ist passiert?«

»Ich habe Angst«, knurrte er. »Ich habe verdammte Angst, und möchte nicht, daß Sie auch Angst kriegen.«

Abermals ertönte die dreifache Salve. »Achten Sie nicht mehr drauf«, befahl er. »Wir gehen zum Haus zurück. Kommen Sie!«

Sie weigerte sich, rührte sich nicht von der Stelle. »Aber warum denn? Warum?«

»Mit denen wollen wir nichts zu tun haben. Sie können mir glauben.«

»Und woher wissen Sie das? Sie müssen es mir erzählen!«

»Himmel! Sie werden mir keine Ruhe lassen, bis Sie es wissen, nicht wahr? Na schön. Sie wollen eine Erklärung für den Bienengeruch und die einstürzenden Gebäude und das alles?« Er drehte sie herum und richtete ihren Blick auf das Wunderland-Denkmal. »Na los doch! Sehen Sie es sich gut an.«

Ein vollendeter Künstler hatte die Köpfe von Alice, dem verrückten Hutmacher und dem Märzhasen entfernt und alle durch riesige Heuschreckenköpfe ersetzt, die nur aus säbelförmigen Kiefern, Fühlern und Facettenaugen bestanden. Sie waren aus poliertem Stahl und glänzten voll unaussprechlicher Gefährlichkeit. Linda begann vor Abscheu zu wimmern und sank Mayo ohnmächtig in die Arme. Und wieder ertönte die dreifache Salve.

Mayo fing Linda auf, warf sie sich über die Schulter und eilte zum Teich zurück. Nach wenigen Augenblicken erlangte sie das Bewußtsein wieder und fing an zu stöhnen.

»Hören Sie auf!« knurrte er. »Plärren nützt auch nichts.«

Vor dem Bootshaus stellte er sie auf die Füße. Sie zitterte, war aber bemüht, sich zu beherrschen. »Gab es hier Fensterläden, als Sie einzogen? Wo sind sie jetzt?«

»Weggepackt.« Sie mußte die Worte einzeln herausquetschen. »Hinter dem Spalier.«

»Ich werde sie wieder einhängen. Sie füllen möglichst viele Eimer mit Wasser und stellen Sie in die Küche. Los!«

»Werden wir belagert werden?«

»Reden können wir später. Los!«

Sie füllte die Eimer und half Mayo dann, den letzten Laden in die Fensteröffnungen einzupassen. »Fertig. Und jetzt ins Haus!« befahl er. Sie gingen hinein, schlossen und verriegelten die Tür. Die schwachen Strahlen der

Spätnachmittagssonne filterten durch die Lüftungsschlitze der Läden. Mayo begann die Patronen für das Cosmi-Gewehr auszupacken. »Haben Sie irgendeine Schußwaffe?«
»Einen .22er Revolver. Er muß irgendwo sein.«
»Munition?«
»Ich glaube.«
»Machen Sie alles fertig.«
»Werden wir belagert werden?« fragte sie noch einmal.
»Ich weiß es nicht. Ich weiß nicht, wer sie sind, was sie sind und woher sie kommen. Ich weiß nur, daß wir uns auf das Schlimmste gefaßt machen müssen.«
Die fernen Implosionen ertönten. Mayo hob aufmerksam lauschend den Kopf. Linda konnte ihn in dem Dämmerlicht jetzt erkennen. Sein Gesicht wirkte wie holzgeschnitzt. Seine Brust glänzte vor Schweiß. Er strömte den Moschusgeruch eines gefangenen Löwen aus. Linda verspürte ein unwiderstehliches Verlangen, ihn zu berühren. Mayo lud das Gewehr, stellte es neben die Flinte und ging dann von einem Fensterladen zum anderen, um wachsam hinauszuspähen. Er wartete mit unerschütterlicher Geduld.
»Werden sie uns finden?« erkundigte sich Linda.
»Vielleicht.«
»Könnten sie uns auch freundlich gesonnen sein?«
»Vielleicht.«
»Diese Köpfe sind grauenhaft.«
»Ja.«
»Jim, ich habe Angst. In meinem ganzen Leben habe ich noch nie so große Angst gehabt.«
»Das kann ich Ihnen nicht verdenken.«
»Wie lange wird's dauern, bis wir Bescheid wissen?«
»Wenn sie freundlich sind, eine Stunde. Wenn sie feindlich sind, zwei bis drei.«
»W-warum dann länger?«

»Wenn sie auf Ärger aus sind, werden sie vorsichtiger sein.«
»Jim, was halten Sie wirklich davon?«
»Wovon?«
»Von unseren Chancen.«
»Wollen Sie das tatsächlich wissen?«
»Bitte.«
»Wir sind tot.«
Sie begann zu schluchzen. Er schüttelte sie brutal. »Hören Sie auf! Machen Sie ihren Revolver fertig.«
Sie wankte durchs Wohnzimmer, sah die Perlen, die Mayo hatte fallen lassen, und hob sie auf. Sie war so benommen, daß sie sie automatisch umlegte. Dann ging sie in ihr verdunkeltes Schlafzimmer und zog Mayos Modellschiff von der Schranktür fort. Unten im Schrank fand sie den .22er in einer Hutschachtel und holte ihn zusammen mit einem kleinen Behälter Patronen heraus.
Jetzt fiel ihr ein, daß ein Kleid für diese Situation unangebracht war. Sie nahm einen Rollkragenpullover, Jodhpurs und Stiefel heraus. Dann zog sie sich nackt aus, weil sie sich umziehen wollte. Gerade als sie die Arme hob, um die Perlenkette abzunehmen, kam Mayo herein, ging an das verdunkelte Südfenster und spähte hinaus. Als er sich umdrehte, sah er sie.
Unvermittelt blieb er stehen. Sie konnte sich nicht rühren. Ihre Blicke trafen sich, und sich versuchte sich zitternd mit den Armen zu bedecken. Er kam näher, stolperte über das Schiffsmodell und stieß es mit einem Tritt aus dem Weg. Im nächsten Augenblick hatte er von ihrem Körper Besitz ergriffen, und nun flogen auch die Perlen zu Boden. Als sie ihn aufs Bett herunterzog, ihm hektisch das Hemd vom Rücken fetzte, gesellten sich ihre geliebten Puppen zu dem übrigen Abfallhaufen aus Schiffsmodell, Perlen und der gesamten Welt.

Frederik Pohl

Liebesspiele

Wenn sich das Ende des Monats näherte, begann Catsir mit seinen Wartungsmonteuren in scharfem Ton zu sprechen und die Büroangestellten zu drängen, daß sie ihre Entwicklungsberichte für das Hauptbüro fertigmachten. Es war jeden Monat dasselbe. Die Nervenspannung akkumulierte. Catsir, der bei jeder sich bietenden Gelegenheit Dichter war, setzte großen Stolz in seine Arbeit, weil sie gesellschaftlich nützlich war, und hatte Freude daran, weil das Haus so weitläufig, so wunderschön angelegt und so hübsch eingerichtet war. Seine Kunden jedoch mochte er nicht.

Er empfand für sie eine Art väterlicher Geringschätzung, wie etwa für ein Kind, das dem Weihnachtsmann Briefe schreibt. Das Kind ist dumm und läßt sich irreführen, auch wenn es letztlich seine Geschenke bekommt, weil der Vater den Brief liest. Genauso dumm und leicht irrezuführen waren auch Catsirs Kunden ... und wurden genauso belohnt.

Catsirs Titel lautete »Projektleiter«. Am Letzten des Monats verließ er sein grünes Stahlbüro und durchstreifte das Haus. Hier und da griff er ein, verbesserte. Jeder Chef muß die Arbeit all seiner Untergebenen beherrschen, fand er, und das traf auf ihn tatsächlich zu. Manchmal übernahm er das Empfangszimmer, achtete darauf, daß die Lyserg-Automaten immer gefüllt waren, gab Kunden Wechselgeld heraus oder geleitete die in Trance Versunkenen vom Warteraum bis in die Zellen, die jetzt für sie Motels oder Waldwinkel waren – ganz wie es ihre Halluzinationswünsche diktierten. Manchmal betätigte er den Fensterwascher. Manchmal sprang er bei der Wartung ein und inspizierte und ersetzte die Tonbänder in den gesichtslosen Plastikpuppen, die von allen »Chatty Hedy« und »Chatty Chuck« genannt wurden. Manchmal führte er auch die Bücher oder er prüfte sie, und manchmal übernahm er den Posten des Kunden-Verbindungsmannes, der Proben von den Reaktionen der Kunden sammelte, wenn sie, befriedigt, mit benommenem Lächeln und entspannt das Haus verließen. Catsir war sehr geschickt im Umgang mit Kunden und gab ihnen nie den geringsten Grund zu der Annahme, die Venus oder der Adonis, mit denen sie soeben die köstliche Farce der Liebe vollzogen hatten, könnten in Wirklichkeit nichts als Lehmklumpen sein. Immerhin mußte er heimlich über ihre Seligkeit lachen.

War er am Ende des Monats jedoch in anderer Stimmung oder veranlaßte ihn ein Versagen der Skandierung, die Stirn zu runzeln und mit den Fingern zu schnalzen, dann verabscheute er die Besucher seines Hauses. Warum zwang ihn die B.K.B., ihren niedrigen, animalischen Gelüsten Vorschub zu leisten? In solchen Augenblicken, wenn er erkannte, daß er weder ein Eliot noch ein Ciardi war, konnte er auch jene andere Wahrheit nicht vor sich selber verbergen, die Wahrheit, daß er eine Art transistorisierter Zuhälter war, der Chef eines elektronischen Freudenhauses. In solchen Momenten suchte er bei der grundlegenden Logik Zuflucht. Hauptsatz: Das menschliche Tier besitzt einen unwiderstehlichen Geschlechtstrieb. Untersatz: Die Welt muß zu viele Menschen ernähren. Trotz Anerkennung dieser Logik kopulierte die Weltbevölkerung jedoch fröhlich weiter und vergaß dabei die Pille, war zu ungeduldig für das altmodische Pessar oder – im Rausch romantischer Zuneigung – *wollte* sogar ungeplante (und damit unerlaubte) Kinder; und alle Schlafzimmer wuchsen und blühten. Folgerung: Vergeßt die Gefahren des Geschlechtstriebes. Findet eine bessere Möglichkeit, ihn zu befriedigen. Findet etwas, das als Teil der künstlichen

Steuerung der Gesamtumwelt das Sexualleben jedes Menschen zu einer Angelegenheit unmittelbarer Perfektion macht.

Und diese bessere Möglichkeit war das Haus, in dem sich jeder Mensch seine eigene subjektive Perfektion bereitete. Großartig, fand Catsir, wenn er an diesem Punkt seiner Gedankenkette angelangt war. Dann wußte er wieder, daß seine Arbeit auf ihre Art ebenso wichtig war wie eine Reihe von Sonnett-Sequenzen, und konnte frischen Mutes wieder an seine Aufgaben gehen.

Und dennoch fand er die Vorgänge absurd, ja komisch. Er konnte nicht anders. Das war der Dichter in ihm, und diese Empfindung machte ihn reizbar, wenn er am Monatsende durch die Halle schlich, wo hinter den Zellentüren leise Oszillatoren-Quetscher und heiseres Keuchen zu hören waren.

Er war kein sehr guter Dichter, denn intuitiv empfand er mehr, als seine Begabung ihm auszudrücken erlaubte, aber er besaß eine gute Vorstellungskraft und erkannte, welch eine groteske Komödie in diesem Haus gespielt wurde. Die Besucher kamen, bereits ein wenig benebelt durch die Umgebung und ihren eigenen inneren Wunsch, zwischen Bäumen und Blumenbeeten hindurch den gewundenen Pfad herauf und ließen sich im Wartezimmer durch den Becher Lyserg und den tiefen Summton noch mehr beruhigen und einlullen. Von der realen Welt abgeschnitten, fabrizierten sie sich eine eigene Welt. Er ging ins Wartezimmer und betrachtete die Gesichter. Den schlanken Jungen in den blauen Shorts, der gerade seinen Becher voll Stunden-Schizophrenie schluckte. Den Mann mit den runden Augen, der, schon ganz benommen, Münzen in den Automaten steckte und dafür den chiffrierten Plastikschlüssel empfing, der seine Chatty Hedy in Gang setzen würde. Aus dem Ausdruck der verwischten Gesichter versuchte er zu erraten, welches Schlafzimmer ihrer Erinnerung sie in der Phantasie betreten, welche imaginären Liebesworte die Puppe ihnen ins Ohr flüstern würde. Die Tonbänder speicherten nur vier verschiedene Geräusche: ein »heißes« Zischen, wenn der Gast eintrat, ein fünf Minuten langes 420-Hertz-Winseln für die Unterhaltung, ein ekstatisches »jiip, jiip« und ein infrasonisches Dröhnen, das gegen das Ende leiser wurde. Es war die Phantasie des Kunden selber, die den elektronischen Geräuschen eine Bedeutung unterlegte, genauso wie es seine Phantasie war, die dieser Karikatur von Gesicht Züge verlieh und in die abstrakten Lichtspiele an der Wand Landschaften hineinsah. Liebe, dachte Catsir ironisch, Liebe liegt wie die Schönheit im Auge des Betrachters. Aber er fragte sich unwillkürlich, welche Art Liebe ihnen die Phantasie wohl vorgespiegelt hatte. Einem Impuls folgend, ging er durch einen Seitenflur zur Ausgangshalle und wartete auf den Mann mit den runden Augen.

Es war ein Fehlschlag, wie all seine vorhergehenden Experimente Fehlschläge gewesen waren. Er teilte das Gegenmittel für das Lyserg aus und interviewte den Mann genau, aber er wurde enttäuscht. Was dieser Mann erlebt hatte, war für Catsir ebenso bedeutungslos wie der Geschlechtsverkehr mit einer japanischen Puppe. Also kehrte er in sein Büro zurück und ärgerte sich. Aber nicht lange, denn schließlich war Monatsende, und auf dem Schreibtisch warteten seine Urlaubspapiere und die Fahrkarten. Zu diesem Zeitpunkt war Catsir für seinen Erfolg immer am dankbarsten. Denn als Projektleiter der *Bevölkerungs-Kontroll-Behörde* besaß er das Privileg der echten Liebe. Nicht oft. Und nicht so einfach. Doch einmal im Monat übergab er seine Angelegenheiten einem Stellvertreter, packte einen Koffer, nahm einen Jet nach dem Süden und verbrachte ein Wochenende, das ihn für alles andere entschädigte.

Eine Stunde nach Arbeitsschluß war er in der Luft. Jede

Erschöpfung war verschwunden. Er trank einen Cocktail, reckte sich, gähnte und lächelte voll Vorfreude auf viele Wonnen vor sich hin. Am Ende der Reise wartete seine Helen, die schöne, strahlende, liebevolle Helen. Und er würde die ganze Nacht mit ihr verbringen. Dort, inmitten der schönen Gärten, in denen sie wohnte, würde Catsir ihr als Präsent einen Veilchenstrauß aus dem Automaten vor der Tür überreichen und seine Ration an Seligkeit auskosten. Er war zu glücklich, um Abscheu zu fühlen, konnte sich aber eine gewisse Verachtung für die Kunden seines Hauses nicht verkneifen, die sich ihr Leben lang von einem elektronischen Schwindel betrügen ließen und niemals die wahren Wonnen der Liebe kennenlernten.

Ebensowenig wie er.

J. G. Ballard

Technische Spielerei

»Versuchen Sie's noch mal«, sagte Sheringham.

Maxted nahm die Kopfhörer und rückte sie sorgfältig über die Ohren zurecht. Als die Platte sich zu drehen begann, konzentrierte er sich, um in seinem Gedächtnis der Erinnerung eines vertrauten Tones nachzuspüren.

Das Geräusch bestand aus einem schnellen metallischen Rascheln, wie von Eisenspänen, die sich durch eine Röhre ergießen. Es dauerte zehn Sekunden lang, wiederholte sich wohl ein Dutzend Mal und verklang dann in vielen kleinen Echotönen.

»Nun?« fragte Sheringham, »was ist das?«

Maxted nahm die Kopfhörer ab und rieb sich die Ohren.

Er hatte nun stundenlang diese seltsamen Schallplatten angehört, seine Ohren waren wie taub und schmerzten.

»Das könnte so ziemlich alles sein. Ein schmelzender Eisbrocken?«

Sheringham schüttelte den Kopf, und sein Bärtchen wippte dazu.

Maxted zuckte die Schultern: »Zwei Milchstraßen, die zusammenstoßen?«

»Nein. Schallwellen können den Raum nicht durchqueren. Ich gebe Ihnen einen Tip: Es ist einer jener sprichwörtlichen Klänge.« Er schien das Fragespiel sehr zu genießen.

Maxted zündete sich eine Zigarette an und warf das Streichholz auf das Tonpult. Der Kopf zerschmolz zu einer kleinen Wachslache, erkaltete und hinterließ eine flache schwarze Narbe.

Er durchforschte sein Gedächtnis nach einem obszönen Vergleich: »Wie wär's mit einer Fliege, die . . .«

»Die Zeit ist um«, unterbrach ihn Sheringham, »es ist eine fallende Stecknadel.« Er nahm die Acht-Zentimter-Platte vom Teller und steckte sie in ihre Hülle zurück. »Noch im Fall, nicht im Aufprall. Wir haben einen Fünfzehn-Meter-Schacht und acht Mikrofone dazu benutzt. Das hätten Sie eigentlich erraten müssen.«

Er griff nach der letzten Platte, einer Dreißig-Zentimeter-Longplay, aber Maxted stand auf, noch bevor er sie auf den Plattenteller gelegt hatte. Durch die Verandatüren sah er den Innenhof, wo ein Tisch mit Gläsern und einer Karaffe in der Dunkelheit aufschimmerte. Er ärgerte sich plötzlich über Sheringham und seine kindischen Spiele; er zürnte sich selbst, daß er der Einladung gefolgt war und den Mann so lange ertragen hatte.

»Lassen Sie uns ein wenig frische Luft schnappen«, sagte er schroff und wand sich an einer der Verstärkeranlagen vorbei. »Statt Ohren habe ich nur noch Gongs.«

»Selbstverständlich«, stimmte Sheringham bereitwillig zu. Er legte die Aufnahme sorgfältig auf den Plattenteller und stellte den Apparat ab. »Diese hier möchte ich mir sowieso für später aufheben.«

Sie gingen in die laue Abendluft hinaus. Sheringham schaltete die Lampions ein, und streckten sich in den Rohrstühlen unter freiem Himmel aus.

»Ich hoffe, Sie haben sich nicht allzusehr gelangweilt«, sagte Sheringham, während er mit der Karaffe hantierte. »Der Mikroton ist ein faszinierendes Hobby, aber ich fürchte, ich habe ihn zur Besessenheit werden lassen.«

Maxted stieß ein schwer zu deutendes Grunzen aus: »Ein paar von den Platten sind interessant«, gab er zu, »sie haben so eine Art verrückten Neuheitswert, wie Vergrößerungen von Mottengesichtern oder von Rasierklingen. Dennoch glaube ich, im Gegensatz zu Ihnen, nicht daran,

daß der Mikroton sich jemals zu einem Instrument der Wissenschaft entwickeln wird. Ich sehe darin nichts als ein raffiniertes Laboratoriumsspielzeug.«
Sheringham schüttelte den Kopf: »Da sind Sie natürlich völlig im Unrecht. Erinnern Sie sich an die Zellteilungskette, die ich Ihnen zu Anfang vorgespielt habe? Um ein Hunderttausendfaches verstärkt, klingt die Zellteilung bei Tieren, als würde man Tragbalken und Stahlplatten auseinanderreißen – wie nannten Sie es doch? – wie ein Autozusammenstoß in Zeitlupe. Die Teilung von Pflanzenzellen dagegen ist ein elektronisches Gedicht aus sanften Akkorden und rauschenden Tönen. Damit haben Sie den Beweis, daß man anhand des Mikrotons den Unterschied zwischen Tier- und Pflanzenreich zu erklären vermag ...«
»Scheint mir eine verdammt umständliche Betrachtungsweise«, wandte Maxted ein und bediente sich mit Soda, »ebenso gut könnten Sie das Fahrtempo Ihres Autos an der sichtbaren Bewegung der Sterne messen. Das könnte möglich sein, aber einfacher ist es, auf den Tachometer zu schauen.«
Sheringham nickte, und er beobachtete Maxted aufmerksam über den Tisch hinweg. Sein Interesse an der Unterhaltung schien sich erschöpft zu haben. Die beiden Männer saßen schweigend vor ihren Gläsern.
Seltsam, die Feindschaft zwischen ihnen, die schon seit so vielen Jahren andauerte, war jetzt unverschleierter, wie auch der Gegensatz in Persönlichkeit, Haltung und Aussehen sich deutlicher ausprägte. Maxted, ein großer, kräftiger Mann mit ansprechenden aber grobgeschnittenen Zügen, hatte sich lässig in seinen Stuhl zurückgeworfen und dachte an Susan Sheringham. Sie war auf der Party bei den Turnbulls, und wäre es nicht der Fall gewesen, daß er sich aus nur allzu bekannten Gründen bei den Turnbulls nicht mehr sehen lassen konnte, dann hätte er den Abend

lieber mit ihr als mit ihrem grotesken kleinen Ehemann verbracht.

Er musterte Sheringham mit aller Unvoreingenommenheit, deren er fähig war, und fragte sich dabei, ob dieser steife, unscheinbare Mann mit seiner Pedanterie und dem eigentümlichen Humor des Wissenschaftlers überhaupt irgendwelche sympathischen Eigenschaften besaß. Auf den ersten Blick sicherlich nicht, obwohl es einiges von seinem Mut und Stolz erfordert haben mußte, ihn heute abend einzuladen. Doch seine Gründe waren zweifellos ebenso verschroben wie er selbst.

Der Vorwand, überlegte Maxted, war fadenscheinig genug gewesen – Sheringham, Professor für Biochemie an der Universität, besaß ein mit allen Schikanen ausgestattetes Heimlaboratorium; Maxted, ein heruntergekommener Sportler mit schlechtem Examen, arbeitete als Torpedomann bei einer Gesellschaft für elektronische Mikroskope; ein Gespräch, so hatte Sheringham ihm am Telefon versichert, könnte für sie beide von Nutzen sein.

Natürlich hatte er das hier mit keinem Wort erwähnt, ebensowenig, wie er bisher von Susan gesprochen hatte, dem eigentlichen Gegenstand des abendlichen Versteckspiels. Maxted versuchte sich auszumalen, wie Sheringham wohl den unvermeidlichen Augenblick der Wahrheit ansteuern würde: nervöses Im-Kreis-Herumlaufen, einige abgegriffene Fotokopien, ein Schlag auf die Schulter unter Männern – nein, nicht mit ihm.

Ein jungenhaft, bösartiges Leuchten flog über Sheringhams Gesicht –

Unvermittelt schreckte Maxted aus seiner Träumerei hoch. Die Luft im Hof war plötzlich kühler geworden, fast so, als hätte man eine starke Klimaanlage angestellt. Eine leichte Gänsehaut rann über seine Schenkel und vom Hals den Rücken hinab. Er beugte sich vor und trank den Whisky aus, den er noch im Glas hatte.

»Kalt hier draußen«, sagte er.
Sheringham warf einen Blick auf seine Armbanduhr. »Finden Sie?« sagte er. In seiner Stimme klang eine Spur von Unentschlossenheit; einen Augenblick lang schien er auf ein Zeichen zu warten. Dann riß er sich zusammen und sagte mit seltsamem Halblächeln: »Zeit für die letzte Platte.«
»Was wollen Sie damit sagen?« fragte Maxted.
»Bleiben Sie ruhig sitzen«, sagte Sheringham. Er erhob sich. »Ich stelle sie an.« Er deutete auf den Lautsprecher, der an der Wand über Maxteds Kopf befestigt war, grinste und verschwand.
Maxted schauderte unbehaglich zusammen, er starrte hinauf zum schweigenden Abendhimmel und wünschte dabei, daß sich der kalte Luftstrom, der von oben in den Innenhof hineingedrungen war, bald von selbst wieder verflüchtigen würde.
Ein leises, ratterndes Geräusch drang aus dem Lautsprecher, verstärkt von einer ganzen Reihe weiterer Lautsprecher, die, wie er erst jetzt bemerkte, rundherum im Spalier hingen.
Er schüttelte traurig den Kopf über Sheringhams verrückte Einfälle und beschloß, sich selbst mit Whisky zu versorgen. Als er sich über den Tisch beugte, wurde ihm schwindlig, und er fiel unkontrolliert in seinen Stuhl zurück. Sein Magen schien wie angefüllt mit Quecksilber, eiskalt, riesig und schwer. Von neuem reckte er sich vor; er versuchte, das Glas zu erreichen und stieß es dabei über den Tisch. Das Denken machte ihm Schwierigkeiten, er stützte sich mit den Ellenbogen hilfesuchend auf den gläsernen Tischrand, und er spürte, wie ihm der Kopf auf die Fäuste sank.
Als er wieder aufblickte, stand Sheringham vor ihm und lächelte ihn verständnisvoll an.
»Schwierigkeiten, hm?« sagte er.
Schweratmend gelang es Maxted, sich zurückzulehnen. Er

wollte Sheringham etwas sagen, aber es fielen ihm keine Worte mehr ein. Sein Herz machte einen heftigen Satz, und er verzog das Gesicht vor Schmerz.

»Keine Sorge«, beruhigte ihn Sheringham, »der Herzmuskelkrampf ist nur eine Begleiterscheinung. Unangenehm vielleicht, aber er wird gleich vorüber sein.«

Er spazierte gemächlich durch den Innenhof und studierte Maxted von allen Seiten. Das Ergebnis schien ihn sichtlich zu befriedigen, und er schwang sich auf den Tisch. Er nahm den Siphon und versprühte den Inhalt. »Chromzyanat. Es blockiert das koenzyme System, welches das flüssige Gleichgewicht des Körpers kontrolliert. Es leitet hydroxyle Ionen in die Blutbahn. Mit einem Wort, Sie ertrinken. Das heißt, Sie ertrinken tatsächlich, Sie ersticken nicht bloß, wie bei einem äußerlichen Bad. Doch ich darf Sie nicht ablenken.«

Er neigte den Kopf prüfend den Lautsprechern zu. Ein seltsam dumpfes, schwammiges Geräusch drang nun heraus, wie von elastischen Wellen, die einen dickflüssigen See aufsaugen. Der Rhythmus war ungeheuer, wuchtig, übertönt von dem tiefen, bleiernen Keuchen eines riesenhaften Gebläses. Zuerst kaum hörbar, schwollen die Töne immer lauter an, bis sie den Hof erfüllten und die wenigen Autogeräusche von der Hauptstraße verschluckten.

»Phantastisch, was?« sagte Sheringham. Er wirbelte den Siphon am Griff herum, stieg über Maxteds Beine und drehte am Tonregler unter einem der Lautsprecherkästen. Er wirkte strahlend und aufgeräumt, fast um zehn Jahre verjüngt. »Es sind Dreißig-Sekunden-Wiederholungen, vierhundert Mikrosens, tausendfach verstärkt. Ich gebe zu, daß ich diese Folge hier ein wenig bearbeitet habe, aber es ist dennoch verblüffend, wie abstoßend ein an sich schöner Ton klingen kann. Sie werden niemals erraten, was es war.«

Maxted bewegte sich mühsam. Der Quecksilbersee in seinem Magen war kalt und ohne Grund, wie eine Meeresrinne, und seine Arme und Beine hatten unendliche Ausmaße angenommen, wie die aufgedunsen herabhängenden Glieder eines ertrunkenen Riesen. Er konnte gerade noch Sheringham erkennen, der vor ihm auf- und abtänzelte, und von ferne hörte er das leise Grollen des Meeres. Näher jetzt, hämmerte es mit eintönig drängendem Rhythmus, wobei die großen Wellen sich aufblähten und zerplatzten wie Blasen in einem Lavasee.
»Hören Sie, hören Sie es, Maxted. Ein Jahr lang habe ich auf diese Aufnahme warten müssen«, sagte Sheringham. Mit gespreizten Beinen beugte er sich über Maxted und gestikulierte dabei mit dem Siphon. »Ein Jahr. Haben Sie eine Ahnung, wie entsetzlich so ein Jahr sein kann?« Einen Augenblick lang hielt er inne, dann riß er sich von der Erinnerung los. »Letzten Samstag, kurz nach Mitternacht, haben Sie mit Susan in diesem gleichen Stuhl gelegen. Sie müssen wissen, Maxted, daß hier überall Abhörgeräte eingebaut sind. Dünn wie Bleistifte, mit Fünfzehn-Zentimeter-Einstellung. Ich hatte fünf Stück allein hier in der Kopflehne angebracht.« Wie in Klammern fügte er hinzu: »Dieser Wind ist Ihr eigener Atem, wenn ich mich recht erinnere, zu jenem Zeitpunkt besonders schwer und heftig; eure ineinanderhämmernden Pulsschläge haben diesen Donnereffekt bewirkt.«
Maxted wurde plötzlich in einen wirbelnden Tonstrudel hineingerissen.
Kurz darauf drängte sich Sheringhams Gesicht in sein Blickfeld, sein wippender Bart, sein sich heftig bewegender Mund. »Maxted! Sie haben nur noch zwei Fragen, also konzentrieren Sie sich, zum Teufel noch mal«, rief er aufgebracht, und seine Stimme ging dabei fast in dem dröhnenden Rollen der Wellen unter. »Los, Mann, was ist das? Maxted!« brüllte er. Er stürzte zum nächsten Laut-

sprecher und stellte den Ton lauter, der jetzt den Hof überschwemmte und in die Nacht hinausquoll.

Maxted war kaum mehr vorhanden, seine verblassende Identität war zu einer kleinen, bedeutungslosen Insel zusammengeschrumpft, fast schon verschluckt von den Wellen, die unablässig darüber hinwegschlugen.

Sheringham kniete sich nieder und schrie ihm ins Ohr: »Maxted, hören Sie das Meer? Wissen Sie, worin Sie ertrinken?«

Eine Folge von riesenhaften, weichen Wellen, eine gieriger und besitzergreifender als die nächste, drang auf ihn herein.

»In einem Kuß!« schrie Sheringham, »Sie ertrinken in einem Kuß!«

Die Insel löste sich und entglitt in den zähen Sog des Meeres.

Kurt Vonnegut jr.

Willkommen im Affenhaus

Da kam also Peter Crocker, der Sheriff von Barnstable County und damit vom ganzen Cape Cod, in das »Bundesbüro für ethischen Selbstmord« unten in Hyannis. Es war ein Mainachmittag, und er sagte den beiden 1,80 m großen Hostessen, sie sollten sich nicht aufregen, aber ein berüchtigter Nichtskopf namens Billy der Poet sei wahrscheinlich gerade auf dem Weg zum Kap.

Ein Nichtskopf war ein Mensch, der nicht seine ethischen Geburtenkontrollpillen dreimal täglich einnehmen wollte. Als Strafe standen darauf 10 000 Dollar und zehn Jahre Zuchthaus. Das war zu der Zeit, als die Bevölkerung der Erde 17 Milliarden zählte. Das waren natürlich viel zu viele Säugetiere für einen viel zu kleinen Planeten. Also startete die Weltregierung einen beidhändigen Angriff auf die Überbevölkerung. Mit der einen Hand munterte sie auf zum ethischen Selbstmord, und den verschaffte man sich im nächsten Selbstmordsalon, wo man sich in die Hollywoodschaukel setzte und eine Hostess um den schmerzlosen Tod bat. Mit der anderen Hand wachte die Weltregierung über die Durchführung der zwangsweisen ethischen Geburtenkontrolle.

Der Sheriff erzählte den Hostessen – das waren übrigens immer hübsche, charakterstarke und hochintelligente Mädchen –, daß Straßensperren errichtet und Hausdurchsuchungen durchgeführt würden, um Billy den Poeten zu fassen. Erschwerend war allerdings, daß die Polizei nicht wußte, wie er aussah. Die wenigen Leute, die ihn gesehen und näher kennengelernt hatten, waren Frauen – und deren Angaben über seine Größe, Haarfarbe, Stimme, Gewicht und Hautfarbe widersprachen sich geradezu phantastisch.

»Ich brauch euch Mädels nicht noch mal extra zu sagen«, verkündete der Sheriff weiter, »daß ein Nichtskopf unterhalb der Gürtellinie sehr empfindlich ist. Wenn Billy der Poet sich hier irgendwie reinschleicht und Ärger macht – ein tüchtiger Tritt in die richtige Gegend wirkt da schon Wunder.«

Man muß wissen, daß die ethischen Geburtenkontrollpillen, die einzige legale Form der Geburtenkontrolle, die Menschen im Unterleib gefühllos machte. Die meisten Männer sagten auch immer, daß sie sich untenherum wie kaltes Eisen oder Balsaholz fühlten. Die meisten Frauen sagten, sie hätten unten ein Gefühl wie nasse Baumwolle oder abgestandenes Ingwerbier. Die Pillen wirkten so stark, daß man einen Mann, der sie eingenommen hatte, ein Gedicht aufsagen lassen und ihm mitten im Text in die Eier treten konnte: Er würde nicht mal eine Silbe falsch betonen. Die Pillen waren ethisch, denn sie minderten nicht die menschliche Fortpflanzungsfähigkeit. Das wäre natürlich unnatürlich und unmoralisch gewesen. Die Pillen zwangen nur den Spaß aus dem Sex heraus. So gingen Wissenschaft und Moral Hand in Hand.

Die Hostessen in Hyannis hießen Nancy McLuhan und Mary Kraft. Nancy war eine Erdbeerblondine, Mary eine strahlende Brünette. Ihre Uniformen bestanden aus weißem Lippenstift, dickem Augenmake-up, purpurroten Strumpfhosen bis zum Hals, aber nichts darunter, und schwarzen Lederstiefeln. Sie betrieben eine kleine Filiale mit nur sechs Selbstmordzellen. In einer wirklich guten Woche, zum Beispiel vor Weihnachten, legten sie ungefähr 60 Leute in den Schlaf. Das machten sie mit Spritzen.

»Mädels«, sagte Sheriff Crocker, »wir haben alles unter Kontrolle. Ihr könnt weitermachen wie gewöhnlich.«

»Und wenn er auf dem Weg hierher ist?« fragte Nancy.

»Das wissen wir ja nicht so genau«, sagte Crocker.

»Eigentlich«, sagte Nancy, »weiß man nur eins genau von

Billy dem Poeten, nämlich, daß es seine Spezialität ist, die Hostessen der Ethischen Selbstmord-Salons zu deflorieren.«
Nancy war Jungfrau. Alle Hostessen waren Jungfrauen. Außerdem mußten sie in Psychologie und Krankenpflege promoviert haben. Zudem mußten sie vollschlank und rosig sein. Und mindestens einen Meter achtzig groß.
»Wir haben keine Angst. Wir sind wütend. Und nicht mal das. Das ist er nicht wert. Er langweilt uns. Wie langweilig, daß einer diesen ganzen weiten Weg macht, soviel Staub aufwirbelt, bloß um...« Sie ließ den Satz da absterben.
»Es ist einfach absurd.«
»Auf ihn bin ich gar nicht so wütend. Ich bin wütend auf die Frauen, die das mit sich machen lassen, wenn er kommt, und ohne Gegenwehr«, sagte Nancy. »Auf die Frauen, die das mit sich machen lassen und dann der Polizei nicht einmal erzählen können, wie er aussieht. Und das wollen Selbstmord-Hostessen sein!«
Billy der Poet war nicht der einzige, der scharf auf die Hostessen in den Ethischen Selbstmord-Salons war. Alle Nichtsköpfe waren scharf auf sie. Sie waren überdreht in ihrem Sexwahn, denn sie nahmen ja keine Pillen dagegen. Und sie bildeten sich ein, daß die weißen Lippen und die großen Augen und die Strumpfhosen und die Stiefel der Hostessen nichts anderes bedeuteten als Sex, Sex, Sex. In Wirklichkeit war natürlich Sex das letzte, was eine Hostess jemals im Kopf hatte.
»Wenn Billy so vorgeht wie üblich«, sagte der Sheriff, »dann wird er sich eine von euch beiden aussuchen und ihr mit der Post ein schmutziges Gedicht schicken. Aber manchmal benutzt er auch das Telefon.«
»Wie tapfer«, sagte Nancy. Sie sah über die Schulter des Sheriffs. Sie konnte den Postboten kommen sehen.
Eine blaue Lampe leuchtete über der Tür der Zelle auf,

für die Nancy verantwortlich war. Es war die einzige Zelle, die im Augenblick belegt war. Der Sheriff fragte, ob der Mensch in der Zelle vielleicht Billy der Poet sei, und Nancy sagte: »Also, wenn er das ist, kann ich ihm den Hals zwischen Daumen und Zeigefinger brechen.«

»Ein fuchsiger Opa«, sagte Mary, die ihn auch gesehen hatte. Ein fuchsiger Opa war ein alter Mann, abgerissen und senil, der stundenlang quatschte und seine Erinnerungen auskotzte, bevor er sich von der Hostess in den Schlaf legen ließ.

Nancy stöhnte. »Er hat zwei Stunden gebraucht, bis er wußte, was er zum Abschiedsdinner essen will.«

Und dann kam der Briefträger und hatte nur einen Brief. Er war an Nancy adressiert, mit einem schmierigen Bleistift. Sie war großartig in ihrem Zorn und ihrem Abscheu, als sie den Umschlag aufriß, weil sie schon ahnte, daß es Schweinskram von Billy dem Poeten war.

Sie hatte sich nicht getäuscht. In dem Umschlag war ein Gedicht, ein Lied aus den alten Tagen, und es hatte, seitdem die Gefühllosigkeit der ethischen Geburtenkontrolle weltweit geworden war, neue Bedeutung bekommen. Es ging so (und es war auch mit dem schmierigen Bleistift geschrieben):

»Spazier mit mir im dunklen Park
Die Statuen sind Frau und Mann
Wenn Kaiser Friedrichs Pferd mich tragen kann
Bist du genauso stark.«

Als Nancy in die Selbstmordzelle kam, lag der fuchsige Opa in der minzengrünen Hollywoodschaukel, in der jahrelang viele Hunderte so zufrieden gestorben waren. Er studierte die Speisekarte vom Hilton nebenan und schlug den Takt zu der Musik, die aus dem Lautsprecher in der zitronengelben Wand kam.

Es stand ein Hilton neben jedem Ethischen Selbstmord-

Salon, und umgekehrt. Die Hiltons hatten ein orangenes Dach, und die Selbstmord-Salons hatten ein purpurnes Dach, aber sie waren beide staatlich. Praktisch war alles staatlich.
Es war auch praktisch alles automatisch. Nancy und Mary und der Sheriff hatten Glück, denn sie hatten einen Job. Die meisten Leute hatten keinen. Der Durchschnittsbürger saß zu Hause herum beim Fernsehen, und das war auch staatlich. Alle 15 Minuten überredete einen das Fernsehen, intelligent zu wählen oder intelligent zu konsumieren, in die Kirche zu gehen oder den Nächsten zu lieben oder den Gesetzen zu folgen – oder den nächstgelegenen Ethischen Selbstmord-Salon aufzusuchen und zu erleben, wie freundlich und verständnisvoll eine Hostess sein kann.
Der fuchsige Opa hatte Seltenheitswert, denn er war vom Alter gezeichnet. Er war kahl, war zitterig und hatte Flecken auf seinen Händen. Die meisten Leute sahen aus wie 22, dank der Antialterspritzen, die sie zweimal im Jahr bekamen. Der alte Mann sah so alt aus, weil man die Spritzen erst erfunden hatte, nachdem sein süßer Vogel Jugend schon entflogen war.
»Nun, was wollen wir zum Abschied essen?« fragte Nancy den Opa. Sie spürte etwas Unsicherheit in ihrer Stimme, sie spürte, daß sie sich über Billy den Poeten aufregte und daß der alte Mann sie langweilte. Sie schämte sich, denn das widersprach dem beruflichen Ethos. »Das panierte Hammelkotelett ist sehr gut.«
Der alte Mann reckte den Kopf. Mit der Gerissenheit des zweiten Kindesalters hatte er sie dabei ertappt, daß sie unprofessionell und unfreundlich war, und nun wollte er sie bestrafen. »Ihr Ton ist nicht sehr liebenswürdig. Ich dachte, Sie wären verpflichtet, freundlich zu sein. Ich dachte, hier würde man gut behandelt.«
»Entschuldigung. Es hat nichts mit Ihnen zu tun.«

»Ich dachte schon, ich gehe Ihnen auf die Nerven.«
»Überhaupt nicht«, sagte sie unnatürlich freundlich. »Sie kennen so interessante Geschichten.«
Der fuchsige Opa behauptete, unter anderem auch den großen J. Edgar Nation gekannt zu haben, den Chemiker aus Grand Rapids, den Vater der Ethischen Geburtenkontrolle.
»Aber dann tun Sie wenigstens mal so, als ob Sie sich dafür interessierten«, sagte er. Er konnte sich diese Unverschämtheit leisten. Er durfte nämlich jederzeit gehen, wenn er wollte – bis zu dem Augenblick, wo er um die Nadel bat. Und er mußte ausdrücklich die Spritze verlangen. So lautete das Gesetz. Nancys Kunst und die Kunst jeder Hostess bestand darin, die Freiwilligen so zu umhegen und zu pflegen, sie zu locken, sehr geduldig, bis zur letzten Stunde, damit sie nicht mehr weggehen wollten.
So mußte sich Nancy also jetzt zu ihm in die Zelle setzen und tun, als ob der alte Mann ihr wirklich etwas Neues erzählte. Dabei war es doch nur die alte Geschichte, die alle Leute kannten, nämlich wie J. Edgar Nation zufällig angefangen hatte, die Ethische Geburtenkontrolle auszuprobieren.
»Er hatte nicht die leiseste Ahnung, daß eines Tages einmal auch Menschen die Pille nehmen würden«, sagte der fuchsige Opa. »Sein Traum war nur, im Affenhaus des Zoos von Grand Rapids für Moral zu sorgen. Können Sie sich das vorstellen?« erkundigte er sich streng.
»Nein. Aber es ist sehr interessant.«
»Einmal ging er Ostern mit seinen elf Kindern zur Kirche. Und der Tag war so schön und der Ostergottesdienst so erhebend und rein, und sie spazierten anschließend noch durch den Zoo, und es kam ihnen vor, als gingen sie über den Wolken. ›Guten Morgen, Herr Nation‹, sagte ich zu ihm, ›das ist aber ein sehr schöner Morgen.‹ – ›Und auch

Ihnen einen guten Morgen, Herr Howard‹, sagte er zu mir. ›Was gibt es Schöneres als einen Ostermorgen, da fühlt man sich sauber und neugeboren und völlig im Einklang mit dem Willen Gottes.‹«

»Hm.« Nancy konnte weit weg das Telefon klingeln hören, drängend, obwohl die Tür dazwischen fast schalldicht war.

»So gingen wir also zusammen ins Affenhaus, und was glauben Sie, sahen wir da?«

»Keine Ahnung.« Jetzt hatte jemand das Telefon abgenommen.

»Wir sahen einen Affen, der an seinem Geschlechtsteil spielte!«

»Nein!«

»Jawohl! Und J. Edgar Nation war so empört, daß er auf dem schnellsten Weg nach Hause ging und anfing, eine Pille zu entwickeln, damit ein Affe im Frühling zukünftig auch christlichen Familien einen erhebenden Anblick böte, ohne daß sie Schaden nähmen an ihrer Seele.« Jetzt klopfte es an der Tür.

»Nancy«, sagte Mary. »Telefon für dich.«

Als Nancy aus der Zelle kam, sah sie den Sheriff, und der erstickte fast vor gesetzeshüterischer Freude. Angeblich war Billy der Poet in der Leitung. Und Agenten, die versteckt im Hilton saßen, überwachten das Telefon. Der Apparat, von dem Billy sprach, war festgestellt. Die Polizei war schon unterwegs.

»Halten Sie ihn am Apparat«, flüsterte der Sheriff Nancy zu, und er reichte ihr das Telefon, als wäre es aus Gold.

»Hallo«, sagte Nancy.

»Nancy McLuhan?« sagte ein Mann mit verstellter Stimme. Vielleicht sprach er durch ein Tuch. »Ich soll einen schönen Gruß von einem gemeinsamen Freund bestellen. Ich soll Ihnen was ausrichten. Ein Gedicht. Hören Sie?«

»Ich höre.«

Im Hintergrund hörte Nancy schon die Polizeisirenen. Der Anrufer mußte die Sirenen auch hören, aber er sagte das Gedicht auf, als sei nichts:

»Reib dich ein mit Rosenquisters
Schönheits-Emulsion:
Bald kommt die Ein-Mann-
Bevölkerungs-Expansions-Explosion ...«

Sie hatten ihn. Nancy hörte alles, das Schlagen, das Schreien, das Stöhnen.
Die Depression, die sie empfand, als sie auflegte, war reine Drüsensache. Ihre tapfere Seele hatte sich auf einen Kampf vorbereitet, der nun nicht stattgefunden hatte.
Der Sheriff stürzte eilig aus dem Selbstmord-Salon, weil er den berühmten Verbrecher sehen wollte, den er mitgefangen hatte. Er bremste sich einen Augenblick, fragte dann, ob sie nicht mitkommen wolle. Aber Nancy sagte, Mary solle doch gehen, und sie sei nicht neugierig auf Billy.
»Sie haben diese Geschichte noch nie gehört – wie J. Edgar Nation die Ethische Geburtenkontrolle erfand?« fing der fuchsige Opa wieder an. Seine Stimme überschlug sich.
»Nie«, log Nancy.
»Ich dachte, jeder kennt sie.«
»Für mich ist sie neu.«
»Als er mit dem Affenhaus fertig war, konnte man es kaum noch vom Obersten Gerichtshof in Michigan unterscheiden. Zu der Zeit gab es eine Krise bei den Vereinten Nationen. Die Leute, die was von der Wissenschaft verstanden, sagten, die Menschen müßten aufhören, sich so unheimlich zu vermehren, und die Leute, die was von Moral verstanden, sagten, die Gesellschaft würde zusammenbrechen, wenn die Leute nur Sex trieben, weil es ihnen Spaß macht.«
Der fuchsige Opa stieg aus der Hollywoodschaukel, ging

zum Fenster hinüber und zog die Rolläden auseinander. Viel gab es draußen nicht zu sehen.

Er hatte jetzt einen anderen Gedanken im Kopf. »Ich will Ihnen mal was sagen, und das ist wirklich wahr: Ich bin Billy der Poet. Und du bist eine sehr schöne Frau.«

Mit der einen Hand zog er einen kurzläufigen Revolver aus dem Gürtel. Mit der anderen Hand schälte er sich den kahlen Schädel und die gerunzelte Stirn vom Kopf; das war nämlich, wie sich jetzt herausstellte, alles aus Gummi. Jetzt sah er aus wie 22.

»Wenn alles vorbei ist«, sagte er und grinste boshaft, »wird die Polizei genau wissen wollen, wie ich aussehe. Falls du Leute nicht gut beschreiben kannst, und es ist überraschend, wie wenige Frauen das können, gebe ich dir hier eine kleine Hilfe:

»Meine Größe: fünf Fuß
In meinen Augen: der Blues
Und bis auf die Schultern braunes Haar
Eine Elfe von Mann
Der so viel kann
Daß, wenn mal was war,
Die Frauen singen:
Süßer die Glocken nie klingen ...«

Nancy war einen Kopf größer als Billy. Sie brachte auch ungefähr 40 Pfund mehr auf die Waage. Sie sagte ihm, er habe keine Chance. Aber da irrte sich Nancy sehr. In der Nacht vorher hatte er das Gitter am Fenster gelockert, und jetzt zwang er sie, zum Fenster hinauszuklettern und dann in eine Luke hinab, die man von der Straße her nicht sehen konnte.

Er brachte sie hinunter in die Kanalisation von Hyannis. Er kannte den Weg. Er hatte eine Taschenlampe und eine Karte. Nancy mußte auf dem engen Katzenpfad vor ihm gehen, und ihr eigener Schatten tanzte spöttisch voraus.

Sie versuchte zu raten, wo sie waren und was in der wirklichen Welt über ihnen stand. Aus den Geräuschen erriet sie, daß sie unter dem Hilton hindurchgingen. Die Maschinen, die das Essen zubereiteten und servierten, arbeiteten zwar lautlos. Aber damit die Leute sich beim Essen nicht so einsam fühlten, hatten die Innenarchitekten in der Küche eine Geräuschkulisse angelegt. Und die hörte Nancy jetzt – ein Tonband, auf dem das Küchengerät klirrte und Neger und Puertorikaner lachten.

Danach wußte sie nicht mehr Bescheid. Billy sagte ihr nur wenig außer »rechts«, oder »links«, oder »Mach keinen Ärger, Juno«, oder »Ich schieß' dir ein Loch in deinen großen, dicken, verdammten Kopf.« Einmal wollte sie was sagen, aber er gab ihr einen Stoß.

»Ich höre niemals hin, wenn eine Frau was sagt, solange die Pille wirkt«, sagte Billy. Das war sein Plan: sie mindestens acht Stunden gefangenzuhalten. So lange wirkte die Pille nämlich. »Mit der Pille ist keine Frau eine Frau.«

Unter Groß-Hyannis, das 400 000 Seelen zählte, lagen 120 Kilometer Kanalisation. Nancy verlor dort unten jeden Sinn für Zeit. Als Billy ankündigte, sie seien jetzt endlich am Ziel, hätte für Nancy auch ein Jahr vergangen sein können. Sie kniff sich in die Schenkel. Sie wollte wissen, was die chemische Uhr in ihrem Körper anzeigte. In ihren Schenkeln war noch immer kein Gefühl.

Billy ließ sie die eisernen Sprossen hochklettern, die im nassen Mauerwerk befestigt waren. Oben schimmerte fahles Licht durch einen Kreis. Es stellte sich heraus, daß es Mondlicht war, das durch die Plastikrippen einer Riesenkuppel drang. Nancy brauchte die traditionelle Frage aller Opfer nicht zu stellen: »Wo bin ich?« Diese Kuppel gab es auf Cape Cod nur einmal. Sie überdachte das antike Besitztum der Familie Kennedy.

Es war ein Museum, in dem man sich ansehen konnte, wie

das Leben in expansiveren Zeiten gelebt worden war. Das Museum war geschlossen. Es war nur im Sommer geöffnet.

Die Luke, aus der Nancy und dann Billy nach oben stiegen, befand sich auf einer grünen Betonfläche. Die Fläche zeigte, wo früher der Rasen der Kennedys gewesen war. Auf dem grünen Beton vor den antiken Häusern standen die Statuen der 14 Kennedys, die Präsidenten der Vereinigten Staaten oder der Welt gewesen waren. Sie spielten Fußball.

Auf dem Weg zum Kennedymuseum war Nancy McLuhan noch überzeugt, daß sie früher oder später jeden Knochen in Billys kleinem Körper einzeln brechen, vielleicht sogar ihn mit seinem eigenen Revolver erschießen werde. Jedenfalls hätte es ihr nichts ausgemacht.

Sie änderte ihre Absicht, nicht aus plötzlich erwachter Zuneigung. Sondern weil sie entdeckte, daß Billy mit einer ganzen Bande zusammenarbeitete. Da standen mindestens acht Leute vor der Luke, vier Männer, vier Frauen, mit Strümpfen über den Gesichtern. Die Frauen legten ihre Hände auf Nancy und sagten, sie solle sich ruhig verhalten. Sie waren alle mindestens so groß wie Nancy, und sie hielten sie da fest, wo es am meisten wehtat.

Nancy schloß die Augen, aber das schützte sie nicht vor dem Schock der Erkenntnis: Diese pervertierten Frauen waren Schwestern vom Ethischen Selbstmord-Service. Laut und bitter klagte sie: »Wie konntet ihr nur euren Eid brechen?«

Und prompt taten sie ihr so weh, daß sie zusammenklappte und in Tränen ausbrach.

Als Nancy wieder auf die Füße kam, versuchte sie still zu überlegen, was auf der Welt eine Selbstmord-Hostess zwingen könnte, sich in solcher Weise gegen jedes Ideal menschlichen Anstands aufzulehnen. Die Nichtsköpfigkeit allein konnte keine Erklärung dafür sein. Die Frauen mußten unter Drogen stehen.

In Gedanken zählte sich Nancy alle furchtbaren Drogen auf, von denen sie in der Schule gehört hatte, und dann war sie überzeugt, daß die Frauen das allerschlimmste Gift im Leib hatten. Diese Droge war so stark (das hatten Nancys Lehrer immer wieder gesagt), daß sogar Leute, die von der Taille abwärts völlig gefühllos waren, auch dann wiederholt und ekstatisch kopulierten, wenn sie nur ein einziges Glas davon getrunken hatten. Das mußte die Antwort sein: Die Frauen, und wahrscheinlich auch die Männer, hatten es getrunken – Gin.

Hastig drängten sie Nancy in das mittlere Haus. Hier war es dunkel wie in allen anderen Häusern. Nancy hörte, wie die Männer Billy über die letzten Ereignisse informierten. Das Bandenmitglied, das übers Telefon das obszöne Gespräch mit Nancy geführt hatte, tanzte offenbar den Behörden auf der Nase herum, denn die Polizei glaubte, sie hätte Billy den Poeten gefangen.

Die Bande hatte das Alarmsystem des Museums außer Betrieb gesetzt. Sie hatte auch die meisten Ketten und Seile, mit denen die Wertgegenstände vor den Besuchern geschützt wurden, einfach durchgeschnitten. Einer der Männer war mit einer brutalen Heckenschere bewaffnet.

Sie brachten Nancy in ein Dienstbotenzimmer im oberen Stockwerk. Der Mann mit der Schere kappte die Seile, die das enge Bett umzäunten. Sie legten Nancy ins Bett, und zwei Männer hielten sie fest. Eine Frau gab ihr eine Betäubungsspritze.

Als Nancy das Bewußtsein verlor, fragte eine Frau noch, wie alt sie sei.

Nancy war entschlossen, keine Antwort zu geben, aber sie entdeckte, daß die Droge sie willenlos machte. »Dreiundsechzig«, murmelte sie.

»Was ist das für ein Gefühl, mit 63 noch Jungfrau zu sein?«
Nancy hörte ihre eigene Antwort wie durch einen samtenen Nebel. Die Antwort überraschte sie; sie wollte protestieren, weil es unmöglich ihre eigene Antwort sein konnte. »Sinnlos«, sagte sie.
Der Mond war untergegangen, als Nancy aufwachte, aber es war immer noch Nacht. Die Fensterläden waren geschlossen, Kerzen leuchteten. Nancy hatte noch nie im Leben eine brennende Kerze gesehen.
Nancy wachte aus einem Traum auf, in dem Moskitos und Bienen herumschwirrten. Moskitos und Bienen waren ausgestorben. Auch Vögel. Aber Nancy träumte, daß Millionen Insekten sie von der Taille abwärts umschwärmten. Sie stachen nicht. Sie flatterten an ihr. Nancy war ein Nichtskopf geworden.
Sie schlief wieder ein. Als sie das nächstemal aufwachte, wurde sie von drei Frauen, die immer noch die Strümpfe vorm Gesicht trugen, in ein Badezimmer gebracht, gebadet und parfümiert und in ein weißes Nachthemd gekleidet. Als die Frauen zurücktraten, um sie zu bewundern, sagte Nancy ruhig zu ihnen: »Mag sein, daß ich jetzt ein Nichtskopf bin, aber das heißt nicht, daß ich so denke und mich so benehme.«
Niemand wollte mit ihr streiten.
Nancy wurde nach unten und aus dem Haus gebracht. Sie glaubte, sie werde jetzt wieder in die Kanalisation geschickt. Das wäre doch die perfekte Szenerie für eine Vergewaltigung durch Billy, dachte sie, da unten in der Kanalisation.
Aber sie gingen mit ihr über den grünen Beton, wo einmal das Gras gewachsen war, und dann über den gelben Beton, wo einmal der Strand gewesen war, und dann hinaus auf den blauen Beton, wo einmal der Hafen gewesen war. Dort waren 26 Jachten, die den verschiedenen Kennedys

gehört hatten, und sie waren bis zu ihren Wasserlinien im blauen Beton versunken. Auf der ältesten Jacht, der »Martin« (einstiger Besitz von Joseph P. Kennedy), wurde Nancy abgeliefert.

Barfuß und in ihrem dünnen weißen Nachtgewand trat Nancy tapfer in die Kajüte, in ein Meer von Kerzenlicht und Piniennadelparfüm. Hinter ihr wurde die Tür geschlossen und verriegelt.

Nancys Empfindungen waren so chaotisch wie die antike Ausstattung der Kajüte, und Nancy konnte Billy den Poeten in dieser Umgebung zuerst gar nicht entdecken, mitten unter all diesem Mahagoni und dem Bleiglas. Aber da stand er, mit dem Rücken zur Tür. Er trug einen purpurnen Seidenpyjama mit einem russischen Kragen. Über Billys seidener Brust ringelte sich ein goldener Drachen. Er spuckte Feuer.

Enttäuschenderweise trug Billy eine Brille, und er hielt ein Buch in der Hand. Nancy stellte sich auf der Kajütentreppe auf und hielt sich am Geländer fest. Sie bleckte die Zähne und rechnete fest damit, daß mindestens zehn Männer von Billys Größe kommen müßten, um sie vom Fleck zu bringen.

Zwischen ihr und Billy stand ein großer Tisch. Nancy hatte erwartet, daß ein Bett die Kajüte beherrschen würde. Auf dem Tisch stand eine Kerze, ein Eisbehälter, zwei Gläser und eine Piccoloflasche Champagner. Champagner war illegal wie Heroin.

Billy nahm die Brille ab, lächelte schüchtern und verlegen und sagte: »Willkommen. Du bist sehr schön.«

»Was wollen Sie jetzt hören? Daß Sie erschreckend hübsch sind? Daß mich ein überwältigendes Verlangen in Ihre männlichen Arme treibt?«

»Wenn du mich glücklich machen willst, dann wäre das allerdings genau das richtige.« Er sagte es sehr demütig.

»Und wer denkt an mein Glück?«

Die Frage überraschte ihn. »Nancy«, sagte er, »darum geht es doch gerade.«
»Und wenn meine Idee vom Glück anders aussieht? Ich werde mich nicht in Ihre Arme werfen, und ich werde dieses Gift nicht trinken. Und freiwillig rühre ich mich nicht von der Stelle«, schrie Nancy. »Und ich denke, daß Ihre Idee vom Glück so aussieht, daß acht Leute mich auf diesen Tisch zwingen, während Sie tapfer eine entsicherte Pistole an meinen Kopf halten – und dann tun, was Sie wollen. Wenn es so sein soll, dann rufen Sie Ihre Freunde herein, damit wir es bald hinter uns haben.«
Und das tat er denn auch.
Er tat ihr nicht weh. Er deflorierte sie mit einer klinischen Geschicklichkeit, die sie gräßlich fand.
Als alles vorbei war, wirkte er nicht sehr stolz. Im Gegenteil, er war furchtbar deprimiert, und er sagte zu Nancy: »Glaub mir, wenn es einen anderen Weg gegeben hätte …«
Seine Helfer holten ein Klappbett von der Wand. Es war kaum breiter als ein Bücherbord und hing an Ketten. Nancy ließ sich darin zu Bett bringen, dann ließ man sie mit Billy dem Poeten allein. Eine kratzende Decke, ehemaliges Kriegsmaterial, lag auf ihr. Sie zog die Decke hoch und verbarg ihr Gesicht.
Nancy erriet aus den Geräuschen, was Billy tat, und das war nicht viel. Er saß am Tisch, seufzte und blätterte in einem Buch. Er zündete sich eine Zigarre an, und der Gestank drang bis unter Nancys Decke. Billy inhalierte den Rauch, dann hustete er und hustete und hustete.
Als das Husten aufhörte, sagte Nancy haßerfüllt durch die Decke hindurch: »Wie schön, wenn man so männlich ist.«
Billy seufzte nur.
»Ich glaube, ich bin kein sehr typischer Nichtskopf«, sagte Nancy. »Ich fand es zum Kotzen.«

Billy zog die Nase hoch, er blätterte weiter in seinem Buch.
»Die anderen Frauen haben es wohl irrsinnig gern getan. Sie konnten wohl nicht genug bekommen.«
»Nein.«
Ihr Gesicht kam zum Vorschein. »Was soll das heißen: Nein?«
»Sie waren alle genau wie du.«
Nancy setzte sich plötzlich auf und starrte ihn an. »Die Frauen, die Ihnen diese Nacht geholfen haben ... haben Sie es mit ihnen genauso gemacht wie mit mir?«
Er blickte von seinem Buch nicht auf. »Genauso.«
»Und warum helfen sie Ihnen und bringen Sie nicht um?«
»Weil sie es begriffen haben.« Und dann fügte er milde hinzu: »Sie sind dankbar.«
Nancy stieg aus dem Bett, kam an den Tisch, stützte sich auf die Kante und beugte sich dicht über ihn. Und bissig sagte sie: »Ich bin nicht dankbar.«
»Kommt noch.«
»Und wer oder was könnte dieses Wunder bewirken?«
»Die Zeit«, sagte Billy.
Billy klappte das Buch zu und stand auf. Irgendwie hatte er das Heft wieder in der Hand.
»Was du durchgemacht hast, Nancy«, sagte er, »ist die typische Hochzeitsnacht eines verklemmten Mädchens vor hundert Jahren, als noch alle Leute Nichtsköpfe waren. Der Bräutigam schaffte es ohne Helfer, weil die Braut glücklicherweise nicht vorhatte, ihn zu töten. Aber sonst war die Stimmung so ziemlich die gleiche. Dies ist der Schlafanzug, den mein Urgroßvater in seiner Hochzeitsnacht am Niagarafall getragen hat. In seinem Tagebuch steht, daß die Braut die ganze Nacht weinte. Zweimal mußte sie sich übergeben. Aber mit der Zeit wurde aus ihr eine Sexualenthusiastin.«
Nancy antwortete nicht. Sie begriff die Geschichte. Sie

erschrak, als sie merkte, wie schnell sie begriff, daß aus bedrückenden Anfängen die sexuelle Begeisterung wachsen konnte.

»Du bist ein typischer Nichtskopf«, sagte Billy. »Wenn du jetzt den Mut zu eigenen Gedanken hast, dann wird es dir klar, daß du nur zornig bist, weil ich ein schlechter Liebhaber war und außerdem eine komisch aussehende Krabbe. Und dabei kannst du doch nichts dagegen machen, daß du von jetzt ab nur von einem träumst, von einem, der für eine Juno wie dich der wirklich passende Partner ist. Du wirst ihn auch finden – groß, stark und zärtlich. Die Bewegung der Nichtsköpfe macht große Fortschritte.«

»Aber...« sagte Nancy, »die Welt ist heute doch nur wegen der Nichtsköpfe in früheren Zeiten so verfahren. Begreifen Sie das nicht?« Es war ein schwaches Flehen. »Die Welt kann sich keinen Sex mehr leisten.«

»Natürlich kann sie sich Sex leisten«, sagte Billy. »Nur Fortpflanzung kann sie sich nicht leisten.«

»Aber unsere Gesetze?«

»Es sind schlechte Gesetze«, sagte Billy. »Wenn du in der Geschichte zurückgehst, wirst du feststellen, daß die Leute, die am begierigsten waren zu herrschen, Gesetze zu machen, Gesetze durchzudrücken und jedermann zu sagen, wie genau Gott der Allmächtige die Dinge auf der Erde haben wollte – daß diese Leute sich selbst und ihren Freunden alles verziehen und vergeben haben. Aber die natürliche Sexualität der gewöhnlichen sterblichen Männer und Frauen erfüllte sie mit Abscheu und Schrecken. Der Triumph dieses Abscheus und dieses Schreckens ist nun vollkommen. Fast jeder Mann und jede Frau fühlt sich wie der letzte Dreck. Die einzige sexuelle Schönheit, die ein gewöhnlicher Mensch heute zu sehen bekommt, ist die Frau, die ihn töten wird. Das ist die kurze und widerliche Gleichung: Sex ist gleich Tod. Und siehst du, Nancy«, fuhr Billy fort, »ich habe diese Nacht und viele andere, die ähnlich waren, mit dem Versuch zugebracht, der Welt ein gewisses Maß an unschuldigem Vergnügen wiederzugeben, dieser Welt, die ärmer an Vergnügen ist, als sie sein müßte.«

Nancy setzte sich still hin und senkte den Kopf.

»Weißt du, was mein Großvater am Morgen nach seiner Hochzeitsnacht tat?« fragte Billy.

»Wahrscheinlich will ich es gar nicht wissen.«

»Es hat nichts mit Gewalt zu tun. Es sollte zärtlich sein.«

»Vielleicht will ich es deshalb nicht hören.«

»Er las seiner Braut ein Gedicht vor.«

Billy nahm das Buch vom Tisch und öffnete es.

»Es steht in seinem Tagebuch. Nancy, wir sind nicht Braut und Bräutigam, und wir werden uns vielleicht jahrelang nicht wiedersehen, aber ich möchte dir dieses Gedicht vorlesen, du sollst wissen, daß ich dich geliebt habe.«

»Bitte nicht. Ich könnte es nicht ertragen.«

»Wie du willst. Ich lasse dir das Buch hier, ich habe die Stelle angezeichnet, falls du es später doch einmal lesen willst. Es ist ein Gedicht von Morgenstern, das mit den Worten beginnt:

Es ist Nacht
und mein Herz kommt zu dir
Hält's nicht aus
Hält's nicht aus mehr bei mir
Legt sich dir auf die Brust
Wie ein Stein
Sinkt hinein
Zu dem deinen hinein
Dort erst,
Dort erst kommt es zur Ruh
Liegt am Grund
Seines ewigen Du.«

Billy stellte eine kleine Flasche auf das Buch. »Ich lasse dir auch diese Pillen da. Wenn du eine davon im Monat nimmst, bekommst du keine Kinder. Und du bleibst trotzdem ein Nichtskopf.«

Und dann ging er. Und dann gingen sie alle, außer Nancy.

Als Nancy endlich ihre Augen hob und das Buch und die Flasche ansah, las sie ein Etikett auf der Flasche. Auf dem Etikett stand: »Willkommen im Affenhaus«.

Thomas Landfinder

Die größte Liebe

I

Kohlenstoff: Substanz des Lebendigen in chemisch reiner Form. Heute haben wir einige Mikrogramm dieser Substanz in die Vergangenheit geschickt. Der erste Schritt zur Überwindung der Zeitschranke ist uns also geglückt. Eigentlich ist diese Vorstellung so absurd, daß ich sie mir selbst immer wieder durch einen Vergleich nahebringen muß: Die Zeitmaschine ist eine Art Fahrstuhl, in den man einsteigt und nach »unten« fährt (ein »Oben« gibt es nicht); nur bewegt man sich nicht durch den Raum, sondern durch die vierte, die zeitliche Dimension.

Ich glaube nicht, daß ich meine Pläne jemals verwirklicht hätte, wenn es Helen nicht gäbe. Genauer: wenn es Helen nicht gegeben hätte.

Ihr Bild macht sich auf meinem Schreibtisch weit besser als im Familienalbum. Sie lacht so freundlich.

Ich kann es noch immer nicht richtig glauben, daß ich ihr tatsächlich noch einmal leibhaftig begegnen werde.

II

In all diesen Jahren war ich oft nahe daran, die Arbeit einzustellen. Helens Bild vergilbt zusehends. Manchmal überkommt mich eine Angst, es könnte schneller verblassen, als meine Arbeit vorangeht. Und wenn ich ihr Bild nicht mehr vor mir habe, das mich anspornt – werde ich dann überhaupt jemals ans Ziel kommen?

III

Heute gelang mir zumindest ein weiterer Teilerfolg. Ich ließ mich von der Zeitmaschine etwa eine Stunde in die

Vergangenheit tragen. Der Vorgang ist ungefähr so, als erinnere man sich an Dinge, die man längst vergessen hat.
Auch die Rückkehr in die Gegenwart gelang einwandfrei. Außer einem etwas ungewöhnlichen Temperaturanstieg um 3,7° Celsius und einer Veränderung der Beleuchtung zum rötlichen Teil des Spektrums hin, konnte ich nichts Ungewöhnliches bemerken.
Wie um meinen Erfolg zu vergrößern, habe ich auf dem Speicher im Haus meiner Eltern ein anderes Album mit über einem Dutzend Bildern von Helen gefunden. Eines davon, auf dem sie ungefähr 17 ist, nimmt den Platz des alten Fotos ein, auf dem ich fast nichts mehr erkennen konnte. (Ob die Zeitmaschine irgendwelche Strahlungen abgibt, die die Fotos zerstören? Manchmal habe ich das Gefühl, als verblasse das neue Bild von Helen noch rascher als das alte, und zwar um so stärker, je weiter mich die Maschine in die Vergangenheit bringt.)

IV

Zwei katastrophale Rückschläge. Einer meiner Assistenten hat die Arbeit im Stich gelassen, weil, wie er sich ausdrückte, »die ganze Angelegenheit völlig verrückt« sei. Dabei schaute er mit einem merkwürdigen Gesichtsausdruck Helens Bild an. (Es ist bereits das siebente.) Ob er etwas ahnt?
Mein zweiter Assistent starb heute morgen unter sehr unglücklichen Umständen. Bei einem letzten Probelauf der Maschine geriet er aus Versehen in die Schlacht von Verdun. Ein Schrapnellsplitter traf ihn, ehe er sich in die Maschine zurückziehen konnte.
Aber ich muß noch einige Jahre weiter zurück, vor den Ersten Weltkrieg. Und das alles ohne Hilfe. Ich wage nicht, neue Mitarbeiter hinzuzuziehen.

Der Kampf mit der Vergangenheit ist so zäh und aufwendig.
Ob ich dich jemals treffen werde, Helen?

V

Ich stieg aus der Zeitmaschine, tarnte sie, so gut es ging, und wanderte dann in das Städtchen, in dem Helen aufgewachsen ist.
Ich wollte sie kennenlernen, als sie noch so jung und schön war, wie die Fotos sie zeigten (die nun alle zerstört sind).
Auf jeden Fall wollte ich sie vor jenem Sommerball treffen, auf dem ihr zukünftiger Mann erstmals in ihr Leben trat. Sonst wäre die Angelegenheit nur unnötig kompliziert worden.
Als ich sie dann tatsächlich sah, hätte ich sie fast nicht erkannt. Mit den Bildern war auch die Erinnerung an sie ein wenig verblaßt; anders kann ich es mir nicht erklären.
Sie schob einen Kinderwagen, und im ersten Moment dachte ich voller Schrecken, es sei alles falsch gelaufen, ich sei zu spät gekommen. Doch ich konnte die Fassung bewahren.
Ich war verliebt in sie von der ersten Sekunde an, in der ich sie als Helen erkannte. Dabei hatte ich solche Angst gehabt, daß die Wirklichkeit mich enttäuschen könnte, daß ich all die Jahre einem Trugbild meines Unbewußten nachgelaufen sein könnte.

VI

Sieben Tage nach dieser Begegnung sprach ich sie zum erstenmal an, nach einer Woche voller Unruhe. Sie saß auf einer Bank im Kurpark und las. Mit einer Verbeugung fragte ich, ob ich Platz nehmen dürfe. Natürlich rechnete ich damit, daß sie konsterniert aufstehen und weggehen würde. Aber sie schien einem kleinen Abenteuer nicht abgeneigt. Sie bekam einen roten Kopf und sagte: »Aber bitte, mein Herr.«

Offensichtlich war ich respektabel.

Im Pavillon gegenüber spielte die Kurkapelle flotte Märsche. Eine vierspännige Kutsche mit einem Uniformierten rollte vorbei. Alle Leute reckten neugierig die Hälse, auch Helen.

»Wer ist das, gnädiges Fräulein?«

»Seine Majestät, der Kaiser«, erwiderte sie vorwurfsvoll.

Mehr geschah nicht. Als ich mich einige Minuten später empfahl, weil ich vor Nervosität nicht mehr stillsitzen konnte, fragte ich noch nach einer belanglosen Straße. Zerstreut gab sie mir Auskunft, offenbar völlig in ihr Buch vertieft. Sie war jedoch keineswegs abweisend, und später, als ich sie näher kannte, gab sie mir deutlich zu verstehen, daß sie mich auf der Bank nur getäuscht habe. In Wirklichkeit nämlich hatte sie mich die ganze Zeit von der Seite verstohlen studiert.

VII

Bald ergab sich eine weitere Gelegenheit, einige Worte mit ihr zu wechseln. Es war Sonntag, und sie kam gerade mit Eltern und Geschwistern aus der Kirche. Während die anderen sich angeregt unterhielten, stand Helen gelangweilt abseits. Sie schaute den anderen Kirchgängern nach, die sich langsam zerstreuten.

Weil mir nichts besseres einfiel, fragte ich sie wieder nach irgendeiner Straße. Viel lieber hätte ich ihr einen großen Strauß Blumen geschenkt.

Sie erinnerte sich an mich, fragte, ob ich fremd sei in Baden-Baden oder gar in Deutschland.

Später ergaben sich andere Gelegenheiten, ihr den Hof zu machen, ganz »zufällig« mit ihr ins Gespräch zu kommen. Es schien für sie zunächst ein amüsantes Spiel zu sein, auf das sie der Abwechslung halber einging.
Eines Tages wurde ich schließlich von ihren Eltern eingeladen. Ganz offiziell. Ich sei doch Mathematiker und Physiker, ein Gelehrter von Rang, weit herumgekommen. Ihre Tochter Helen habe von mir berichtet, und da das Mädchen unbedingt studieren wolle, zu diesem Zweck aber vom Lyzeum auf das Jungen-Gymnasium überwechseln müsse, auf dem sie Kenntnisse in den naturwissenschaftlichen Fächern benötige – kurz, man wäre nicht abgeneigt, bei entsprechender Honorierung selbstverständlich, mich zu bitten, ihr Privatunterricht zu erteilen.

VIII

In der vierten Stunde berührten sich wie aus Versehen unsere Hände. Einige Tage später nahm ich all meinen Mut zusammen und fragte sie, ob sie meine Frau werden wolle.
Helen sah mich mit ihren dunklen Augen groß an. Dann verzog sie das Gesicht, konnte kaum an sich halten vor Lachen und platzte schließlich heraus mit den Worten: »Aber, Professor! Sie sind doch viel zu alt für mich!«
Da habe ich nun all die Jahre an dieser verdammten Maschine gearbeitet, habe meine Ideen, meine Gefühle und nicht zuletzt mein gesamtes Vermögen in dieses eine gewaltige Projekt investiert. Ich habe sogar mein Ziel fast erreicht. Aber ich habe bei alledem nicht gemerkt, daß ich gealtert bin, bis ich schließlich eine der wichtigsten Voraussetzungen für eine solche Liebe nicht mehr erfüllen konnte.
Sie war 17. Und ich war an die 70.
Später, in meiner Pension, nahm ich ein starkes Beruhi-

gungsmittel. Allmählich ordneten sich meine Gedanken wieder. Und irgendwann schlief ich auch ein.

Inzwischen ist mir klar, was ich tun muß. Ich liebe Helen mehr denn je. Ich werde ihr weiterhin Privatunterricht geben, dreimal in der Woche. Wie bisher. Wahrscheinlich werde ich ihr ab und zu weitere Avancen machen. Vielleicht werde ich sie auch einmal in einer schwachen Stunde, etwa bei einem Fest, wenn sie und ich einen Schwips haben, in die Arme nehmen und küssen, ganz väterlich. Aber schon jetzt weiß ich, daß es immer und immer wieder umsonst sein wird, daß alles Bemühen nicht zu dem führen wird, was ich mir vor vielen Jahren einmal träumend ersehnt habe.

Ich ahne auch, was weiter passieren wird. Sie lernt ihren Mann auf einem Sommerball kennen – meinen Vater. Die beiden werden heiraten und zusammen ein Kind zeugen und großziehen – mich.

Meine Mutter hat mir, als ich noch ein kleiner Junge war, oft von jenem merkwürdigen, greisen Privatlehrer erzählt. So langsam erinnere ich mich immer deutlicher daran. Sie erzählte von jenem Professor, der so verrückte Dinge über die Zukunft phantasierte. Der den Ersten Weltkrieg richtig erahnte. Der sich mit geschickten Spekulationen an der Börse ein kleines Vermögen erwarb und es als einer der wenigen über Kriegswirren und Inflation retten konnte, weil er es rechtzeitig in Grundstücken anlegte. (Nur dieses Vermögen erlaubte mir später, den Bau und Betrieb der Zeitmaschine zu finanzieren – welche Ironie!).

Was sie dem kleinen Jungen nie erzählt hat, waren seine unermüdlichen Versuche, ihr den Hof zu machen.

Eines Tages hat dieser seltsame alte Mann, von dem sie dem Jungen mit manchmal verträumten Augen erzählte, bei einem lächerlichen Anlaß den Vater dieses Jungen mit einem Revolverschuß getötet und sich anschließend selbst eine Kugel in den Kopf gejagt. Er kam dabei allerdings nicht um, sondern erblindete und starb erst viele Jahre später in geistiger Umnachtung. Er hat den angestauten Neid und Haß und die Eifersucht wohl nicht länger ertragen.

Aber noch lebe ich. Vielleicht gelingt es mir diesmal, den ewigen Kreislauf der Zeitreisen zu durchbrechen. Irgendwie muß ich doch diese Maschine bauen – wie aber kann ich das, wenn ich blind und wahnsinnig in einem Irrenhaus dahindämmere?
Nichts scheint mehr sicher zu sein. Alles ist im Fluß.
Wie heißt es bei Sophokles?
»Denn viele Menschen sahen auch in Träumen schon
Sich zugesellt der Mutter. Doch wer alles dies
Für nichtig achtet, trägt die Last des Lebens leicht.«

Phase III: Hölle und Paradies

Fritz Leiber

Der letzte Brief

Am ersten Zehntmonat des Jahres 2457 um genau neun Uhr morgens planetarischer Bundeszeit – eine Abweichung von einer Millionstel Sekunde als tolerabel einkalkuliert – geschah es im fünften Untergeschoß der achtundsechzigsten automatischen Poststation in New York, daß der Schwarze Sortierer zehntausend Stück Luxuspost verschlang.
Dieser Frühstücksleckerbissen war der Briefsortiermaschine keineswegs zuträglich. Es war, als hätte man einem riesigen Hund einen ordentlichen Brocken schönen frischen Fleisches mit einer Strychninpille darin zu fressen gegeben. In den Eingeweiden des Schwarzen Sortierers begann es zu rattern und zu rumoren, blauglühender elektrischer Schein umgloste ihn, und er schwankte so heftig, als wollte er sich vom Beton lösen.
Mit letzter Verzweiflung spie er einen einzigen Umschlag über die Schulter zurück, holte tief Luft und blies den Verteilerröhren einen mittelstarken Schneesturm entgegen, der aus neuntausendneunhundertundneunundneunzig Stück zu Konfetti zerkleinerter Luxuspost bestand. Immer noch völlig durcheinander, schluckte er das nächste Zehntausend und machte sich unverzüglich daran, es ebenfalls zu zerstückeln und zu zermalmen. Der Schwarze Sortierer hatte durchgedreht.
Der verschmähte Brief landete beim Roten Untersortierer,

der aus der Tiefe seines Schlundes einmal dumpf aufgrollte, ein äußerst unanständiges Wort von sich gab und ihn an den Gelben Rückverweiser weiterreichte, der ihn an den Grünen Rückverweiser weiterleitete, und der reichte ihn weiter an den Tiefsinnigen Denker, der ihn Rosa Mülltonne übergab.

Rosa Mülltonne war im Gegensatz zum Schwarzen Sortierer sehr empfindsam, wenngleich hochgradig intuitiv – das mechanische Gegenstück zu einer weißrussischen Gräfin. Sie war imstande, dreitausendeinhundertsiebenunddreißig Codes zu entziffern, den Zubringerraketen Expreßsendungen für die interplanetarischen Raumschiffe zuzuleiten, und sie konnte Neun-Shilling-Marken von umgedrehten Sechs-Shilling-Marken unterscheiden.

Mit äußerster Herablassung führte Rosa Mülltonne sich den anstößigen Brief zu Gemüte, wurde gleich darauf puterrot und begann heftig zu zittern. Ein paar Minuten später schlugen kleine Atomflammen aus ihrem Mittelteil heraus.

Weiße Krankenschwester Nummer Sieben und Schmierjoe hatten beide Rosa Mülltonnes Verzweiflungssignale empfangen und eilten ihr zu Hilfe, so schnell ihre Räder rollten, aber die Krankheit der hochwohlgeborenen Maschine überstieg ihre Fähigkeiten, die sich auf Ölkännchen und Elektroschock beschränkten.

Sie riefen weitere Maschinen-Wartungs- und Reparatur-Maschinen, die viel kompetenter waren als sie selbst, aber alle waren sie überfordert. Es war offenkundig, daß Rosa Mülltonne, die immer noch fassungslos bebte und flackerte, an einer Art schwerer Psychose mit ernsten psychosomatischen Symptomen litt. Selbst den Grauen Psychiater, ihren alten Freund, erkannte sie nicht mehr und bespuckte ihn mit einem Strom von schmutzigen Ionen.

Währenddessen begann sich der vom Schwarzen Sortierer entfesselte Papiersturm zwischen den dunklen Säulen des Untergeschosses zu hohen Bergen aufzuhäufen, und einzelne Wehen waren bereits in Rosa Mülltonnes exklusiven Bereich vorgedrungen. Eine Abordnung kräftiger Maschinen, angeführt von zwei hastig herbeigerufenen Schneepflügen, war losgeschickt worden, um den Schwarzen Sortierer, koste es, was es wolle, außer Betrieb zu setzen.

Rosa Mülltonne, die sich schüttelte wie eine irre Hula-Tänzerin, näherte sich augenscheinlich einer Krise. Nachdem der Graue Psychiater den Grünen Chirurgen zu Rate gezogen hatte, rief er schließlich ein menschliches Wesen – und er tat es auch dann noch mit so unverhohlenem Widerwillen, als handle es sich dabei um einen Medizinmann.

Das menschliche Wesen schritt ein paarmal respektvoll um Rosa Mülltonne herum und versetzte ihr dann einen schnellen kleinen Stoß mit einer Sonde, die er am isolierten Griff hielt.

Rosa Mülltonne entleerte sich sanft ihres letzten Mahles, wurde schneeweiß, flackerte noch einmal auf, erzitterte und verschied. Als unmittelbare Todesursache verzeichnete der Schwarze Leichenbeschauer »Unsachgemäßes Herumfingern eines menschlichen Wesens«.

Das menschliche Wesen, eine kahlköpfige, dürre Gestalt namens Potshelter, griff nach dem Brief, der diese Bescherung verursacht hatte, starrte ungläubig darauf, öffnete ihn mit zitternden Fingern, überflog den Inhalt, stieß einen schrillen Schrei aus und rannte mit Riesenschritten davon, wobei er völlig seinen Rollstuhl vergaß, der ihm angstvoll flehend folgte.

Der nächste menschliche Vertreter der Solaren Forschungsabteilung war ein ebenso kahlköpfiger, ziemlich steif wirkender Mensch namens Krumbine, der Potshelter sogleich erkannte, als dieser keuchend und so eilig in sein Büro gestürzt kam, daß er sich durch die erst halb geöffne-

te Rolltür quetschte. Die menschlichen Wesen, die mit dem Generalstab (wie man die hochqualifizierten Maschinen manchmal nannte) zusammenarbeiteten, bildeten so etwas wie eine menschliche Elite, eine einzige große Familie.
»Nehmen Sie Platz, Potshelter«, sagte der SFA-Mann, »aber halten Sie einen Augenblick lang still, damit der Stuhl Sie herabziehen kann. Hängen Sie sich an die Wasserpfeife und nehmen Sie sich eine Beruhigungspille von dem Tablett dort neben Ihrem Ellenbogen. Was für einen Fehler Sie auch immer entdeckt haben mögen – so groß kann die Gefahr für die Planeten nun auch nicht sein. Ich bin sicher, wenn Sie dieses Büro verlassen, wird die Solare Kriegsflotte Luna noch ebenso friedlich umkreisen wie zuvor.«
»Das möchte ich ernstlich bezweifeln.«

Potshelter schluckte eine große, fliederfarbene Pille und holte tief Luft: »Krumbine, heute morgen befand sich ein Brief zwischen der Luxuspost.«
»Liebe Güte!«
»Ein Brief von einer Person an eine andere Person.«
»Großer Gott!«
»Der Werbestrom ist ernsthaft unterbrochen worden. Nach vorsichtiger Schätzung sind bereits dreihundert Millionen Stück teuerster Luxuswerbung vernichtet, und ich bin mir nicht sicher, ob die Stahlhelme – Gott stehe ihnen bei! – der Lage bereits Herr geworden sind.«
»Heiliger Himmel!«
»Natürlich konnten die armen Maschinen diesem Brief nicht gewachsen sein. Er überstieg ihre Erfahrung, lag weit außerhalb ihrer Programmierung. Er hat sie in fürchterliche Krämpfe versetzt. Rosa Mülltonne ist tot, und wenn wir Glück haben, ist es in diesem Augenblick drei Polizeimaschinen aus härtest gebläutem Stahl gelungen, den Schwarzen Sortierer zu überwältigen und zu knebeln.«

»Herr im Himmel! Das ist ja unglaublich, Potshelter. Und Rosa Mülltonne ist tot? Nehmen Sie sich noch eine Beruhigungspille, Potshelter, und reichen Sie mir das Tablett.«

Krumbine nahm es mit zitternden Fingern entgegen, griff nach einer großen, rosafarbenen Pille, zog die Hand in plötzlichem Abscheu vor der Farbe zurück und schluckte zwei ovale blaue statt dessen. Der Mann bemühte sich sichtlich, seine Selbstbeherrschung wiederzugewinnen.

Entschuldigend sagte er: »Doppelte nehme ich fast nie, aber die Neuigkeiten, die Sie mir da bringen – guter Gott! Ich erinnere mich an einen Fall, wo jemand versucht haben soll, ein Tonband durch die Post zu schmuggeln, aber das war vor meiner Zeit. Übrigens: Handelt es sich dabei möglicherweise um einen Brief, den eine Personengruppe an eine andere geschickt hat? Eine Wabe oder eine Therapiegruppe oder ein Gesellschaftsklub? Das wäre schlimm genug, aber ...«

»Nein, ganz einfach ein Mensch an einen anderen.« Potshelters Gesicht verzog sich zu grimmig bekümmertem Ausdruck: »Mir scheint, Sie verstehen mich nicht, Krumbine. Hier geht es nicht um ein Tonband, sondern um einen in Buchstaben geschriebenen Brief. Begreifen Sie: Buchstaben, Schriftzeichen – wie in Büchern.«

»Ich verbitte es mir, in diesem Raum von Büchern zu sprechen!« Krumbine zog sich aufgebracht aus seinem Stuhl hoch, um sich gleich darauf wieder zurücksinken zu lassen. »Verzeihen Sie, Potshelter, aber diese Angelegenheit will mir einfach nicht in den Kopf. Wenn ich Sie recht verstehe, soll das also heißen, daß jemand die Post mißbrauchen wollte, um irgendeinem anderen irgendein Stück Papier zu senden?«

»Schlimmer als das. Einen handgeschriebenen Brief.«

»Handgeschrieben? Das Wort kenne ich nicht.«

»Es ist eine Art, Zeichen zu bilden; ohne den Einsatz von

Elektrizität visuelle Äquivalente für Töne zu schaffen. Der Schreiber, wie man ihn nennt, bedient sich dabei einer schwarzen Flüssigkeit und eines spitzen Stiftes, den man als Feder bezeichnet. Alte Kommunikationsmittel sind ein Hobby von mir, deshalb kenne ich mich ein wenig damit aus.«

Krumbine schüttelte finster den Kopf: »Kommunikation ist eine gefährliche Sache, Potshelter, besonders im persönlichen Bereich. Bei Ihnen und mir ist es eine andere Sache, wir wissen schließlich, was wir tun.«
Er nahm sich eine dritte blaue Beruhigungspille: »Aber für die meisten dieser Wabenmenschen ist persönliche Kommunikation nur eine krankhafte Abwandlung der Werbung, eine gefährliche Verdrehung der normalen Information – Katharsis ohne den Analytiker, mündlicher Vortrag ohne den Lehrer – eine zu Verrat und Aufruhr mißbrauchte Umkehr der Werbung.«
Der finstere Ausdruck in seinem Gesicht vertiefte sich, während er die blaue Pille in den Mund steckte und zerkaute. »Aber noch einmal zurück zu dieser Feder – wollen Sie damit sagen, daß der Bursche sich den gespitzten Stift gegen die Zunge drückt und dabei spricht, und daß die schwarze Flüssigkeit die Schwingungen aufs Papier überträgt? Ein primitives, nichtelektrisches Oszilloskop? Sentimental aber begreiflich, eine Umsetzung des gesprochenen Wortes.«
»Nein, nein, Krumbine.« Potshelter steckte sich mit flatternden Fingern eine viereckige, orangefarbene Tablette in den Mund. »Es ist ein handgeschriebener Brief.«
Krumbine folgte seinen Bewegungen. »Ich nehme Beruhigungspillen nie durcheinander«, tadelte er geistesabwesend. »Was, handgeschrieben? Sie meinen die Botschaft ist auf eine Hand aufgedruckt worden? Und die Haut oder die ganze Hand hat man dann abgetrennt und

wie eine martialische Botschaft per Post geschickt? Ein wahrhaft grausiger Fund, Potshelter.«

»Sie haben es noch immer nicht erfaßt, Krumbine. Die Finger der Hand bewegen den Stift, der die Tinte aufträgt und so eine linkische Imitation des gedruckten Wortes hervorbringt.«

»Teuflisch!« Krumbine ließ seine Faust so heftig auf den Schreibtisch herabsausen, daß die vier Telefone und vier Dutzend Mikrofone erzitterten. »Ich sage Ihnen eines, Potshelter, die SFA ist in der Lage, mit den raffiniertesten modernen Täuschungsmanövern fertig zu werden, aber wenn diese Teufel so tief in die Mottenkiste greifen, wenn sie Tricks aus der voratomaren Höhlenzeit wiederaufleben lassen, dann übersteigt das fast das Maß des Erträglichen. Doch Himmel, ich vertrödle hier die Zeit, während die Planeten in Gefahr sind. Wie lautet der Absendercode auf dem verdammten Brief?«

»Kein Code«, sagte Potshelter düster und streckte ihm den Brief entgegen: »die Absenderadresse ist – handgeschrieben.«

Krumbine erbleichte, während seine Augen den unregelmäßigen Linien in der linken oberen Ecke folgten:

Richard Rowe
215, Zehnte Westliche Straße (horizontal)
2837 Rocket Court (vertikal)
Wabe 37, NewNew York 319, N.Y.
Columbia, Terra

»Puh!« sagte Krumbine und schüttelte sich. »Diese krakeligen Schriftzeichen, diese Buchstaben, wie Sie sie nennen, diese Dinger, den Druckzeichen gerade noch so weit ähnlich, um lesbar zu sein – sie scheinen mir angetan, alle Arten von schrecklichen rassistischen Erinnerungen wiederzuerwecken. Vor meinen Augen erscheinen pelzbekleidete Medizinmänner, die lange spitze Stäbe in blubbernde schwarze Kessel tauchen. Mich wundert es nicht, daß Rosa Mülltonne, das brave Mädchen, das nicht überlebt hat.«

Er setzte sich hinter seinem Schreibtisch zurecht, drückte auf eine Anzahl von Knöpfen und sprach lange Zahlen und bedeutungsvolle alphabetische Silben in verschiedene Mikrophone. Wie an einem Theaterhimmel begannen Bündel von farbigen Lichtern um den Schreibtisch herum aufzuleuchten und Morsecodes zu senden, während phosphoreszierende Pfeile zielstrebig über Landkarten, Weltraumkarten und durch dreidimensionale Straßendiagramme zu kriechen begannen.

»Da!« sagte er schließlich, »der Absender ist gefaßt und wird unverzüglich hierhergebracht. Wir werden sehen, was für ein Mensch dieser Richard Rowe ist – falls wir überhaupt davon ausgehen können, daß er menschlicher Natur ist. Sieben Schutzgürtel sind um seine Wabe herumgezogen worden: drei aus Maschinen, zwei mit SFA-Agenten und zwei, die aus menschlich-mechanisch kombinierten medizinischen Kampfteams bestehen. Das gleiche gilt für die Person, der der Brief zugedacht war. Inzwischen ist ein Zerstörergeschwader der Solaren Flotte abkommandiert worden, das über NewNew York kreisen soll.«

»Falls es notwendig werden sollte, die Z-Bombe zum Einsatz zu bringen?« fragte Potshelter grimmig.

Krumbine nickte: »Wo alle diese Schurken mit dem Planetengift im Herzen unmittelbar außerhalb des Sonnensystems in ihren unsichtbaren schwarzen Schiffen lauern, können wir gar nicht vorsichtig genug sein; ein Wort, von einem Spion an den anderen übermittelt – und alles kann geschehen. Um unsere Verluste so niedrig wie möglich zu halten, müssen wir bombardieren, bevor sie es tun. Besser eine Stadt zerstört, als ein Verräter auf freiem Fuß, der womöglich viele Städte zerstört. Vor hundert Jahren wurden einmal drei persönliche Karten per Post geschickt –

drei einfache Postkarten, Potshelter! – und pft! gingen Schenectady, Hoboken, Cicero und Walla Walla in die Luft. Hier, wenn Sie schon nicht bei einer Sorte bleiben, versuchen Sie mal eine von den ovalen blauen – ich finde, zur ständigen Einnahme eignen sie sich am besten.«

Klingeln schrillten, Krumbine griff hastig nach zwei Hörern und hielt sich einen gegen jedes Ohr. Automatisch nahm Potshelter einen dritten auf. Das Klingeln hielt an. Krumbine klemmte sich einen Hörer unters Kinn, nickte Potshelter befehlend zu und deutete auf einen Berg von Mikrophonen am Ende des Tisches. Potshelter nahm einen vierten Hörer auf, der dahinter versteckt war. Das Klingeln verstummte.

Die beiden Männer lauschten mit verzückten Gesichtern, und Krumbine hielt dabei ein Auge immer auf den weiterrückenden zweiten Uhrzeiger an der großen Wanduhr gerichtet. Als der Zeiger eine Umdrehung vollendet hatte, legte er seine Hörer auf. Potshelter tat es ihm nach.

»Ich liebe die Einfachheit des neuen stündlichen Puffy-Phonospots«, bemerkte der letztere gedankenvoll. »Ein Brot, leichter als Luft. Schön.«

Krumbine nickte: »Ich habe gehört, man hat die Bleifolienverpackung verstärken müssen, weil die Brote immer aus den Regalen geglitten sind. Tatsache.«

Er räusperte sich: »Schade, daß wir nicht noch mehr Phonospots anhören können, aber selbst wenn ich mich nicht wie jetzt mitten in einer Krise befinde, meine ich, daß ich meine Hörzeit in Grenzen halten muß. Eine Minute pro Stunde hält die vernünftige Mitte zwischen Pflicht und Selbstverzärtelung.«

Die Wand, vor der er saß, begann zu singen:

»Mr. J. Augustus Krumbine, jawoll,
Wir alle finden Sie wundervoll.

Nun kommen aus blauer Peripherie
Einige Telegramme für Sie.«

Die Wand tat sich in der Mitte zu einer kleinen herzförmigen Öffnung auf, und ein Bündel blaßgelber Umschläge schoß heraus und fiel genau in der Mitte des Schreibtisches nieder. Krumbine begann sie mit prüfenden Blicken auf die kleinen transparenten Fenster durchzusehen.

»Hm, Elektronische Seife ... Bessere Häuser und Landeflächen ... Psychosignale ... Dein-Mädchen-Von-Nebenan ... Puppy-Wuppsys ... Puppy-Wuppsys ...«

Er machte schon Anstalten, einen der Umschläge zu öffnen, doch dann, nach einem schnellen Blick um sich und einem entschuldigenden Lächeln zu Potshelter, warf er sie alle in den Ablagekorb, der leise aufgurgelte.

»Schließlich stecken wir ja in einer Krise«, sagte er verteidigend.

Potshelter nickte abwesend: »Ich kann mich an Zeiten erinnern, als es noch keine personifizierte Zustellung und keine reimenden Roboter gab«, bemerkte er. »Aber wie würde ich sie heute vermissen – sie sind soviel vornehmer als die Waben mit ihrer nicht personifizierten Radio-, Fernseh- und Stereowerbung. Was das angeht, so glaube ich, daß es auf Terra einige unterentwickelte Gebiete gibt, in denen man das große Werbepotential der Telephone und Telegramme noch nicht voll erkannt hat und wo man sie zum Teil noch immer zur persönlichen Kommunikation benutzt. Sehen Sie mich an, ich habe in meinem Leben keine einzige Botschaft geschickt oder empfangen, die nicht über mein Walky-Talky gegangen wäre.« Er klopfte sich auf die Brusttasche.

Krumbine nickte, aber er war ein wenig schockiert und fühlte sich geneigt, seine hohe Meinung von Potshelters gesellschaftlicher Stellung zu revidieren. Für seine private Korrespondenz bediente Krumbine sich ausschließlich der Telepathie. Mit drei anderen SFA-Beamten teilte er sich ein eigenes Medium – ein entzückendes Albinomädchen namens Agnes.

»Ja, und es ist ein sehr hübscher Walky-Talky«, bestätigte er Potshelter ein wenig heuchlerisch. »Er steht Ihnen. Die Antenne hat so einen reizenden Schwung nach oben.« Er trommelte auf den Schreibtisch und schluckte eine weitere blaue Beruhigungspille. »Verdammt, was ist nur mit den Maschinen los? Sie müßten uns die beiden Spitzel längst hergebracht haben. Ist Ihnen aufgefallen, daß der zweite – der Briefempfänger, meine ich – weiblich zu sein scheint? Auch ein ehrbarer terranischer Name, Jane Dough. Wabe in Ober-Manhattan.« Er schlug den Brief ungeduldig gegen die Schreibtischkante. »Verdammt nochmal, wo bleiben sie nur?«

»Nehmen Sie mir's nicht übel«, sagte Potshelter zögernd, »aber ich wüßte gern, warum Sie den Brief nicht gelesen haben.«

Krumbine sah ihn verblüfft an: »Ja, bei allen Planeten, natürlich habe ich angenommen, daß zumindest er in einem Geheimcode abgefaßt ist. Normalerweise hätte ich Sie gebeten, ihn Rosa Mülltonne zur Entzifferung zu geben, aber ...« Seine Augen weiteten sich, und seine Stimme sank zu einem Flüstern herab: »Sie wollen doch nicht etwa sagen, daß er ...«

Potshelter nickte grimmig: »Ebenfalls handgeschrieben, jawohl.«

Krumbine zuckte zusammen: »Ich bemühe mich die ganze Zeit, diesen Aspekt der Sache zu verdrängen.« Er zerrte mit zitternden Fingern den Brief aus dem Umschlag, faltete ihn ungeschickt auseinander und las:

Liebe Jane,
Sicher sind Sie überrascht, daß ich Ihren Namen kenne, denn unsere Waben liegen weit voneinander entfernt. Erinnern Sie sich an vorgestern, als die

Führung, an der Sie im Großen Zentralen Raumflughafen teilnahmen, plötzlich steckenblieb, weil der Führer Funken sprühte? Ich war der junge Mann mit Haaren auf dem Kopf in der Gruppe hinter Ihnen. Sie waren ein wenig verängstigt, und eine Gruppenleiterin mußte sie beruhigen. Die Maschine redete Sie mit Ihrem Namen an. Seitdem habe ich unablässig an Sie denken müssen. Wenn ich einschlafe, träume ich von Ihrem Gesicht, wie es so traurig zu den gütigen Photozellen der Leiterin emporblickt. Ich weiß nicht, wie ich Verbindung mit Ihnen aufnehmen könnte, aber mein Großvater hat mir Geschichten erzählt, die er von seinem Großvater gehört hat, von jungen Männern, die Liebesbriefe, wie er es nennt, an junge Damen schreiben.
Ich arbeite in einem Haus für Luxuswerbung, und ich werde diesen Liebesbrief in einem postfertigen Zehntausenderpacken verstecken und hoffen.
Haben Sie keine Angst vor mir, Jane. Ich habe zwar Haare, aber ich bin kein Höhlenmensch. Ich bin nicht verrückt. Mein Gefühlsleben ist gestört, aber auf eine Art und Weise, die keine Maschine mir jemals zu erklären vermocht hat. Ich möchte nichts als Ihr Glück.
Ihr aufrichtig ergebener
Richard Rowe

Krumbine fiel in seinen Stuhl zurück, der sich ihm tröstend entgegenstreckte. Er sah Potshelter lange und sorgenvoll an. »Nun, wenn das ein Code ist, dann ist er verdammt raffiniert ausgeklügelt. Man möchte meinen, er spräche mit seinem Mädchen-Von-Nebenan.«
Potshelter nickte verwundert: »Ich habe nur bis zu der Stelle gelesen, wo er davon spricht, wie sie den Großen

Zentralen Raumflughafen mit allen Führern darin in die Luft sprengen wollen.«

»Heiliger Himmel, ich glaube, ich hab's!« Krumbine schoß in die Höhe. »Es ist eine Leitwerbung – Der-junge-Mann-von-Nebenan oder so ähnlich – die man so gedruckt hat, daß sie wie handgeschrieben aussieht, und das ist alles. Der Durchschlag ist aus Versehen in die Post geraten – das würde bedeuten, daß es gar keinen Richard Rowe gibt!«

In diesem Augenblick glitt die Tür auseinander, und zwei blaue Detektivmaschinen stießen einen sich heftig wehrenden jungen Mann vor sich her. Er war schlank und hübsch und hatte einen vollen Haarschopf, der irgendwie Evolution und radioaktiven Fall-out überstanden hatte. Quer über Brust und Rücken seines Papierhemdes stand in sauberen Druckbuchstaben: »RICHARD ROWE«.

Als er die beiden Männer erblickte, gab er seinen Widerstand auf und sagte mit hocherhobenem Kopf: »Verzeihen Sie, meine Herren, aber diese Polizeimaschinen müssen sich getäuscht haben. Ich habe nichts Unrechtes getan.«

Da fiel sein Blick auf den handadressierten Umschlag auf Krumbines Schreibtisch, und er erblaßte.

Krumbine lachte höhnisch: »Nichts Unrechtes! Nein, überhaupt nichts. Bloß die Post zur Kommunikation benutzt. Ha!«

Der junge Mann wich zurück: »Es tut mir leid.«

»Es tut ihm leid, sagt er! Sind Sie sich klar, daß Sie mit Ihrem Wahnsinnsstreich etwa eine halbe Milliarde Stück Luxuswerbung zerstört haben? – Daß eine Poststation außer Betrieb und Unter-Manhattan völlig lahmgelegt ist? – Daß man die SFA-Reserven mobilisieren, zwei Divisionen G.I.-Maschinen entmotten und die Solare Schlachtflotte wieder zum Einsatz bringen mußte? Guter Gott, Mann, warum haben Sie das getan?«

Richard Rowe wich noch weiter zurück, aber er straffte die Schultern: »Es tut mir leid, aber ich mußte es einfach tun. Ich mußte versuchen, mit Jane Dough in Kontakt zu kommen.«

»Ein Mädchen aus einer anderen Wabe? Ein Mädchen, auf das zufällig Ihr Blick fiel, weil ein Führer zufällig Funken sprühte?«

Krumbine erhob sich und drohte ärgerlich mit dem Finger: »Lieber Gott, Rowe, wo war denn Ihr Mädchen-Von-Nebenan?«

Richard Rowe starrte gehorsam auf den Finger, was seinen Augen einen leicht schielenden Ausdruck verlieh: »Sie ist gestorben, sie sind alle beide tot.«

»Aber es sollten mindestens sechs da sein.«

»Ich weiß, aber von den anderen vier sind zwei auf die Adirondacks in Ferien geschickt worden und zwei haben kürzlich geheiratet und sind noch nicht ersetzt worden.«

Potshelter schaute leicht abwesend drein, als er sagte: »Ich glaube, ich beginne zu verstehen ...«

Krumbine jedoch donnerte noch immer auf Richard Rowe herab: »Ich begreife Ihre Schwierigkeiten, junger Mann. Es passiert nicht oft, daß wir so knapp an Mädchen-Von-Nebenan sind, daß ein junger Mann zeitweise kein Mädchen-Von-Nebenan heiraten kann, wie er es eigentlich sollte. Aber, zum Kuckuck nochmal, warum haben Sie sich mit Ihren Schwierigkeiten nicht an Ihren Psychiater gewandt, Ihren Gruppenleiter, Ihren Vergesellschafter, Ihre Königinmutter?«

»Mein Psychiater ist zur Überholung, und sein Ersatz bekommt jedesmal einen Kurzschluß, wenn er das Wort ›Schwierigkeit‹ hört. Mein Gruppenleiter und mein Vergesellschafter sind im Feriendienst auf den Adirondacks. Meine Königinmutter ist völlig überlastet mit Vertretungen von Mädchen-Von-Nebenan.«

»Ja, es paßt alles zusammen«, rief Potshelter erregt, »sehen Sie das denn nicht, Krumbine? Ohne diese Häufung unglücklicher Zufälle, die sich in einer Billion Billion Jahren höchstens einmal ereignet, wäre der Brief niemals geschrieben oder abgeschickt worden.«
»Da mögen Sie recht haben«, gab Krumbine zu. »Aber auf jeden Fall, Mann, warum haben Sie diesen Brief an gerade dieses Mädchen – ehem – geschrieben? Was hat diese Jane Dough Besonderes an sich, das Sie dazu veranlaßt hat?«
»Nun, sehen Sie, sie ...«

Im selben Augenblick öffnete sich die Tür von neuem, und eine blaue Matronenmaschine führte eine junge Frau ins Zimmer. Sie war schlank, und ihr haarumrahmter Kopf hätte einer Museumsschönheit zur Zierde gereicht, während quer über den Rücken und die – nun, »Brust« ist ein unzureichendes Wort – ihrer Papierbluse in seidenen Buchstaben »JANE DOUGH« zartrosa aufgezeichnet war.
Krumbine wiederholte seine letzte Frage nicht mehr. Er mußte sich selber eingestehen, daß sie bereits voll und ganz beantwortet worden war. Potshelter stieß einen bewundernden Pfiff aus. Die blauen Detektivmaschinen grunzten vulgär. Selbst die blaue Matronenmaschine schien von der Schönheit des Mädchens beeindruckt.
Sie jedoch hatte nur Augen für Richard Rowe: »Mein Mann vom Raumflughafen«, sagte sie atemlos vor Staunen, »der Mann, von dem ich seitdem unablässig geträumt habe. Der Mann mit Haar.« Sie bemerkte den Blick, mit dem er sie ansah und atmete heftiger: »O Liebling, was hast du getan?«
»Ich habe versucht, dir einen Brief zu schicken.«
»Einen Brief? Für mich? O Liebling!«
Krumbine räusperte sich: »Potshelter, ich gedenke das

jetzt schnell zum Abschluß zu bringen. Miß Dough, können Sie in die Wabe dieses jungen Mannes übersiedeln?«

»O ja! In meiner Wabe herrscht ein Überschuß an Mädchen-Von-Nebenan.«

»Ausgezeichnet. Mr. Rowe, zwei Stockwerke höher finden Sie einen Himmelspiloten – achten Sie auf den üblichen weißen Kragen gleich unter den Photozellen. Heiraten Sie dieses Mädchen und nehmen Sie sie mit nach Hause in ihre Wabe. Wenn Ihre Königinmutter Einwände erhebt, verweisen Sie sie an – ehem – Potshelter hier.«

Er schnitt den Dank der jungen Leute kurz ab: »Nur noch eines«, sagte er und drohte Rowe warnend mit dem Finger: »Es werden keine Briefe mehr geschreibt.«

»Warum sollte ich auch?« antwortete Richard. »Das, was ich getan habe, erscheint mir schon jetzt wie ein böser Traum.«

»Mir nicht, Liebster«, widersprach ihm Jane. »Oh, könnte ich den Brief bitte haben, den er mir geschickt hat? Ich will nichts damit machen. Ich werde ihn niemandem zeigen. Nur ganz einfach aufbewahren.«

»Nun, ich weiß nicht...« begann Krumbine.

»O bitte!«

»Nun, ich weiß nicht, warum Sie ihn nicht bekommen sollten, wollte ich sagen. Hier ist er. Passen Sie nur auf, daß Ihr zukünftiger Ehemann nie wieder einen geschreibst.«

Als die Rolltür das junge Paar seinen Blicken entzogen hatte, drehte er sich um: »Sie hatten recht, Potshelter«, sagte er lebhaft, »es war eine jener Häufungen von unglücklichen Umständen, die höchstens einmal in einer Billion Billion Jahren vorkommen. Aber wir werden Empfehlungen für neue Verfahren und Sicherheitsmaßnahmen erarbeiten müssen, welche die Möglichkeiten auf eins zu einer Trillion Trillion herabmindern. Das wird die terranische Einkommenssteuer zwar merklich in die Höhe treiben, aber wir können es nicht zulassen, daß so etwas noch einmal passiert. Jeder junge Mann muß das Mädchen-Von-Nebenan heiraten! Und die Luxuspost darf nicht in Gefahr gebracht werden! Die Werbung muß ungehindert an ihr Ziel gelangen!«

»Ich hätte gar nichts dagegen, wenn so was noch mal passierte«, murmelte Potshelter verträumt, »wenn wieder so eine Jane Dough dabei im Spiel wäre.«

Draußen waren Richard und Jane stehengeblieben, um eine kleine Prozession von Maschinen an sich vorbei zu lassen. Voran schritt ein Trupp von Polizeimaschinen und zwischen ihnen der nicht mehr geknebelte, fügsame Schwarze Sortierer, der jedoch immer noch leise mit den Zähnen knirschte. Dann folgte – lang ausgestreckt – die schlanke Gestalt der im Tod schneeweißen Rosa Mülltonne, die der Graue Psychiater, der Schwarze Leichenbeschauer, die Weiße-Krankenschwester-Nummer-Sieben und Schmierjoe auf ihren Schultern trugen. Die Maschinen stießen leise, wimmernde Klagetöne aus.

Kleine Mechanimops huschten flink wie Mäuse zwischen den schwarzen Säulen umher und beseitigten die Reste der zu Konfetti zerkleinerten Luxuspost.

Richard zuckte vor diesem sichtbaren Ausdruck seiner Verirrung heftig zusammen, aber Jane drückte ihm tröstend die Hand, und das wiederum rief ein so wahrhaft unbeschreibliches Gefühl in ihm hervor, daß sich sein ganzes Aussehen darüber veränderte.

»Ich weiß, was du jetzt empfindest, Liebling«, sagte sie zu ihm, »aber mach dir keine Sorgen deswegen. Du brauchst nur daran zu denken, daß ich den Frauen deiner Freunde immer etwas erzählen kann, dessen sich sonst keine Frau auf der ganzen Welt zu rühmen vermag: daß mein Mann mir einmal einen Brief geschrieben hat!«

Catherine Cliff

Halsband und Leine

Ich war am Ende, wirklich am Ende.

Kein Geld, keine Arbeit mehr, nicht einmal mehr ein Bett.

Ich überlegte mir, daß die Seine ein guter Ort zum Schlußmachen wäre, ein gutes Ende für eine kleine Schauspielerin ohne Engagement. Ein Filmproduzent, der in seinem offenen Cadillac zufällig dort vorbeikommt, sieht mich, holt mich aus dem Wasser und stellt mich, überwältigt von meiner überraschenden Persönlichkeit, den Journalisten vor. Berühmtheit, Blitzlichter, große Rollen. Das passiert Schauspielerinnen oft ... in Illustrierten.

Das Viertel war ruhig.

Ich wußte nicht mehr, wo ich war; ich dachte auch nicht darüber nach. Dieses Viertel oder ein anderes, diese Straße hier oder eine andere, das war von geringer Bedeutung. Ich ging. Ich ging, nichts weiter. Diese Straße würde mich in eine andere führen, die zweite in eine dritte, und so würde ich tagelang gehen, wochenlang ...

Als die Stimme fragte: »Müde?«, wurde mir plötzlich bewußt, daß ich schon seit einigen Minuten Schritte hinter mir gehört hatte. Ich drehte mich um, bereit, eine abweisende Antwort zu geben. Ich war von Natur aus nicht gesellig, und nichts würde mich heute abend dazu bringen, geselliger als gewöhnlich zu sein. Doch da sah ich das Gesicht des Unbekannten. Ich sah sofort die tiefen, glänzenden Augen. Dann betrachtete ich seine Kleider.

Die Kleider stammten nicht aus unserer Welt.

Wirklich seltsam! Millionen Menschen meiner Rasse in dieser Stadt, und der erste, der mir heute abend eine wirklich menschliche Frage stellte, war ein Wesen, das aus der Tiefe des Alls kam.

Sie waren vor einigen Jahren gekommen, wir wußten nicht von welchem fernen Planeten. Lange Zeit war auf den ersten Seiten der Zeitungen nur von ihnen die Rede. Dann hatte sich allmählich alles beruhigt. Wir gewöhnten uns an sie, wie wir uns immer an alles gewöhnten. Ja, wir hatten uns an diese außergewöhnlichen Wesen gewöhnt, die von anderswo kamen. Vielleicht, weil sie gar nicht so außergewöhnlich waren, weil sie uns zu sehr ähnelten.

Sie waren nicht sehr zahlreich. Nach einem Monat radebrechten sie in unserer Sprache; nach einem Jahr sprachen sie sie fließend. Auch daran war nichts Außergewöhnliches. Sie benahmen sich wie Touristen. Man sah sie umherschlendern und unsere Denkmäler betrachten. In ihren Beziehungen zu uns waren sie außerordentlich charmant, aber mit einer Art subtiler Reserve, die nicht zu Vertraulichkeit anregte.

Er wiederholte: »Müde?«

Beinahe hätte ich ihm den Rücken gekehrt, aber gleichzeitig hatte ich dazu keine Lust. Seit einigen Augenblicken fühlte ich mich etwas weniger verzweifelt, ja, wirklich weniger verloren und auch weniger aggressiv. Unsagbare Freundlichkeit lag in der Geste, mit der er mir das Haar aus dem Gesicht strich.

Er fragte: »Hunger?«

Ich murmelte: »Ja.«

Er nahm meine Hand in seine und führte mich in ein Lebensmittelgeschäft. Er fragte mich, was ich gern essen würde. Er kaufte Schinken, Butter, eine Dose Milch und Konfitüre.

Er lächelte. »Kaffee?«

Entzückt erwiderte ich sein Lächeln. Seit vier Tagen hatte ich keinen Kaffee mehr getrunken.

Dann gingen wir hinaus. Etwas weiter kaufte er goldbraunes Brot.

Er wohnte in einem kleinen, freistehenden Haus, dessen Geruch nach altem Holz ich sofort liebte.
Er bereitete eine Mahlzeit, und ich half ihm. Einen Augenblick lang hatte ich – ganz flüchtig – den Eindruck, daß er mich beobachtete, meine Bewegungen, meine Gesten beobachtete, freundlich übrigens, ohne besondere Neugier.
Ich aß meinen Schinken und trank meinen Kaffee. Er selbst nahm Speisen zu sich, die mir völlig unbekannt waren. Neugierig betrachtete ich seinen Teller. Nach einer Weile hob er lachend seinen Teller hoch und hielt ihn mir unter die Nase. Gleichfalls lachend versuchte ich, den Geruch dieser Nahrung mit dem Geruch von etwas Bekanntem zu vergleichen. Pflanzliche Nahrung? Fleisch? Oder was? Ich wußte es nicht. Er legte etwas davon auf meinen Teller. Es schmeckte gut. Es erinnerte mich an nichts, aber es schmeckte gut.
Später bereitete er mir ein Bad. Als ich das Badezimmer verließ, rief er mich in die obere Etage. Ich fand ihn in einem Schlafzimmer, damit beschäftigt, ein Bett zu machen. Er kam mir ein wenig ungeschickt vor, wie er sich in den Laken und Decken verhedderte. Einen Moment lang wollte er erst die Decke ausbreiten und dann das Laken. Dann dachte er nach und begann von neuem. Ich half ihm, das Bett zu machen. Er lachte. Er schien sich zu amüsieren. Er wirkte sehr gütig, wenn er lachte.
Zum erstenmal in meinem Leben sah ich ein Wesen, bei dem ich den Eindruck vollkommener Güte ohne Schwäche hatte.
Bevor er mich verließ, berührte er sanft, freundschaftlich mein Haar.
Als ich am nächsten Morgen ging, sagte er:
»Kommen Sie heute abend wieder. Kommen Sie jeden Abend wieder, solange Sie es wünschen und immer, wenn Sie es brauchen.«
Ich sah ihn an. Ich sah ihn lange an. Er war so vollkom-

men einfach. Ich wußte, daß ich nicht zurückkommen konnte, und bedauerte es.

Dennoch kam ich zurück.

An diesem und an anderen Abenden. Manchmal war ich vor ihm da. Ich wartete vor dem Haus auf ihn. Er war glücklich, mich zu sehen, wirklich glücklich. Einmal stand ich unter dem Vordach im Schatten. Er kam, blieb einen Augenblick stehen und blickte wie suchend die Straße hinauf und hinunter. Er suchte mich, ich wußte es. Sonst hätte ich es an seinem Lächeln gesehen, als er mich bemerkte.

Immer brachte er mir zu essen mit. Und ich fand das natürlich. Ich aß auch von seiner Nahrung, sehr häufig, immer häufiger. Jeden Abend bereitete er mir ein Bad. Dann führte er mich in mein Schlafzimmer, strich mit der Hand über mein Haar und ging.

Nicht einen Augenblick lang, nicht ein einziges Mal kam mir der Gedanke, daß ich auf seine Kosten lebte. Ich fand alles natürlich, seltsam natürlich.

Dann, ganz allmählich, wuchs eine Empfindung in mir, die zunächst unerklärlich war. Während des Tages lebte ich so, wie ich in den letzten Jahren immer gelebt hatte, auf der Suche nach einer kleinen Rolle, einer Gage. Aber während dieser Stunden fühlte ich Angst, eine Art Sehnsucht, als fehle mir etwas. Bald ertappte ich mich dabei, daß ich die Uhrzeiger beobachtete und abends wie eine Verhungernde zu seinem Haus lief.

Nach dem Abendessen sah ich zu, wie er las. Ich betrachtete ihn lange, aufmerksam. Ich studierte ihn. Von Zeit zu Zeit wandte er mir seine glänzenden Augen zu, die er aus seiner Welt mitgebracht hatte, und lächelte. Diese verwirrende Einfachheit ... Dennoch war er unseren Menschen so ähnlich. So ähnlich ... oder so wenig anders? Es

gelang mir nicht zu entdecken, in was er anders war. Aber ich wußte es, ohne es erklären zu können.
Er liebte mich. Das wurde mir zur Gewißheit. Übrigens war es nicht schwer zu entdecken. Er machte kein Geheimnis daraus. Man spürte es an der Zärtlichkeit seines Lächelns, seiner Stimme.
Niemals stellte er mir Fragen. Auch ich stellte ihm keine Fragen. Doch ich tat es deshalb nicht, weil ich es nicht wagte. Er beeindruckte mich auf subtile Art. Ich begriff nicht, auf welche Weise, aber ich erkannte die Tatsache an.
Eines Morgens, ich kämmte mich gerade, trat er zu mir und nahm mir den Kamm aus der Hand. Er begann, mein Haar zu frisieren, sanft, aufmerksam, zog den Scheitel an einer anderen Stelle und betrachtete das Resultat. Er sagte:
»Sie werden sehr schön. Sie hatten Nahrung nötig.«
Wenn wir uns morgens trennten, fühlte ich mich entsetzlich elend. Den ganzen Tag über blieb das Verlangen nach seiner Gegenwart da – Verlangen, immer stechenderes, immer fordernderes Verlangen nach seiner Gegenwart, seiner Ausstrahlung, der Luft, die er atmete.
Er blieb immer gleich.
Manchmal ermunterte er mich zu einem Spiel, einem Ballspiel in seinem Garten. Angesichts der Gewandtheit, der Leidenschaft und der Präzision seiner Bewegungen empfand ich fast etwas wie Schmerz. Die Anmut seines Körpers hatte etwas physisch Unerträgliches, Vernichtendes. Nach jedem Spiel küßte er liebevoll mein Gesicht.
Eines Abends kam er in mein Schlafzimmer. Als ich ihn eintreten sah, war ich überwältigt vor Freude.
Er kam an mein Bett, strich meine Decken glatt und lächelte. Er sagte:
»Morgen werde ich Ihnen frische Laken geben.«
Ich griff nach der Hand, die mein Gesicht streichelte, nahm

sie in meine beiden Hände, liebkoste sie mit den Lippen, biß zart mit den Zähnen hinein. Er begann leise zu sprechen, kleine, zärtliche Worte, die ich nicht verstand. Dann entzog er mir seine Hand, löschte das Licht und ging hinaus.

Wie viele Tage, wie viele Monate vergingen?

Ich hörte auf zu grübeln, zu analysieren. Ich stellte mir keine Fragen mehr. Ich fügte mich. Die Macht seiner Gegenwart über mich wurde immer greifbarer. Und unentbehrlich. Wenn ich dachte, daß ich mein Leben für ihn gegeben hätte, sofort, ohne Zögern, blieb ich fast noch hinter der Wahrheit zurück. Ganze Abende verbrachte ich am Boden sitzend, gegen seine Beine gelehnt, das Gesicht an seinen Knien, in einer Art Wollust am Rande einer Ohnmacht.

Manchmal sprach er mit mir in seiner merkwürdigen, abgehackten Redeweise. Die Modulationen seiner Stimme durchdrangen meinen Körper. Sanft rieb ich mein Gesicht an seinen Beinen, schmiegte mich enger an ihn, an seine Wärme.

Eines Morgens sagte er zu mir:

»Wir werden den Tag zusammen verbringen.«

Nachmittags führte er mich in den Wald. Er amüsierte sich, er lachte, der Glanz seiner Augen wurde fast unerträglich.

Wir setzten uns auf eine Bank. Nach einer Weile merkte ich, daß er sehr aufmerksam unseren Nachbarn beobachtete. Ich hörte, wie dieser zu ihm sagte:

»Bei uns auf der Erde liebt man die Tiere sehr. Diese kleine Hündin ist seit Jahren mein einziger Freund. Die Zuneigung, die wir den Tieren geben, geben sie uns hundertfach zurück. Und wenn ein Tier an Ihnen hängt, läßt es sich durch nichts je bewegen, Sie zu verlassen.«

Ich hörte ihn antworten:

»Auch bei uns liebt man die Tiere sehr.«

Ich beugte mich vor, um den Mann zu betrachten. Ich sah die kleine Hündin, eine sehr hübsche Hündin mit intelligenten Augen, rotblondem Fell, Leine und Halsband. Sie lag zu Füßen ihres Herrn, die Schnauze an die Beine des Mannes geschmiegt.

Und plötzlich, aber mit absoluter Gewißheit, verstand ich. In diesem Augenblick wandte er mir sein Gesicht zu. Meine Augen trafen seine, und ich schloß die Lider unter seinem Blick. Ich wußte.

Ich wußte, aber es war unweigerlich zu spät.

Er stand auf, verabschiedete sich von seinem Nachbarn, nahm meine Hand in seine, und gehorsam folgte ich ihm.

Cordwainer Smith

Das trunkene Schiff

Dies ist die vielleicht traurigste, verrückteste, wildeste Episode in der ganzen langen Geschichte der Raumfahrt. Tatsächlich hatte kein Mensch je zuvor etwas Ähnliches getan, hatte mit einer solchen Geschwindigkeit auf solche Weise eine solche Entfernung überwunden. Auf den ersten Blick sah der Held aus wie jeder gewöhnliche Mensch. Auf den zweiten – nun, da war die Sache schon anders.

Und die Heldin: Sie war zierlich und aschblond, intelligent, selbstbewußt und zerbrechlich. Zerbrechlich, das ist das richtige Wort. Selbst wenn es ihr prächtig ging, sah sie aus, als hätte sie Trost und Hilfe nötig. In ihrer Gegenwart fühlten Männer sich noch mehr als Männer. Sie hieß Elisabeth.

Wer hätte gedacht, daß ihr Name laut und klar in jenes wilde, speiende Nichts hinausschallen würde, das man Weltraum$_3$ nannte?

Er nahm sich eine uralte Rakete, nach einem antiken Modell. Damit überflog, übersprang er alle Maschinen, die es je gab. Er flog so schnell, möchte man meinen, daß er die erhabenen Gewölbe des Himmels erschütterte. Als wäre jenes alte Gedicht allein für ihn geschrieben worden: »Die Sterne ergeben die Lanzen senkten / den Himmel mit ihren Tränen tränkten.«

Und er flog, er flog so schnell und so weit, daß die Menschen es zu Anfang ganz einfach nicht glaubten. Sie hielten es für einen Scherz, den jemand erzählt hatte, für einen Spaß, vom Klatsch aufgebläht, für eine wilde Abenteurergeschichte, wie gemacht, um einem langweiligen Sommernachmittag Spannung zu verleihen.

Wir kennen jetzt seinen Namen. Und unsere Kinder und

Kindeskinder werden ihn für immer in Erinnerung behalten.

Rambo. Artyr Rambo von Erde Vier.

Aber er folgte seiner Elisabeth dahin, wo kein Weltraum mehr war. Er ging dahin, wo Menschen nicht hingehen konnten, nie gewesen waren, wohin sie sich nicht wagten und woran sie nicht einmal dachten.

Er tat all dies aus freiem Willen.

Natürlich hielten die Leute es zuerst für einen Scherz und begannen Spottlieder auf Rambos Reise zu singen.

»Grab mir ein Loch für dies wühlende Fühlende ...!« sang einer.

»Ruf mir die Nummer für schöne Töne ...!« sang ein anderer.

»Wo ist das Schiff dieses Schmarren Narren ...?« sang ein dritter.

Und dann erfuhren die Leute überall, daß es die Wahrheit war. Einige standen wie erstarrt da und bekamen eine Gänsehaut. Andere gingen schnell zu den Dingen des Alltags über. Weltraum$_3$ war erreicht, und er war durchdrungen worden. Ihre Welt würde nie wieder die gleiche sein. Der unüberwindliche Felsen war zu einem offenen Tor geworden.

Der Weltraum selbst, so rein, so leer, so geordnet, er sah nun aus wie eine Million Millionen Lichtjahre von Tapioka-Pudding – weich, klebrig, gummiartig, in dem man weder atmen noch schwimmen konnte.

Wie war es geschehen?

Jeder nahm es für sich in Anspruch und jeder auf seine ihm eigene Weise.

»Er kam zu mir«, sagte Elisabeth. »Ich stand, und er kam zu mir, weil die Maschinen mein Leben hoffnungslos zu verwirren begannen, als sie meinen schrecklichen, nutzlosen Tod zu heilen versuchten.«

»Ich ging von selbst«, sagte Rambo. »Sie betrogen mich

und belogen mich und lachten über mich, doch ich nahm das Boot, und ich wurde das Boot, und ich gelangte dorthin. Niemand veranlaßte mich dazu. Ich war wütend, aber ich fuhr los. Und ich bin zurückgekommen, nicht wahr?«

Er hatte ebenfalls recht, wenn er sich auch auf dem grünen Gras der Erde wimmernd krümmte, und wenn sein Schiff auch verloren war, in einem Weltraum, so entsetzlich weit und so fremd, daß er unter seiner eigenen warmen Hand hätte sein können – oder eine halbe Galaxis entfernt.

Wer kennt sich schon aus mit Weltraum$_3$?

Rambo war es, der zurückkehrte auf der Suche nach seiner Elisabeth. Er liebte sie. Deshalb war es seine Reise und sein Verdienst.

Aber viele Jahre später, bei einem vertraulichen Gespräch mit Freunden, sagte Lord Crudelta mit sanfter Stimme: »Es war mein Experiment. Ich ersann es, ich suchte Rambo aus. Ich trieb die Wähler zur Verzweiflung mit meiner Suche nach einem Mann, der die Bedingungen erfüllte. Und ich ließ jene Rakete nach den uralten Plänen bauen. Es war die Art von Gerät, welches die menschlichen Wesen zu Anfang benutzten, als sie ein wenig aus der Luft herauszuhüpfen begannen, als sie wie fliegende Fische von einer Welle zur nächsten sprangen und sich dabei bereits für Adler hielten. Hätte ich eines der normalen, planoformen Schiffe genommen, so wäre es mit umgekehrtem Gurgeln verschwunden. Der Raum dahinter wäre noch für eine Weile milchig trüb geblieben, während es sich in Ekel und Vernichtung aufgelöst hätte. Aber das riskierte ich nicht. Ich stellte die Rakete auf eine Abschußrampe. *Und die Abschußrampe selbst war ein interstellares Schiff!* Da wir uns einer altmodischen Rakete bedienten, machten wir sie auch entsprechend zurecht: mit der uralten Schrift, mit den geheimnisvollen Buchstaben überdeckten wir die ganze Maschine. Selbst den Namen unserer Organisation – IDM für ›Instrumentalität der Menschheit‹ – hatten wir in schönen, klaren Buchstaben draufgeschrieben. Wie konnte ich ahnen«, fuhr Lord Crudelta fort, »daß wir mehr erreichen würden, als wir beabsichtigt hatten, daß Rambo den Raum selbst aus den Angeln heben und das Schiff hinter sich lassen würde, nur weil er Elisabeth so wild, so maßlos liebte?«

Crudelta seufzte.

»Ich weiß es, und ich weiß es nicht. Ich bin wie dieser alte Erdenmensch, der mit seinem Schiff den Planeten Erde in der falschen Richtung zu umsegeln versuchte und statt dessen eine neue Welt entdeckte. Kolumbus hieß er. Und das Land war Australien oder Amerika oder so etwas. Nichts anderes tat ich. Ich schickte Rambo mit der alten Rakete los, und er fand einen Weg durch den Weltraum. Von nun an wird keiner von uns mehr wissen, wer plötzlich durch den Fußboden gepoltert kommt oder wer vor unseren Augen aus der Luft heraus Gestalt annimmt.«

Crudelta fügte hinzu, und es klang beinahe wehmütig: »Welchen Sinn hat es überhaupt, die Geschichte zu erzählen? Es kennt sie sowieso jeder. Meine Rolle darin ist nicht besonders ruhmvoll. Aber das Ende, das ist hübsch. Der Bungalow am Wasserfall und all die wundervollen Kinder, die andere Leute ihnen geschenkt haben – man könnte ein Gedicht darüber schreiben. Doch zuvor, als er hilflos und wie von Sinnen im Krankenhaus erschien und nach seiner eigenen Elisabeth suchte – das war traurig und unheimlich, das war furchterregend. Ich bin froh über das glückliche Ende im Bungalow beim Wasserfall, aber es hat niederschmetternd lange gedauert, bis es endlich soweit war. Und es waren gewisse Dinge dabei, die wir niemals ganz begreifen werden: die nackte Haut im nackten Weltraum, die Augäpfel, die viel schneller flogen, als das Licht es jemals kann. Wissen Sie, was ein Argali ist? Es ist eine alte Schafsrasse, die früher einmal auf der guten alten Erde lebte, und hier sitzen wir nun, Tausende von

Jahren später, mit einem sinnlosen Kinderreim darauf. Die Tiere sind vergangen, aber der Reim bleibt. So wird es eines Tages auch mit Rambo sein. Jeder wird seinen Namen und alles über sein Rauschboot wissen, aber man wird den wissenschaftlichen Meilenstein vergessen haben, den er passierte, als er seiner Elisabeth in einer alten Rakete nachjagte, die es kaum von einem Planeten zum anderen schaffte … Oh, der Reim? Sie kennen ihn nicht. Er ist ganz dumm. Er lautet:

Zieh ab den Hahn, triff den finstren Kumpan.
(Jetzt redest du Käse und ißt Fasan!)
Leer dein Gewehr auf das sterbende Argali.
(Magst du's so gern, das Zyankali?)

Fragen Sie mich nicht, was ›Käse‹ oder ›Fasan‹ bedeutet. Wahrscheinlich Stücke von Tieren jener Zeit, so wie Steak oder Schnitzel. Aber die Kinder sagen diese Worte noch immer. So werden sie es eines Tages auch mit Rambo und seinem Rauschboot tun. Vielleicht erzählen sie sogar die Geschichte von Elisabeth. Aber sie werden niemals erwähnen, wie er ins Krankenhaus gelangte. Das Kapitel ist zu schrecklich, zu wirklich, zu traurig und schließlich und endlich auch zu wunderbar. Sie fanden ihn im Gras. Stellen Sie sich vor, nackt im Gras, und niemand wußte, woher er kam!«

Sie fanden ihn nackt im Gras, und niemand wußte, woher er kam. Sie ahnten nichts von der alten Rakete mit den Buchstaben IDM darauf, die Lord Crudelta über das Ende des Nichts hinaus geschickt hatte. Sie wußten nicht, daß dies Rambo war, der Weltraum$_8$ durchquert hatte. Die Roboter bemerkten ihn zuerst, und sie brachten ihn herein, nicht ohne dabei alles, was sie taten, zu fotografieren. Man hatte sie so programmiert, um sicherzugehen, daß jede Unregelmäßigkeit sofort aufgezeichnet wurde.

Dann fanden ihn die Krankenschwestern in einem Vorraum.

Sie vermuteten, daß er lebte, da er nicht tot war, aber sie konnten auch nicht beweisen, daß er lebte.

Das steigerte die Verwirrung.

Man rief die Ärzte. Richtige Ärzte, keine Maschine. Es waren sehr bedeutende Männer. Der Bürger Dr. Timofeyew, der Bürger Dr. Grosbeck und der Direktor selbst, der Sir und Dr. Vomact. Sie nahmen den Fall in die Hand.

(Drüben, auf der anderen Seite des Krankenhauses, wartete Elisabeth, bewußtlos, und niemand ahnte etwas davon. Elisabeth, für die er den Raum überwunden und die Sterne durchdrungen hatte, aber noch kein Mensch wußte es!)

Der junge Mann konnte nicht sprechen. Als man der Bevölkerungsmaschine die Augen- und Fingerabdrücke einfütterte, stellte sich heraus, daß er auf der Erde selbst gezüchtet worden war, aber daß man ihn als tiefgekühltes und ungeborenes Baby nach Erde Vier verschickt hatte. Zu haarsträubend hohen Gebühren befragten sie Erde Vier in einer »Sofortmitteilung«, nur um zu erfahren, daß der junge Mann, der im Krankenhaus vor ihnen lag, bei einer intergalaktischen Reise auf einem Versuchsschiff verlorengegangen war.

Verlorengegangen.

Kein Schiff, und keine Spur von einem Schiff.

Und da war er nun.

Sie standen am Rande des Weltraums, und sie wußten nicht, was es war, das sie vor sich sahen. Sie waren Ärzte, und es war ihre Aufgabe, Leute zusammenzuflicken oder neu zu gestalten, aber nicht, sie in die Gegend zu schießen. Wie sollten diese Männer sich mit Weltraum$_3$ auskennen,

wenn sie nichts über Weltraum$_2$ wußten, außer daß Leute in planoforme Schiffe stiegen und hindurchfuhren? Sie suchten nach Krankheit, wo ihre Augen die Technik sahen. Sie behandelten ihn, obwohl ihm doch gar nichts fehlte.
Er brauchte nichts als Zeit, um den Schock über die ungeheuerlichste Reise zu überwinden, die je ein menschliches Wesen unternommen hatte. Doch die Ärzte wußten das nicht, und sie versuchten, seine Genesung zu beschleunigen.
Als sie ihn anzogen, wechselte er vom Koma in eine Art von mechanischem Krampf. Er zog die Kleider wieder aus. Nackt ließ er sich auf den Boden fallen und weigerte sich, zu essen oder zu sprechen.
Sie ernährten ihn mit Spritzen, während die ganze Energie des Raumes, hätten sie es nur geahnt, in neuer Form aus seinem Körper wieder herausstrahlte.
Sie sperrten ihn ganz allein in einen verschlossenen Raum und beobachteten ihn durch das Guckloch.
Er war ein gutaussehender junger Mann, wenn sein Verstand auch leer und sein Körper starr und bewußtlos war. Sein Haar war sehr blond, und seine Augen waren hellblau, aber sein Gesicht verriet Charakter: ein eckiges Kinn, ein gutgeschnittener, entschlossener trotziger Mund; tiefe Linien in dem Gesicht, dem man ansah, daß er bei Bewußtsein viele Tage oder Monate am Rande der Besessenheit gelebt haben mußte.
Als man ihn am dritten Tag im Krankenhaus untersuchte, hatte der Patient sich überhaupt nicht verändert.
Er hatte seinen Pyjama wieder ausgezogen und lag nackt, mit dem Gesicht nach unten, auf dem Fußboden.
Sein Körper war ebenso bewegungslos und gespannt wie am Tag zuvor.
(Ein Jahr später würde dieser Raum ein Museum sein mit einer Bronzetafel, auf der zu lesen stand: »Hier lag Rambo, nachdem er die Alte Rakete nach Weltraum$_3$ hin

verlassen hatte«, aber die Ärzte ahnten noch immer nicht, womit sie es zu tun hatten.)

Sein Gesicht war so scharf nach rechts gedreht, daß seine Nackenmuskeln hervortraten. Sein rechter Arm war gerade vom Körper fortgestreckt. Sein linker Arm stand im rechten Winkel vom Körper ab, wobei Unterarm und Hand starr mit neunzig Grad nach oben zeigten. Die Beine deuteten in grotesker Überzeichnung eine Laufbewegung an.

Dr. Grosbeck sagte: »Wenn Sie mich fragen, sieht es so aus, als würde er schwimmen. Wir sollten ihn in ein Becken mit Wasser werfen und sehen, ob er sich bewegt.« Grosbeck pflegte Probleme gern auf so drastische Weise zu lösen.

Timofeyew löste ihn am Guckloch ab. »Immer noch im Krampf«, murmelte er. »Ich hoffe, der arme Kerl hat keine Schmerzen, da doch seine Gehirnabwehrfunktionen versagen. Wie kann ein Mensch gegen Schmerzen ankämpfen, wenn er nicht einmal weiß, was mit ihm vorgeht?«

»Und Sie, Sir und Doktor«, sagte Grosbeck zu Vomact, »was sehen Sie?«

Vomact brauchte nicht hinzuschauen. Er war schon früher gekommen und hatte sich den Patienten lange und schweigend durch das Guckloch angesehen, bevor die anderen Ärzte eingetroffen waren. Vomact war ein weiser Mann mit viel Verständnis und tiefem Durchblick. In einer Stunde erriet er mehr, als eine Maschine in einem Jahr diagnostizieren konnte; er begann bereits zu verstehen, daß dies eine Krankheit war, die kein Mensch zuvor gehabt hatte. Doch die Heilmittel warteten schon.

Die drei Ärzte begannen mit der Anwendung.

Sie versuchten es mit Hypnose, Elektrotherapie, Massage, Unterschall, Atropin, Surgital, sie versuchten es mit einer ganzen Familie von Digitalispräparaten und mit

einigen quasi-narkotischen Viren, die im Weltraum gezüchtet worden waren, wo sie schnell mutierten. Sie erhielten den Ansatz zu einer Antwort, als sie Gashypnose in Kombination mit einem elektronisch verstärkten Telepathen anwandten. Beweis dafür, daß der Verstand des Patienten noch arbeitete. Andernfalls wäre das Gehirn nur noch als bloßes Fettgewebe erschienen, ohne einen Nerv darin. Die anderen Versuche blieben erfolglos. Das Gas zeigte einen schwachen Widerstand gegen Furcht und Schmerz an. Der Telepath berichtete, er habe flüchtige Spuren eines unbekannten Himmels gesehen. (Die Ärzte übergaben den Telepathen sofort der Weltraumpolizei, damit sie die Sternengebilde, die er im Gehirn des Patienten gesehen hatte, entziffern konnten, aber die Bilder paßten nicht. Der Telepath, obgleich ein scharfsinniger Mann, konnte sich nicht genau genug an sie erinnern, um sie mit den Mustern der Leitblätter vergleichen zu können.)
Die Ärzte griffen auf ihre Drogen zurück und versuchten alte, einfache Arzneien, Morphium und Koffein, die sich gegenseitig neutralisierten, und eine tüchtige Massage, um dem Mann seine Träume wiederzugeben, die der Telepath dann aufnehmen sollte.
Es kam kein weiteres Ergebnis, weder an diesem noch am nächsten Tag.
Inzwischen begannen die irdischen Behörden unruhig zu werden. Sie dachten mit Recht, daß das Krankenhaus gute Arbeit geleistet habe, als es bewies, daß der Patient sich erst seit ein paar Augenblicken auf der Erde befand, als die Roboter ihn auf dem Rasen entdeckten. Wie war er auf den Rasen gekommen?
Die Erdatmosphäre hatte keinerlei Eindringen registriert, kein Fahrzeug, das einen glühenden Schweif hellstrahlender Luft hinter sich hergezogen hätte, keinen Nachhall von den ungeheuren Kräften, die ein planoformes Schiff durch den Weltraum trieben.

(Crudelta, in seinem Schneller-als-das-Licht-Schiff, kroch langsam wie eine Schnecke zur Erde zurück, während er doch das Äußerste an Geschwindigkeit herauszuholen versuchte, um zu sehen, ob Rambo vor ihm angelangt war.)
Am fünften Tag zeichnete sich der Beginn eines Durchbruchs ab. *Elisabeth war vorbeigekommen.*
Das stellte sich erst viel später heraus, bei einer sorgfältigen Durchsicht der Krankenhausaufnahmen.
Die Ärzte wußten nur so viel: Patienten waren den Gang entlang geschoben worden, bewegungslose, mit Tüchern bedeckte Gestalten auf Rollbetten.
Plötzlich hörten die Betten zu rollen auf.
Eine Schwester schrie.
Die schwere Stahl- und Kunststoffwand bog sich nach innen.
Eine langsame, schweigende Macht stieß die Wand in den Gang hinein.
Die Wand riß auf.
Eine menschliche Hand erschien.
Eine der schnelldenkenden Schwestern schrie: »*Schiebt* die Betten weiter! *Schiebt* sie aus dem Weg.«
Die Schwestern und Roboter gehorchten.
Die Betten schaukelten wie Boote auf einer Welle, als sie an die Stelle gelangten, wo sich der Fußboden der Wand entgegengebogen hatte, als sie nach innen drängte. Der Schein der Lichter flackerte. Roboter erschienen.
Eine zweite menschliche Hand kam durch die Wand. In entgegengesetzter Richtung drückend, zerrten die Hände an der Wand, als sei es nasses Papier.
Der Patient aus dem Gras streckte seinen Kopf hindurch.
Blind schaute er den Korridor hinauf und hinab mit Augen, die noch nicht klar zu sehen vermochten, und seine Haut glühte seltsam rotbraun vom Brand des offenen Weltraums.
»Nein«, sagte er. Nur dieses eine Wort.

Aber dieses »Nein« wurde gehört. Obwohl es nicht laut war, durchdrang es das Krankenhaus. Es wurde weitergetragen vom Telekommunikationssystem. Alle Schalter ringsum gingen auf negativ. Rasende Schwestern und Roboter – und sogar die Ärzte halfen mit – rannten los, um alle Maschinen wieder anzustellen: die Pumpen, die Ventilatoren, die künstlichen Nieren, die Hirnwiedergabegeräte und sogar die einfachen Luftmaschinen, die die Atmosphäre sauberhielten.
Hoch oben trudelte ein Flugzeug schwindelerregend. Der Betriebsschalter, dreifach gesichert, war plötzlich abgedreht worden. Glücklicherweise konnte der Roboterpilot ihn wieder einschalten und das Flugzeug vor dem Aufprall bewahren.
Der Patient schien von der Wirkung seiner Worte nichts zu ahnen.
(Später erfuhr die Welt, daß dies ein Teil des »Rauschboot-Effektes« war. Der Mann hatte die Fähigkeit entwickelt, sein neurophysikalisches System als Maschinenkontrolle zu gebrauchen.)
Im Gang tauchte der Maschinenroboter auf, der als Polizist arbeitete. Er trug keimfreie, gepolsterte Samthandschuhe, aber seine Hände hatten eine Greifkapazität von sechzig Tonnen. Langsam ging er auf den Patienten zu. Der Roboter war speziell auf jede Art von Gefahr programmiert, die von verrückten oder psychopathischen menschlichen Wesen ausging. Später berichtete er, daß ihm jedes einzelne seiner Fühlbänder »höchste Gefahr« angezeigt hätte. Man erwartete von ihm, daß er den Gefangenen mit unerschütterlicher Festigkeit ergreifen und in sein Bett zurückbringen würde, aber bei dieser Art von Gefahr, die ihm da durch die Luft entgegenzischte, wollte der Roboter kein Risiko eingehen. Sein Handgelenk enthielt eine hypodermische Pistole, die mit komprimiertem Argon arbeitete.

Er griff nach dem unbekannten, nackten Mann, der in dem großen, aufgerissenen Spalt in der Wand stand. Die Gelenkwaffe zischte, und eine beträchtliche Portion von Condamin, dem wirksamsten Narkotikum im bekannten Universum, durchschoß die Haut in Rambos Nacken. Der Patient brach zusammen.

Der Roboter nahm ihn sanft und liebevoll hoch und hob ihn durch die eingerissene Wand. Mit einem Tritt, der das Schloß herausspringen ließ, drückte er die Tür auf und legte den Patienten auf sein Bett zurück. Der Roboter hörte die Ärzte kommen, und er gebrauchte seine riesigen Hände, um die Stahlwand in ihre angemessene Form zurückzubiegen. Arbeitsroboter oder Untermenschen konnten diese Arbeit später zu Ende bringen, aber inzwischen machte es sich besser, wenn man diesem Teil des Gebäudes seine rechten Winkel wieder zurückgab.

Dr. Vomact erschien, dicht gefolgt von Grosbeck.

»Was ist passiert?« gellte er, aufgeschreckt aus lebenslanger Ruhe.

Der Roboter deutete auf die gespaltene Wand: »Er hat sie auseinandergerissen. Ich habe sie wieder zurechtgerückt.«

Die Ärzte drehten sich nach dem Patienten um. Er war wieder aus seinem Bett gekrochen und lag auf dem Fußboden, aber sein Atem ging leicht und normal.

»Was haben Sie ihm gegeben?« schrie Vomact den Roboter an.

»Condamin«, sagte der Roboter, »in Anwendung von Regel 47-B. Das Mittel darf außerhalb des Krankenhauses nicht erwähnt werden.«

»Ich weiß«, sagte Vomact abwesend und ein wenig verärgert. »Sie können jetzt gehen. Vielen Dank.«

»Es ist nicht üblich, sich bei Robotern zu bedanken«, sagte der Roboter, »aber Sie können ein Lob in mein Aufnahmeband diktieren, wenn Sie wollen.«

»Scher dich zum Teufel!« schrie Vomact den aufdringlichen Roboter an.
Der Roboter blinzelte: »Teufel gibt's keinen, aber ich habe den Eindruck, Sie legen keinen Wert mehr auf meine Gegenwart. Mit Ihrer Erlaubnis werde ich mich zurückziehen.« Er umsprang mit merkwürdiger Anmut die beiden Ärzte, fingerte zerstreut an dem zerbrochenen Türschloß herum, als wollte er es reparieren; und dann, als er den Blick sah, mit dem Vomact ihn anstarrte, verließ er endgültig den Raum.
Wenig später ertönten leise, sanft abgedämpfte Schläge. Die Ärzte lauschten einen Augenblick und gaben es dann auf. Der Roboter war draußen im Gang und klopfte den Stahlfußboden liebevoll in seine Form zurück. Er war ein ordnungsliebender Roboter, angestachelt wahrscheinlich von einem vergrößerten Hühnerhirn, und immer, wenn er besonders ordnungsliebend wurde, dann wurde er aufsässig.
»Zwei Fragen, Grosbeck«, sagte der Sir und Dr. Vomact.
»Zu Ihren Diensten, Sir!«
»Wo stand der Patient, als er die Wand in den Gang hineinstieß, und woher nahm er die Kraft dazu?«
Grosbeck zwinkerte verdutzt. »Nun da Sie es sagen – ich habe keine Ahnung, wie er es fertiggebracht hat. Eigentlich kann er es gar nicht getan haben. Aber er hat es getan. Und die andere Frage?«
»Was halten Sie von Condamin?«
»Gefährlich natürlich, wie immer. Sucht kann –«
»Ist Sucht ohne Gehirntätigkeit überhaupt möglich?« unterbrach ihn Vomact.
»Natürlich«, sagte Grosbeck sofort, »das Gewebe kann süchtig werden.«
»Überprüfen Sie das«, sagte Vomact.
Grosbeck kniete sich neben den Patienten und tastete mit den Fingerspitzen nach seinen Muskelenden. Er fühlte, wo

sie sich in die Schädelbasis, die Schulterspitzen und in die entblößte Rückenfläche hinein verknoteten.
Als er aufstand, lag ein Ausdruck von Verblüffung auf seinem Gesicht. »Einen solchen menschlichen Körper habe ich noch nie unter den Händen gehabt. Ich bin mir nicht einmal sicher, ob er überhaupt noch menschlich ist.«
Vomact sagte nichts. Die beiden Ärzte sahen sich an. Grosbeck begann sich unter dem ruhigen, unverwandten Blick des älteren Mannes zu winden. Schließlich platzte er heraus: »Sir und Doktor, ich weiß, was wir tun *könnten.*«
»Und was«, sagte Vomact ernst und ohne daß seine Stimme auch nur einen Hinweis auf Ermutigung oder Warnung erkennen ließ, »wäre das?«
»Es wäre nicht das erste Mal, daß man so etwas in einem Krankenhaus tut.«
»Was?« sagte Vomact, und es waren seine Augen – diese furchtbaren Augen! –, die Grosbeck etwas sagen ließen, was er nicht sagen wollte.
Grosbeck stieg die Röte ins Gesicht. Er beugte sich zu Vomact hinüber, um ihm zuzuflüstern, obwohl sich niemand in ihrer Nähe befand. Seine Worte, als sie endlich kamen, klangen in ihrer hastigen Anstößigkeit wie das unanständige Angebot eines jungen Liebhabers: »Den Patienten töten, Sir und Doktor. Ihn töten. Wir haben genügend Aufnahmen von ihm. Wir können eine Leiche aus dem Keller holen und sie zu seinem getreuen Abbild umarbeiten. Wer weiß, was wir auf die Menschheit loslassen, wenn wir dulden, daß er sich erholt?«
»Wer weiß?« echote Vomact ohne Klang oder Betonung in der Stimme. »Aber, Bürger und Doktor, wie lautet die zwölfte Pflicht des Arztes?«
»Das Gesetz nicht in die eigenen Hände zu nehmen, die Heilung den Heilern zu überlassen und dem Staat und der Instrumentalität zu geben, was dem Staat oder der Instru-

mentalität gebührt!« Grosbeck seufzte, als er seinen Vorschlag zurückzog. »Sir und Doktor, ich nehme es zurück. Ich habe dabei nicht an die Medizin gedacht. Mir ging es um die Regierung und die Politik.«

»Und nun ...?« fragte Vomact.

»Man heilt ihn oder man läßt ihn in Ruhe, bis er sich selbst geheilt hat.«

»Und was würden Sie tun?«

»Ich würde versuchen, ihn zu heilen.«

»Wie?« fragte Vomact.

»Sir und Doktor«, schrie Grosbeck, »verspotten Sie mich nicht ob meiner Schwäche in diesem Fall! Ich weiß, Sie schätzen mich, weil ich ein kühner, unerschrockener Mann bin. Wie soll es mir gelingen, ich selbst zu sein, wenn wir nicht einmal wissen, woher dieser Körper kommt. Wäre ich so mutig wie sonst, gäbe ich ihm Typhus und Condamin und stellte Telepathen in seiner Nähe auf. Aber dies ist etwas Neues in der Geschichte der Menschheit. Wir sind Menschen, und vielleicht ist er kein Mensch mehr. Vielleicht verkörpert er die Vereinigung des Menschen mit einer neuen Art von Kraft. Wie ist er hierhergelangt aus der Unendlichkeit des Nichts? Um wie viele Millionen Male ist er vergrößert oder verkleinert worden? Wir wissen nicht, wer er ist oder was mit ihm geschehen ist. Wie können wir einen Mann behandeln, wenn wir es dabei mit der Kälte des Weltraums, der Hitze von Sonnen und der Kühle unendlicher Fernen zu tun haben? Wir wissen, was wir mit menschlichem Fleisch tun können, aber dies ist nicht mehr nur Fleisch. Fühlen Sie selbst, Sir und Doktor! Sie werden etwas berühren, was kein Mensch zuvor berührt hat.«

»Ich habe ihn bereits berührt«, erklärte Vomact. »Sie haben recht. Wir werden es einen halb Tag lang mit Typhus und Condamin versuchen. In zwölf Stunden treffen wir uns hier wieder. Ich werde den Schwestern und den Robotern sagen, was sie in der Zwischenzeit zu tun haben.«

Beide blickten sie im Gehen zu der rotverbrannten Gestalt hinunter, die mit weit abgespreizten Gliedern auf dem Fußboden lag. Grosbeck betrachtete den Körper mit einer Mischung aus Ekel und Furcht; Vomact war ohne Ausdruck, abgesehen von einem gequälten, matten Lächeln des Mitleids.

An der Tür wurden sie von der Oberschwester erwartet, und Grosbeck hörte voller Erstaunen die Anweisungen seines Chefs.

»Madame und Schwester, gibt es ein waffensicheres Gewölbe in diesem Krankenhaus?«

»Ja«, sagte sie, »wir haben früher unsere Aufnahmen darin aufbewahrt, bis wir sie alle in den Computer-Orbit telemetrierten. Jetzt ist er schmutzig und leer.«

»Säubern Sie ihn. Legen Sie eine Ventilatorleitung hinein. Wer ist Ihr militärischer Beschützer?«

»Mein was?« schrie sie überrascht auf.

»Jeder Mensch auf der Erde hat militärischen Schutz. Wo sind die Kräfte, die Soldaten, die Ihr Krankenhaus hier beschützen?«

»Oh, Sir und Doktor!« rief sie aus, »Sir und Doktor! Ich bin eine alte Frau, und ich freue mich, hier nun seit dreihundert Jahren arbeiten zu dürfen, aber auf einen solchen Gedanken bin ich nie gekommen. Wozu sollte ich Soldaten brauchen?«

»Finden Sie heraus, wer sie sind, und bitten Sie sie, hier Wache zu halten. Sie sind Spezialisten auf ihre Weise, wenn ihr Können auch von anderer Art ist als das unsere. Bitten Sie sie um Beistand. Wir könnten sie brauchen, bevor dieser Tag vorüber ist. Berufen Sie sich bei dem Leutnant oder Sergeant auf mich. Ich möchte, daß Sie den Patienten nach der Verordnung behandeln, die ich Ihnen jetzt gebe.«

Ihre Augen weiteten sich, als er weitersprach, aber sie war eine disziplinierte Frau, und sie nickte, während sie ihm zuhörte. Ihre Augen blickten am Ende sehr traurig und müde, aber sie war selbst eine geschulte Expertin, und sie hatte einen großen Respekt vor dem Können und der Weisheit des Sir und Dr. Vomact. Doch fühlte sie auch ein warmes, weibliches Mitgefühl für die bewegungslose, junge männliche Gestalt dort unten, die da für immer auf dem schweren Boden schwamm, die Archipele durchschwamm, von denen kein lebender Mensch je zuvor geträumt hatte.

Die Krise kam in jener Nacht.

Der Patient hatte die Abdrücke seiner Hand in die Innenwand des Raumes eingegraben, aber es war ihm nicht gelungen zu fliehen.

Die Soldaten sahen mit ihren Waffen, die in dem hellen Krankenhausgang aufblinkten, so merkwürdig wachsam aus, aber sie langweilten sich wirklich sehr, wie Soldaten es immer tun, wenn sie im Dienst sind, ohne daß etwas passiert.

Der Leutnant war gereizt. Der Punktblitzer in seiner Hand surrte wie ein gefährliches Insekt. Der Sir und Dr. Vomact, der mehr über Waffen wußte, als die Soldaten meinten, sah, daß der Punktblitzer auf HOCH stand, was bedeutete, daß er Leute fünf Stockwerke aufwärts, fünf Stockwerke abwärts oder einen Kilometer im Umkreis zu lähmen vermochte. Er sagte nichts. Er dankte dem Leutnant nur und trat in die Zelle ein, dicht gefolgt von Grosbeck und Timofeyew.

Der Patient schwamm auch hier.

Er tat es jetzt in einer Einen-Arm-über-den-anderen-Bewegung und stieß dabei mit den Beinen gegen den Fußboden. Man hatte den Eindruck, als sei es ihm auf dem anderen Fußboden nur darum gegangen, sich über Wasser zu halten, während er hier eine Richtung entdeckt hatte, in der er, wenn auch nur sehr langsam, vorankam. Seine Bewegungen waren gespannt, starr und so langsam, daß es schien, als bewege er sich fast nicht. Die zerrissenen Pyjamas lagen neben ihm auf dem Boden.

Vomact blickte sich um und fragte sich, welche Kraft es dem Mann möglich gemacht hatte, solche Handabdrücke auf der Stahlwand zu hinterlassen. Er erinnerte sich an Grosbecks Warnung, den Patienten lieber sterben zu lassen, als die Menschheit neuen und unbekannten Gefahren auszusetzen, aber obwohl er sein Gefühl teilte, konnte er ihm diesen Vorschlag nicht verzeihen.

Nervös dachte der große Arzt bei sich selbst: Wo mag der Mann nur hinwollen?

(Zu Elisabeth, er wollte zu Elisabeth, die jetzt nur noch sechzig Meter entfernt war. Erst viel, viel später verstanden die Menschen, was Rambo zu tun versucht hatte: Er versuchte die sechzig Meter zu überwinden, die ihn von seiner Elisabeth trennten, als er bereits eine Unzahl von Lichtjahren übersprungen hatte, um zu ihr zurückzukehren. Zu seiner Lieben, seiner Geliebten, die ihm gehörte, die ihn brauchte!)

Das Condamin hinterließ nicht seine üblichen Zeichen von tiefer Mattigkeit und glühender Haut: Der Typhus schien es erfolgreich zu bekämpfen. Rambo war lebhafter als zuvor. Den Namen hatten sie über das normale Informationssystem ermittelt, aber dem Sir und Dr. Vomact bedeutete er noch immer nichts. Bald würde sich dies ändern.

Inzwischen machten sich die beiden anderen, zuvor schon unterrichteten Ärzte an dem Apparat zu schaffen, den die Roboter und Schwestern installiert hatten.

Vomact murmelte den anderen zu: »Ich glaube, es geht ihm besser. Viel gelöster. Ich werde es mit Schreien versuchen.«

Sie waren so beschäftigt, daß sie nur nickten.

Vomact brüllte den Patienten an: »Wer sind Sie? Wo kommen Sie her?«
Die traurigen blauen Augen des Mannes auf dem Fußboden warfen ihm einen überraschend schnellen Blick zu, aber es kam kein weiteres wirkliches Zeichen von Verständigung. Die Glieder schwammen weiter gegen den rauhen Betonboden der Zelle an. Zwei der Bandagen, mit denen das Krankenhauspersonal ihn umwickelt hatte, waren wieder durchgescheuert. Das aufgekratzte, blau gestoßene rechte Knie hinterließ bei seiner Vor- und Rückwärtsbewegung eine sechzig Zentimeter lange Blutspur auf dem Fußboden.
Vomact stand auf und wandte sich Grosbeck und Timofeyew zu. »Nun«, sagte er, »lassen Sie uns sehen, was geschieht, wenn wir Schmerzen anwenden.«
Die beiden traten einen Schritt zurück, ohne daß es ihnen irgend jemand befohlen hätte. Timofeyew winkte einem kleinen emaillierten Roboter, der dienstbereit an der Tür stand.
Das Schmerznetz, ein leichtmaschiger Drahtkäfig, fiel von der Decke herab.
Als ältestem Arzt oblag es Vomact, das größte Risiko einzugehen. Der Patient war von dem Drahtnetz völlig umhüllt, aber Vomact ließ sich auf Hände und Knie fallen, hob das Netz mit der rechten Hand an einer Ecke hoch und warf seinen eigenen Kopf hinein, neben den Kopf des Patienten. Dr. Vomacts Anzug strich über den sauberen Beton und berührte dabei die schwarzen alten Blutflecken, die der Patient bei seinem nächtlichen »Schwimmen« hinterlassen hatte.
Vomacts Mund war jetzt nur Zentimeter vom Mund des Patienten entfernt.
Vomact sagte: »Oh.«
Das Netz surrte.
Der Patient hielt in seiner langsamen Bewegung ein,

krümmte den Rücken und blickte den Arzt unverwandt an.
Dr. Grosbeck und Dr. Timofeyew konnten sehen, wie Vomacts Gesicht unter der Wucht der Maschine schneeweiß wurde, aber Vomact hielt seine Stimme unter Kontrolle und sagte laut und fest zu dem Patienten: *»Wer – sind – Sie?«*
Der Patient sagte: »Elisabeth.«
Die Antwort war dumm, aber der Ton war vernünftig.
Vomact zog seinen Kopf unter dem Netz hervor und schrie den Patienten von neuem an: *»Wer – sind – Sie?«*
Der nackte Mann erwiderte mit sehr klarer Stimme:

»Ache, krache, kleines Ach,
ach, wie fühl' ich mich so schwach!«

Vomact runzelte die Stirn und murmelte dem Roboter zu: »Stärkere Schmerzen. Drehen Sie auf bis zum Äußersten.«
Der Körper bäumte sich auf in dem Versuch, unter dem Netz seine Schwimmbewegungen auf dem Betonboden wieder aufzunehmen.
Das Opfer unter dem Netz stieß einen lauten, wilden, gellenden Schrei aus. Er klang wie die geschriene Verzerrung des Namens Elisabeth, dessen Echo aus unendlichen Fernen zurückhallte.
Das ergab keinen Sinn.
Vomact schrie zurück: *»Wer – sind – Sie?«*
Der unter dem Marternetz sich windende Körper antwortete den drei Ärzten mit unerwartet klarer, volltönender Stimme: »Ich bin der vergichtete Mann, der gelichtete Mann, der vernichtete Mann, der verwichtete Mann, der geschichtete Mann, der verdichtete Mann, der gefichtete Mann, der gerichtete Mann, der gesichtete Mann, der verpflichtete Mann, der berichtete Mann, der geschlichtete Mann – aaah!« Seine Stimme erstarb in einem erstickten Schrei, und nun schwamm er wieder auf dem Fußboden,

allen Schmerzen zum Trotz, die ihn das Marternetz erleiden ließ.
Der Doktor gab ein Zeichen mit der Hand. Das Marternetz hörte zu surren auf und hob sich in die Luft.
Er fühlte den Puls des Patienten. Er ging sehr schnell. Er hob ein Augenlid. Die Reaktionen hatten sich schon weitgehend normalisiert.
»Treten Sie zurück«, sagte er zu den anderen.
»Schmerzen für uns beide«, sagte er zu dem Roboter.
Das Netz fiel über sie beide herab.
»Wer sind Sie?« schrie Vomact dem Patienten direkt ins Ohr. Er hielt den Mann ein Stück vom Boden hoch und war sich dabei nicht recht klar, ob dieser Körper, der Stahlwände auseinanderzerrte, nicht plötzlich auch sie beide auseinanderreißen könnte, während sie nebeneinander standen.
Der Mann stammelte zurück: »Ich bin der Gastmann, der Rastmann, der Lastmann, der Hastmann, der Fastmann, der Knastmann, der Tastmann, der Astmann, der Mastmann. Nein! Nein! Nein!«
Er wehrte sich gegen Vomacts Griff. Grosbeck und Timofeyew traten einen Schritt vor, um ihrem Chef beizustehen; da fügte der Patient sehr ruhig und klar hinzu: »Ihre Methode ist in Ordnung, Doktor, wer auch immer Sie sein mögen. Mehr Fieber bitte. Mehr Schmerz bitte. Ein wenig von dem Betäubungsmittel, um die Schmerzen abzuwehren. Sie ziehen mich zurück, Doktor. Ich weiß, daß ich auf der Erde bin. Elisabeth ist nah. Um Gottes willen, holen Sie mir Elisabeth! Aber drängen Sie mich nicht. Ich brauche Tage, viele Tage, um zu genesen.«
Der vernünftige Ton, in dem diese Worte gesprochen wurden, verblüffte sie so sehr, daß Grosbeck, ohne Vomacts Anweisungen abzuwarten, das Marternetz zu heben befahl.
Der Patient begann wieder zu stammeln: »Ich bin der

Dreiermann, der Schleiermann, der Geiermann, der Freiermann, der Leiermann, der Reihermann, der Speiermann, der Dreiermann, der Dreiermann ...« Seine Stimme verklang, und er sackte bewußtlos zusammen.
Vomact verließ die Zelle. Er schwankte ein wenig. Seine Kollegen packten ihn bei den Ellenbogen.
Er lächelte ihnen erschöpft zu. »Ich wollte, es wäre erlaubt ... Ich könnte selbst ein wenig von dem Condamin gebrauchen. Kein Wunder, daß diese Schmerznetze die Patienten aufwecken und selbst Tote in Zuckungen versetzen! Holen Sie mir irgendein alkoholisches Getränk. Mein Herz ist alt.«
Grosbeck half ihm, sich niederzusetzen, während Timofeyew den Gang entlang davonrannte, um einen medizinischen Drink zu besorgen.
Vomact murmelte: »Wie sollen wir *seine* Elisabeth finden? Es muß Millionen davon geben. Außerdem ist er von Erde Vier.«
»Sir und Doktor, Sie haben Wunder vollbracht«, sagte Grosbeck. »Sie sind unter das Netz gegangen. Sie haben sich in eine solche Gefahr begeben. Sie haben ihn zum Sprechen gebracht. Ich werde so etwas nie wieder zu sehen bekommen. Diesen Tag erlebt zu haben – das reicht für ein ganzes Menschenleben.«
»Aber was tun wir als nächstes?« fragte Vomact müde, fast verwirrt.
Auf diese Frage war keine Antwort mehr nötig.
Denn Lord Crudelta hatte die Erde erreicht.
Sein Pilot landete die Maschine und fiel vor lauter Erschöpfung noch am Steuer in Bewußtlosigkeit.
Von den Begleitkatzen, die das Raumfahrzeug in ihren Miniaturraumschiffen eskortiert hatten, waren drei tot, eine befand sich im Koma, und die fünfte raste und spuckte.
Als die Flughafenbehörden Lord Crudelta aufzuhalten

versuchten, um sich seiner Vollmacht zu vergewissern, erklärte er den Äußersten Notfall, übernahm im Namen der Instrumentalität das Kommando über die Truppen und nahm jeden fest, der sich in Sichtweite befand: mit Ausnahme des Truppenkommandanten, dem er befahl, ihn zum Krankenhaus zu fahren. Die Computer am Hafen hatten ihm gesagt, daß ein Rambo »ohne Herkunft« sich auf geheimnisvolle Weise plötzlich auf dem Rasen vor einem bestimmten Krankenhaus befunden habe.

Vor dem Krankenhaus berief Lord Crudelta sich wieder auf den Äußersten Notfall, unterstellte alle bewaffneten Männer seinem eigenen Kommando, befahl einem Aufnahmeroboter, alle seine Handlungen zu konservieren, falls man ihn später vor ein Kriegsgericht stellen würde, und nahm jeden fest, der ihm unter die Augen kam.

Timofeyew, der mit einem Drink in der Hand zu Vomact zurückeilte, wurde von dem Gestampfe der schwerbewaffneten Männer überrascht, die in Schlachtordnung heranmarschierten. Die Männer schritten zu zweit nebeneinander. Alle hatten sie Lebenshelme auf, und ihre Punktblitzer surrten.

Schwestern rannten herbei, um die Eindringlinge hinauszutreiben, und rannten zurück, als der grausame Stich der Betäubungsstrahlen auf sie herniederbrannte. Das ganze Krankenhaus war in Aufruhr.

Lord Crudelta gab später zu, daß er einen entscheidenden Fehler begangen hatte.

Unmittelbar darauf brach der Zwei-Minuten-Krieg aus.

Man muß das Wesen der Instrumentalität kennen, um zu begreifen, wie es geschah. Die Instrumentalität war eine sich selbst fortsetzende Gemeinschaft von Menschen, in der sich ungeheure Macht mit einem strengen Kodex paarten. Ein jeder von ihnen vereinte die untere, die mittlere und die höhere Justiz in sich selbst. Jeder konnte alles tun, was er als notwendig oder angemessen empfand, um die

Instrumentalität zu erhalten und den Frieden zwischen den Welten zu wahren. Aber wenn er einen Fehler machte oder etwas Falsches tat, dann war die Lage ganz anders. Jeder Lord konnte im äußersten Notfall einen anderen Lord töten, aber Tod und Schande waren ihm gewiß, wenn er diese Verantwortung auf sich nahm. Der einzige Unterschied zwischen Zustimmung und Ablehnung zeigte sich in der Tatsache, daß Lords, die im Notfall töteten und des Unrechts überführt wurden, auf eine sehr schmachvolle Liste gesetzt wurden, während jene, die andere Lords zu Recht getötet hatten (wie eine spätere Untersuchung erweisen konnte), auf eine sehr ehrenvolle Liste kamen – aber trotzdem getötet wurden.

Bei drei Lords sah es anders aus. Drei Lords bildeten einen Notrat; wenn sie gemeinsam und in gutem Glauben handelten und den Computern der Instrumentalität Bericht erstatteten, blieb ihnen Strafe erspart, wenn auch nicht Schande oder gar Rückversetzung in den bürgerlichen Stand. Sieben Lords oder alle Lords auf einem bestimmten Planeten zu einem bestimmten Zeitpunkt standen außerhalb jeglicher Kritik, abgesehen von einer feierlichen Verurteilung ihrer Taten, falls eine spätere Gesetzgebung diese als verwerflich bewerten sollte. Darin bestand die ganze Arbeit der Instrumentalität. Sie stand unter dem ewigen Wahlspruch: »Sei wachsam, aber regiere nicht; beende den Krieg, aber führe ihn nicht herbei; beschütze, aber überwache nicht; und vor allem, überlebe!«

Lord Crudelta hatte sich der Truppen bemächtigt – nicht seiner eigenen, sondern der leichten, regulären Truppen der Menschheitsregierung –, denn er befürchtete, daß die größte Gefahr in der Geschichte der Menschen von der Person ausgehen könnte, die er selbst durch den Weltraum$_3$ geschickt hatte.

Er dachte nicht im Traum daran, daß die Truppen jemals

seinem Kommando entzogen werden könnten – dieser überwältigenden Macht, die im Offenen und im Geheimen gestärkt wurde von Robotertelepathie und dem unvergleichlichen Kommunikationsnetz, gestärkt auch von Tausenden von Jahren der Betrügerei, der Niederlagen, der Geheimhaltung, der Siege und der reinen Erfahrung, die die Instrumentalität geradezu perfektioniert hatte, seit sie einst aus den Alten Kriegen heraus entstanden war.

Überwältigend, überwältigt!

Dies waren die Kommandos, deren die Instrumentalität sich vor Beginn der aufgezeichneten Zeit bedient hatte. Manchmal schalteten sie ihre Gegner mit Hilfe des Gesetzes aus, manchmal durch den geschickten, tödlichen Einsatz von Waffen und meistens, indem sie sich in anderer Leute mechanische und gesellschaftliche Führung einschalteten, ihnen ihren Willen aufzwangen, um die Führung dann so schnell wieder fallenzulassen, wie sie sie übernommen hatten.

Anders aber mit Crudeltas hastig herbeigerufenen Truppen.

Der Krieg brach aus mit einem Wechsel der Marschrichtung.

Zwei Abteilungen bewegten sich auf den Flügel des Krankenhauses zu, in dem Elisabeth lag und auf die sich endlos wiederholenden Geleebäder wartete, die ihren armen, zerrütteten Körper wiederherstellen sollten.

Die Abteilungen änderten die Richtung.

Die Überlebenden konnten für das, was geschehen war, keine Erklärung abgeben.

Sie alle bekannten sich – nachträglich – zu einer großen geistigen Verwirrung.

Damals schien es, als hätten sie den klaren, logischen Befehl erhalten, umzukehren und die Frauenabteilung zu verteidigen, indem sie ihr eigenes Hauptbataillon angriffen.

Das Krankenhaus war ein sehr massives Gebäude. Sonst wäre es niedergewalzt oder in die Luft gesprengt worden. Die Soldaten an der Spitze wandten sich plötzlich um, gingen in Deckung und richteten ihre Punktblitzer auf die Kameraden, die ihnen folgten. Die Punktblitzer reagierten auf organische Stoffe, während ihre Wirkung auf tote Materie relativ harmlos war. Gespeist wurden sie von den Kraftrelais, die jeder Soldat auf dem Rücken trug.

In den ersten zehn Sekunden dieser unerwarteten Wendung wurden siebenundzwanzig Soldaten, zwei Krankenschwestern, drei Patienten und ein Pfleger getötet. Einhundertundneun weitere Menschen wurden während dieses ersten Feuerwechsels verwundet.

Der Truppenkommandant war noch nie im Kampf gewesen, aber man hatte ihn gut trainiert. Er verteilte seine Reserven sofort vor den Gebäudeausgängen. Seinen Spezialtrupp unter dem Kommando von Sergeant Lansdale, in den er großes Vertrauen setzte, schickte er in den Keller hinunter, von wo aus er senkrecht in die Frauenabteilung aufsteigen und herausfinden sollte, mit welchem Gegner man es zu tun hatte.

Bis jetzt ahnte er noch nicht, daß es seine eigenen Truppen waren, die sich umgedreht und ihre Kameraden angegriffen hatten.

Später bezeugte er vor Gericht, daß er persönlich keinerlei geheimnisvollen Eingriff in sein Gehirn verspürt habe. Er wußte nur, daß seine Männer unerwartet auf bewaffneten Widerstand von Gegnern – undefinierbarer Identität! – getroffen waren, die mit den gleichen Waffen kämpften wie sie selbst. Da Lord Crudelta sie für den Fall des Kampfes mit einem unbekannten Feind hergebracht hatte, glaubte er, daß ein Lord von der Instrumentalität wußte, was er tat. Dies war der Gegner, und damit fertig.

In weniger als einer Minute hielten sich die beiden Seiten

das Gleichgewicht. Die Feuerlinie hatte sich geradewegs in die eigenen Reihen hineinbewegt. Die Männer, die vorn standen und von denen einige verwundet waren, drehten sich einfach um und begannen sich gegen die Männer hinter ihnen zu verteidigen. Es war, als hätte eine unsichtbare, schnell voranstrebende Linie die beiden Abteilungen der militärischen Streitkräfte zweigeteilt.

Der ölige schwarze Rauch von sich auflösenden Körpern begann die Ventilatoren zu überschwemmen.

Patienten schrien, Ärzte fluchten, Roboter stampften umher, und Schwestern versuchten, sich gegenseitig zuzurufen.

Der Krieg endete, als der Truppenkommandant sah, wie Sergeant Lansdale, den er selbst nach oben geschickt hatte, aus der Frauenabteilung heraus auf seinen eigenen Kommandanten zustürmte!

Der Offizier verlor den Kopf nicht.

Er ließ sich auf den Fußboden fallen und rollte sich zur Seite, als die Luft vor ihm unter den Strömungen aus Lansdales Punktblitzer zu erzittern begann, die jede noch so kleine Bakterie in der Luft abtöteten. An seinem Helmtelephon stellte er die Hebel auf VOLLE LAUTSTÄRKE und NUR OFFIZIERE und kommandierte in einem plötzlichen Anfall von sprühendem Mutterwitz: »Nur weiter so, Lansdale!«

Lansdales Stimme antwortete so schwach, als käme sie von einem anderen Planeten: »Wir werden diese Abteilung gegen Sie verteidigen, Sir!«

Sehr laut, aber gefaßt und ohne sich anmerken zu lassen, daß er seinen Sergeanten für geistesgestört hielt, schrie der Kommandant zurück: »Keine Aufregung. Ich bin gleich da.«

Er wechselte auf den anderen Kanal und sagte zu den Männern in seiner Nähe: »Feuer einstellen. In Deckung gehen und abwarten.«

Aus den Hörern drang ein verzweifelter Schrei.
Es war Lansdale: »Sir! Sir! Ich greife *Sie* an, Sir! Gerade ist es mir aufgegangen. Es hat mich schon wieder. Nehmen Sie sich in acht.«
Das Surren und Schnarren der Waffen hörte plötzlich auf.
Der wilde menschliche Aufruhr im Krankenhaus dauerte an.
Ein hochgewachsener Arzt trat freundlich auf den Truppenkommandanten zu und sagte: »Sie können jetzt aufstehen und Ihre Soldaten abziehen, junger Mann. Dieses Gefecht war ein Irrtum.«
»Ich habe Ihnen nicht zu gehorchen«, bellte der junge Offizier, »ich unterstehe Lord Crudelta. Er hat diese Kampftruppe von der Menschheitsregierung angefordert. Wer sind Sie?«
»Sie dürfen mich ruhig grüßen«, sagte der Arzt, »ich bin Generaloberst Vomact von der Irdischen Ärztlichen Reserve. Aber Sie sollten besser nicht auf Lord Crudelta warten.«
»Wo ist er denn?«
»In meinem Bett«, sagte Vomact.
»In Ihrem *Bett*?« schrie der junge Offizier in höchster Verblüffung.
»Im Bett. Voll bis zu den Zähnen. Ich habe ihm eine gehörige Dosis verpaßt. Er war zu aufgeregt. Ziehen Sie Ihre Männer ab. Wir werden die Verwundeten auf dem Rasen behandeln. In ein paar Minuten können Sie die Toten unten in den Kühlschränken besichtigen, mit Ausnahme derjenigen natürlich, die sich unter Volltreffern in Rauch aufgelöst haben.«
»Aber der Kampf ...?«
»Ein Irrtum, junger Mann, oder auch –«
»Oder was?« schrie der junge Offizier.
»Oder eine Waffe, von der kein Mensch je gehört hat. Ihre

Truppen haben sich gegenseitig bekämpft. Sie waren von Ihrem Kommando abgeschnitten.«

»Das habe ich gesehen«, stieß der Offizier hervor, »als ich Lansdale auf mich zukommen sah.«

»Und wissen Sie auch, was ihn überkommen hat?« fragte Vomact liebenswürdig. Er nahm den Offizier beim Arm und begann ihn langsam aus dem Krankenhaus herauszuführen. Der Offizier ging willig mit und bemerkte dabei nicht einmal, wohin er ging, so gespannt wartete er auf die Worte des anderen.

»Ich glaube, ich weiß es«, sagte Vomact. »Die Träume eines anderen Mannes. Träume, die sich in Elektrizität, Plastik oder Stein verwandeln können. Oder was sonst auch immer. Träume, die uns aus Weltraum 3 erreichen.«

Der junge Offizier nickte stumm. Das war zuviel für ihn. »Weltraum 3?« murmelte er. Genausogut hätte man ihm erzählen können, daß jene Eindringlinge aus fremden Welten, mit denen die Menschen seit dreizehntausend Jahren gerechnet hatten und denen sie nie begegnet waren, ihn draußen auf dem Rasen erwarteten. Bis jetzt war Weltraum 3 eine mathematische Idee, ein Traum der Phantasten gewesen, aber keine Tatsache.

Der Sir und Dr. Vomact fragte den jungen Mann nicht lange um Erlaubnis. Er berührte ihn leicht im Genick und spritzte ihm ein Beruhigungsmittel ein. Dann führte Vomact ihn auf den Rasen hinaus. Einsam stand der junge Offizier da und pfiff glücklich zu den Sternen am Himmel hinauf. Hinter ihm brachten die Sergeanten und Korporale die Überlebenden heraus und sorgten dafür, daß die Verwundeten behandelt wurden.

Der Zwei-Minuten-Krieg war vorbei.

Rambo träumte nun nicht mehr, daß seine Elisabeth sich in Gefahr befand. Auch im tiefen, kranken Schlaf hatte er begriffen, daß das Getrampel im Gang von bewaffneten Männern herrührte. Sein Gehirn war sofort in Verteidigungsstellung gegangen, um Elisabeth zu beschützen. Er übernahm das Kommando über die heranstürmenden Soldaten und befahl ihnen, die Haupttruppe aufzuhalten. Die Kräfte, die Weltraum3 ihm verliehen hatte, machten ihm dies leicht, obwohl er nicht wußte, daß er es tat.

»Wie viele Tote?« sagte Vomact zu Grosbeck und Timofeyes.

»An die zweihundert.«

»Und wie viele unwiderruflich Tote?«

»Die, die in Rauch verwandelt worden sind. Ein Dutzend, vierzehn vielleicht. Die anderen Toten können wir wieder hinbringen, aber die meisten von ihnen werden neue Persönlichkeitsabdrücke brauchen.«

»Wissen Sie, was geschehen ist?« fragte Vomact.

»Nein, Sir und Doktor«, riefen beide im Chor.

»Ich weiß es. Ich glaube, daß ich es weiß. Nein, ich *weiß*, daß ich es weiß. Es ist das verrückteste Ding in der gesamten Geschichte der Menschheit. Unser Patient hat es getan – Rambo. Er hat sich der Truppen bemächtigt und sie aufeinander gehetzt. Und dann dieser Lord von der Instrumentalität, der hier angerast kam – Crudelta. Ich kenne ihn seit vielen Jahren. Er steckt hinter diesem Fall. Er dachte, die Truppen seien eine Hilfe, ohne zu erkennen, daß die Soldaten den Angriff auf sich selber ziehen würden. Aber da ist noch etwas anderes.«

»Ja?« sagten sie einstimmig.

»Rambos Frau, nach der er sucht. Sie muß hier sein.«

»Warum?« fragte Timofeyew.

»Weil *er* hier ist.«

»Sie nehmen also an, Sir und Doktor, daß es sein eigener Wille war, hierherzukommen.«

Vomact lächelte das weise, listige Lächeln seiner Familie; es war so etwas wie ein Markenzeichen des Hauses Vomact.

»Ich nehme alle die Dinge als gegeben an, die ich anders

nicht beweisen kann. Erstens nehme ich an, daß er, nackt wie er war, unmittelbar aus dem Raum hierher kam, angetrieben von einer Kraft, die wir uns nicht einmal vorstellen können. Zweitens nehme ich an, daß er *hierher* kam, weil er etwas suchte. Eine Frau namens Elisabeth, die bereits hier sein muß. Wir werden sogleich unseren gesamten Bestand an Elisabeths sichten. Drittens nehme ich an, daß Lord Crudelta etwas davon wußte. Er hat uns Truppen ins Gebäude gebracht. Er begann zu toben, als er mich sah. Ich kann Hysterie auf Grund von Müdigkeit erkennen, meine Brüder, ebenso wie Sie es können, deshalb betäubte ich ihn für die Dauer eines nächtlichen Schlafes. Viertens, wir sollten unseren Mann in Ruhe lassen. Es werden noch Verhöre und Verhandlungen genug erfolgen, wenn alle diese Ereignisse ans Licht gezogen werden.«

Vomact hatte recht.

Das hatte er meistens.

Verhandlungen folgten.

Es war nur gut, daß auf der Alten Erde Zeitungen oder Fernsehnachrichten nicht mehr erlaubt waren. Die Bevölkerung wäre zu Aufruhr und Terror aufgeputscht worden, wenn sie jemals erfahren hätte, was in dem Alten Hauptkrankenhaus, westlich von Meeya Meefla, geschehen war.

Einundzwanzig Tage später wurden Vomact, Timofeyew und Grosbeck zur Verhandlung gegen Lord Crudelta vorgeladen. Ein kompletter Ausschuß von sieben Lords der Instrumentalität war anwesend, um Crudelta ein ausführliches Verhör und, wenn erforderlich, einen plötzlichen Tod zu gewähren. Die Doktoren kamen einerseits als Ärzte von Elisabeth und Rambo und andrerseits als Zeugen für den Ermittelnden Lord.

Elisabeth, vom Tod frisch wieder aufbereitet, war schön wie ein neugeborenes Baby, doch in erlesener, voller, weiblicher Form. Rambo konnte den Blick nicht von ihr wenden, aber jedesmal wenn sie ihm ihr freundliches, ruhiges und fernes kleines Lächeln zuwarf, ging ein Ausdruck der Verwirrung über sein Gesicht. (Man hatte ihr erzählt, daß sie die Seine war, aber sie hatte keine Erinnerung, weder an ihn noch an irgend etwas anderes, das vor den letzten sechzig Stunden lag, in denen man ihr die Sprache zurückgegeben hatte; und er seinerseits war noch immer gehemmt im Sprechen.)

Der Ermittelnde Lord war ein Mann namens Starmount.

Er forderte den Ausschuß der Lords auf, sich zu erheben. Er blickte Lord Crudelta feierlich an: »Ich mahne Sie, verehrter Lord Crudelta, sich vor diesem Gericht schnell und klar zu äußern.«

»Ja, Euer Gnaden«, antwortete er.

»Wir haben die allumfassende Macht.«

»Sie haben die allumfassende Macht. Ich erkenne es an.«

»Sie werden die Wahrheit sprechen oder Sie werden lügen.«

»Ich werde die Wahrheit sprechen oder ich werde lügen.«

»Sie können uns, wenn Sie wollen, mit Tatsachen belügen oder Sie können uns in Ihrer Meinung belügen, aber Sie dürfen auf keinen Fall über menschliche Beziehungen die Unwahrheit sagen. Wenn Sie trotzdem lügen, werden Sie beantragen, daß Ihr Name in die Liste der Schande aufgenommen wird.«

»Ich erkenne den Ausschuß und die Rechte dieses Ausschusses an. Ich werde lügen, wenn ich will – obwohl ich nicht glaube, daß es nötig sein wird«, und hier blitzte Crudelta ihnen allen ein müdes, intelligentes Lächeln zu, »aber zu zwischenmenschlichen Beziehungen werde ich nicht lügen. Wenn ich es doch tue, werde ich um Schande bitten.«

»Sie sind selbst gründlichst zu einem Lord der Instrumentalität geschult worden?«

»Ich bin dazu ausgebildet worden, und die Instrumentalität bedeutet mir viel. Ja, ich selbst bin die Instrumentalität, wie Sie und wie die ehrenwerten Lords an Ihrer Seite. Ich werde mich angemessen verhalten, solange ich an diesem Nachmittag lebe.«

»Glauben Sie ihm, meine Lords?« fragte Starmount.

Die Mitglieder des Ausschusses nickten mit ihren mitrabedeckten Köpfen. Sie hatten sich zeremoniell gekleidet, wie es diese Gelegenheit erforderte.

»Stehen Sie in irgendeiner Verbindung zu der Frau Elisabeth?«

Die Lords hielten den Atem an, als sie sahen, wie Crudelta erblaßte. »O Lords!« schrie er und gab keine weitere Antwort.

»Der Brauch bestimmt«, sagte Starmount unbewegt, »daß Sie unverzüglich antworten oder daß Sie sterben müssen.«

Lord Crudelta gewann seine Selbstbeherrschung zurück. »Ich antworte. Ich wußte nicht, wer sie war, abgesehen von der Tatsache, daß Rambo sie liebte. Von Erde Vier aus, wo ich mich damals befand, sandte ich sie zur Erde. Dann erzählte ich Rambo, daß man sie ermordet hätte und daß sie verzweifelt am Rande des Todes hinge und nur nach seiner Hilfe verlangte, um auf die grünen Auen des Lebens zurückzukehren.«

Starmount sagte: »War das die Wahrheit?«

»Lord und Lords, es war eine Lüge.«

»Warum erzählten Sie sie?«

»Um in Rambo die Wut zu wecken und ihm einen übermächtigen Antrieb dafür zu geben, schneller auf die Erde gelangen zu wollen als je ein Mensch vor ihm.«

Rambo stieß zwei wilde Schreie aus, die mehr dem Ruf eines Tieres als menschlichen Lauten ähnelten.

Vomact sah seinen Patienten an und fühlte, wie in ihm selbst eine große Wut aufstieg. Rambos Kräfte, in den Tiefen von Weltraum 3 geboren, begannen sich wieder zu rühren. Vomact gab ein Zeichen. Der Roboter hinter Rambo war darauf programmiert, Rambo ruhig zu halten. Wenngleich man den Roboter emailliert hatte, um ihn wie einen weißen, strahlenden Krankenpfleger erscheinen zu lassen, war er in Wirklichkeit doch ein Polizeiroboter mit weitgehenden Befugnissen. Man hatte ihn mit einer elektronischen Großhirnrinde ausgestattet, deren Basis das tiefgekühlte Mittelhirn eines alten Wolfes war. (Ein Wolf ist ein seltenes Tier, so etwas wie ein Hund.) Der Roboter berührte Rambo, der sofort in Schlaf verfiel. Dr. Vomact spürte, wie sein Ärger zerrann. Er hob leicht die Hand; der Roboter erfaßte das Zeichen und stellte die narkotisierenden Strahlungen ein. Rambo schlief jetzt ruhig; Elisabeth blickte besorgt auf den Mann, von dem man ihr erzählt hatte, daß er der ihre sei.

Die Lords hörten auf, Rambo anzustarren.

Eisig sagte Starmount: »Und warum haben Sie das getan?«

»Ich wollte, daß er Weltraum 3 durchquerte.«

»Warum?«

»Um zu beweisen, daß es möglich ist.«

»Und Sie, Lord Crudelta, wollen behaupten, daß dieser Mann tatsächlich Weltraum 3 durchdrungen hat?«

»Das tue ich.«

»Lügen Sie?«

»Ich habe das Recht, zu lügen, aber ich verspüre kein Verlangen danach. Im Namen der Instrumentalität sage ich Ihnen, daß dies die Wahrheit ist.«

Die Mitglieder des Ausschusses schnappten nach Luft. Nun gab es keinen Ausweg mehr. Entweder sprach Lord Crudelta die Wahrheit, *was bedeutete, daß alle früheren Zeiten zu Ende waren und daß für alle Arten von*

Menschen ein neues Zeitalter begonnen hatte, oder er erdreistete sich, ihnen ins Gesicht zu lügen.
Starmount selbst schlug einen neuen Ton an. Aus seiner spöttischen, ruhelosen, intelligenten Stimme klang plötzlich Liebenswürdigkeit.
»Sie behaupten also, daß dieser Mann mit nichts als seiner eigenen nackten Haut auf dem Leib von außerhalb unserer Milchstraße gekommen ist? Ohne Mittel? Ohne Macht?«
»Das habe ich nicht gesagt«, erwiderte Crudelta. »Andere Leute haben mir zu unterschieben versucht, daß ich solche Worte gebraucht hätte. Ich, meine Lords, habe während zwölf aufeinander folgender Tage und Nächte in meinem Planoformschiff den Raum durchflogen. Der eine oder andere von Ihnen mag sich an den Außenposten Quälerzähler erinnern. Nun, ich hatte einen guten Leitpiloten, und er trug mich in vier langen Sprüngen darüber hinaus, in den intergalaktischen Raum. Dort ließ ich diesen Mann. Als ich die Erde erreichte, war er schon seit etwa zwölf Tagen hier. Ich schließe daraus, daß diese Reise mehr oder weniger augenblicklich gewesen sein muß. Ich war auf dem Weg zurück zum Quälerzähler, als der Doktor diesen Mann hier vor dem Krankenhaus im Gras fand.«
Vomact hob die Hand. Lord Starmount erteilte ihm das Recht zu sprechen. »Sirs und Lords, wir haben diesen Mann nicht im Gras gefunden. Die Roboter taten es, und sie haben eine Aufnahme davon gemacht. Aber selbst die Roboter haben seine Ankunft weder gesehen noch fotografiert.«
»Das wissen wir«, sagte Starmount verärgert. »Und wie wir auch wissen, hat man ermittelt, daß in jener besonderen Viertelstunde nichts, mit welchen Mitteln auch immer, auf die Erde gelangt ist. Fahren Sie fort, Lord Crudelta. In welcher Beziehung stehen Sie zu Rambo?«
»Er ist mein Opfer.«

»Erklären Sie das genauer!«
»Die Computer fanden ihn für mich. Ich fragte die Maschinen, wo ich das größte Maß an Besessenheit finden könnte, und ich erfuhr, daß der Grad der Besessenheit auf Erde Vier besonders hoch geblieben ist, weil eben jener Planet einen beträchtlichen Bedarf an Entdeckern und Abenteurern hat, für die die Wut einen unerläßlichen Drang zum Überleben darstellt. Als ich auf Erde Vier eintraf, befahl ich den Behörden, jene Randfälle für mich herauszufinden, welche die Grenzen der erlaubten Besessenheit überschritten hatten. Sie nannten mir vier Männer. Einer war viel zu groß. Zwei waren alt. Dieser Mann hier war der einzige Kandidat für mein Experiment. Ich wählte ihn.«
»Was erzählten Sie ihm?«
»Was ich ihm erzählte? Ich erzählte ihm, daß seine Geliebte tot sei oder im Sterben liege.«
»Nein, nein«, sagte Starmount, »nicht im Augenblick der Entscheidung. Was erzählten Sie ihm zu Anfang, um ihn überhaupt zur Mitarbeit zu bewegen?«
»Ich erzählte ihm«, sagte Lord Crudelta gelassen, »daß ich ein Lord von der Instrumentalität sei und daß ich ihn töten würde, wenn er mir nicht sofort gehorchte.«
»Und im Namen welchen Brauches oder Gesetzes handelten Sie?«
»Geheimes Material«, sagte Lord Crudelta prompt. »Es befinden sich Telepathen hier, die nicht zur Instrumentalität gehören. Ich bitte Sie, diese Frage aufzuschieben, bis wir uns an einem geschützten Ort befinden.«
Mehrere Ausschußmitglieder nickten, und Starmount schloß sich ihnen an. Er wechselte die Art der Fragestellung.
»Sie haben diesen Mann also gezwungen, etwas zu tun, was er nicht tun wollte?«
»Das stimmt«, sagte Lord Crudelta.

»Warum taten Sie es nicht selbst, wenn es so gefährlich ist?«

»Meine hochverehrten Lords, es lag in der Natur des Experiments, daß der Leiter des Versuchs beim erstenmal das Risiko nicht selbst eingehen konnte. Artyr Rambo hat Weltraum 3 tatsächlich durchflogen. Zum gegebenen Zeitpunkt werde ich selbst ihm folgen. (Wie Lord Crudelta dies tat, ist eine andere Geschichte, die an anderer Stelle zu lesen sein wird.) Wenn ich gegangen und nicht zurückgekommen wäre, dann hätte dies das Ende der Weltraum 3-Versuche bedeutet. Zumindest für unsere Zeit.«

»Beschreiben Sie uns die genauen Umstände, unter denen Sie Artyr Rambo zuletzt sahen, bevor Sie sich nach der Schlacht im Alten Hauptkrankenhaus wiedertrafen.«

»Wir hatten ihn in eine Rakete der allerältesten Bauart gesetzt. Wir beschrifteten sie auch von außen, wie es die Alten taten, als sie sich zuerst in den Raum hinauswagten. Ein herrliches Stück der Ingenieurkunst und der Archäologie! Wir kopierten Schraube für Schraube die echten Modelle aus der Zeit vor vierzehntausend Jahren, als die Gagarins und Glenns sich um die Wette in den Raum hinausjagten. Die Rakete war weiß mit einem rot-weißen Gestell an der Seite. Quer darüber standen die Buchstaben IDM – nicht daß die Worte von Bedeutung gewesen wären. Die Rakete ist im Nichts verschwunden, aber der Passagier sitzt hier. Sie stieg auf von einem Feuerstuhl. Der Stuhl wurde zur Säule. Dann verschwand das Startfeld.«

»Und das Startfeld«, fragte Starmount bedächtig, »was war das?«

»Ein umgebautes Planoformschiff. Uns sind schon Schiffe im Raum zerflossen, weil sie sich Molekül für Molekül auflösten. Andere sind spurlos verschwunden. Das haben die Ingenieure hierbei verhindert. Wir nahmen die gesamte Maschinerie heraus, die für die Umsteuerung, zum

Überleben und zur Bequemlichkeit notwendig sind. Das Startfeld sollte drei oder vier Sekunden halten, nicht länger. Statt dessen taten wir vierzehn Planoformvorrichtungen hinein, die alle hintereinander funktionierten. Das Schiff würde also das tun, was andere Schiffe tun, wenn sie planoformen, nämlich eine unserer vertrauten Dimensionen fallenlassen und eine neue Dimension von unbekannter Raumkategorie dafür annehmen – aber mit einer solchen Energie, daß es dabei das, was man gemeinhin Weltraum$_2$ nennt, verläßt und in Weltraum$_3$ eindringt.«

»Und Weltraum$_3$, was haben Sie sich davon erwartet?«

»Ich dachte, daß er im Vergleich zu unserem Universum allumfassend und augenblicklich sei. Daß alles von allem gleichweit entfernt sein müsse. Daß Rambos Verlangen, sein Mädchen wiederzusehen, ihn in einer tausendstel Sekunde aus dem leeren Raum jenseits des Außenpostens Quälerzähler in das Krankenhaus versetzen würde, in dem sie sich befand.«

»Und was, verehrter Lord Crudelta, brachte Sie auf diesen Gedanken?«

»Eine Ahnung, ehrenwerter Lord, für die Sie mich gerne töten dürfen.«

Starmount wandte sich dem Ausschuß zu. »Ich glaube, meine Lords, daß Sie ihn eher zu langem Leben, großer Verantwortung, reichen Belohnungen und der Plage verurteilen werden, sein eigenes, schwieriges und kompliziertes Ich zu sein.«

Die Mitren bewegten sich sanft, und der Ausschuß erhob sich.

»Sie, Lord Crudelta, werden schlafen, bis die Verhandlung beendet ist.«

Ein Roboter berührte ihn, und er fiel in Schlaf.

»Nächster Zeuge«, sagte Lord Starmount, »in fünf Minuten.«

Vomact versuchte Rambo davor zu bewahren, als Zeuge

vernommen zu werden. Während der Pause hatte er eine heftige Auseinandersetzung mit Lord Starmount. »Ihr Lords habt mein Krankenhaus in die Luft gejagt, habt mir zwei meiner Patienten gewaltsam entführt, und nun wollen Sie sowohl Rambo als auch Elisabeth quälen. Können Sie sie nicht in Frieden lassen? Rambo ist noch nicht in der Lage, zusammenhängende Antworten zu geben, und Elisabeth kann es schaden, wenn sie ihn leiden sieht.«

Lord Starmount sagte: »Sie haben Ihre Regeln, Doktor, und wir haben die unseren. Diese Verhandlung wird Augenblick für Augenblick aufgenommen. Rambo wird nichts geschehen, falls sich nicht herausstellt, daß seine Kräfte von tödlicher Wirkung für die Planeten sind. Falls das so ist, werden wir Sie natürlich darum bitten müssen, ihn ins Krankenhaus zurückzubringen und auf angenehme Weise zu töten. Doch glaube ich nicht, daß es so kommen wird. Wir brauchen seine Geschichte, um über unseren Kollegen Crudelta urteilen zu können. Glauben Sie, die Instrumentalität könnte überleben, wenn sie nicht über eine gnadenlose innere Disziplin verfügte?«

Vomact nickte schmerzlich berührt. Er ging zu Grosbeck und Timofeyew zurück und murmelte ihnen traurig zu: »Rambo muß aussagen. Wir können nichts dagegen tun.«

Der Ausschuß trat wieder zusammen. Die Lords setzten ihre Richtermitren auf. Die Lichter im Raum erloschen, und das schicksalhafte blaue Licht der Gerechtigkeit leuchtete auf.

Der Pflegeroboter half Rambo auf den Zeugenstuhl.

»Ich mache Sie darauf aufmerksam«, sagte Starmount, »daß Sie vor diesem Gericht schnell und klar zu sprechen haben.«

»Sie sind nicht Elisabeth«, sagte Rambo.

»Ich bin Lord Starmount«, sagte der Ermittelnde Lord in schnellem Entschluß, auf die Formalitäten zu verzichten.

»Kennen Sie mich?«
»Nein«, sagte Rambo.
»Wissen Sie, wo Sie sind?«
»Erde«, sagte Rambo.
»Wollen Sie lügen oder die Wahrheit sagen?«
»Eine Lüge«, sagte Rambo, »ist die einzige Wahrheit, die Menschen miteinander teilen können, deshalb werde ich Ihnen Lügen erzählen, so wie wir es zu tun gewohnt sind.«
»Können Sie Ihre Reise erzählen?«
»Nein.«
»Warum nicht, Bürger Rambo?«
»Worte können sie nicht beschreiben.«
»Erinnern Sie sich an Ihre Reise?«
»Erinnern Sie sich an Ihren Pulsschlag von vor zwei Minuten?« entgegnete Rambo.
»Ich möchte hier kein Spiel mit Ihnen spielen«, sagte Starmount. »Wir glauben, daß Sie in Weltraum$_3$ waren, und wir wollen, daß Sie als Zeuge über Lord Crudelta aussagen.«
»Oh!« sagte Rambo. »Ich kann ihn nicht leiden. Ich habe ihn nie leiden können.«
»Wollen Sie dennoch versuchen, uns zu erzählen, was mit Ihnen geschehen ist?«
»Soll ich, Elisabeth?« fragte Rambo das Mädchen, das im Publikum saß.
Sie zögerte nicht. »Ja«, sagte sie mit fester, klarer Stimme, die durch den großen Raum hallte, »erzähle es ihnen, damit wir unser Leben wiederfinden können.«
»Ich werde es Ihnen erzählen«, sagte Rambo.
»Wann haben Sie Lord Crudelta zuletzt gesehen?«
»Als ich ausgezogen und in die Rakete eingepaßt wurde, vier Sprünge jenseits des Außenpostens Quälerzähler. Er stand unten. Er winkte mir zum Abschied zu.«
»Und was geschah dann?«

»Die Rakete stieg auf. Es war ein sehr merkwürdiges Gefühl, wie in keinem anderen Raumfahrzeug, in dem ich jemals gesessen habe. Ich wog ein Vielfaches meines eigenen Gewichts.«

»Und dann?«

»Die Maschinen flogen weiter. Ich wurde aus dem Raum heraus in mich selbst zurückgeworfen.«

»Was empfanden Sie dabei?«

»Hinter mir ließ ich die Schiffe, die Kleider und das Essen, die weiter den Raum durchflogen. Ich fuhr Flüsse hinab, die es nicht gab, Ich fühlte Menschen um mich herum, obwohl ich sie nicht sehen konnte, rote Menschen, die mit Pfeilen auf lebende Körper schossen.«

»Wo waren Sie?« fragte ein Mitglied des Ausschusses.

»Im Winter, wo es keinen Sommer gibt. In einer Leere wie in dem Kopf eines Kindes. Auf Halbinseln, die sich vom Land losgerissen hatten. Und ich *war* das Schiff.«

»*Was* waren Sie?« fragte dasselbe Ausschußmitglied.

»Die Raketenspitze. Der Rumpf. Das Boot. Ich war berauscht. Es war berauscht. Ich selbst war das Rauschboot«, sagte Rambo.

»Und wohin fuhren Sie?« nahm Starmount den Faden wieder auf.

»Wo verrückte Laternen aus idiotischen Augen starrten. Wellen von Toten aller Zeiten vor und zurück brandeten. Wo die Sterne zum Teich wurden und ich darin schwamm. Wo das Blau zu einer Flüssigkeit wird, die stärker ist als Alkohol, wilder als Musik, gewürzt vom roten, roten Rot der Liebe. Ich sah all die Dinge, von denen die Menschen immer dachten, sie sähen sie, aber ich war es, der sie wirklich sah. Ich habe phosphoreszierende Stimmen gehört und Gezeiten, die sich wie wildgewordene Rinder ihren Weg aus dem Meer herausbahnten und ihre Hufe in die Riffe hineinschlugen. Sie werden es mir nicht glauben, aber ich fand Floridas, die wilder waren als dieses hier, wo die Blumen die Haut von Menschen hatten und Augen wie große Katzen.«

»Wovon reden Sie?« fragte Lord Starmount.

»Von dem, was ich im Raum gesehen habe«, fuhr Artyr Rambo auf. »Glauben Sie es oder glauben Sie es nicht. Es ist das, woran ich mich erinnere. Vielleicht ist es ein Traum, aber es ist alles, was ich habe. Es waren Jahre, unendliche Jahre, und es war nur ein Wimpernzucken. Ich habe grüne Nächte geträumt. Ich spürte Orte, wo der ganze Horizont zu einem einzigen riesigen Wasserfall wurde. Das Boot, das ich war, begegnete Kindern, und ich zeigte ihnen El Dorado, wo die Goldmänner leben. Die Menschen, die im Raum ertrunken waren, fluteten sanft an mir vorüber. Ich war ein Boot, in dem all die verlorenen Raumschiffe still und ertrunken lagen. Seepferde, die nicht wirklich waren, begleiteten mich. Der Sommermonat kam und schlug die Sonne nieder. Ich kam an Sternarchipelen vorüber, wo rasende Himmel sich den Wanderern öffneten. Ich weinte um mich. Ich weinte um die Menschen. Ich wollte das sinkende Rauschboot sein. Ich versank. Ich fiel. Mir schien das Gras wie ein See, an dem ein trauriges Kind auf Händen und Knien ein Spielzeugboot segeln ließ, zerbrechlich wie ein Schmetterling im Frühling. Ich kann den Stolz der nie gekannten Fahnen nicht vergessen, die Arroganz der Gefängnisse, denen ich mißtraute, die schwimmenden Geschäftsleute! Dann lag ich im Gras.«

»Dies mag von wissenschaftlichem Wert sein«, sagte Lord Starmount, »aber rechtlich ist es belanglos. Können Sie uns irgendeine Auskunft darüber geben, was Sie während der Schlacht im Krankenhaus taten?«

Rambo reagierte schnell und wirkte dabei sehr klar: »Was ich tat, das tat ich nicht. Was ich nicht getan habe, das kann ich nicht erzählen. Lassen Sie mich gehen, denn ich habe genug von Ihnen, vom Weltraum, von den großen

Männern und den großen Dingen. Lassen Sie mich schlafen und lassen Sie mich gesund werden.«

Starmount bat mit einem Zeichen seiner Hand um Ruhe.

Der Ausschuß starrte ihn an.

Nur die paar anwesenden Telepathen wußten, daß sie alle, wie sie da waren, gesagt hatten: *»Ja. Lassen Sie den Mann gehen. Lassen Sie das Mädchen gehen. Lassen Sie die Ärzte gehen.* Aber bringen Sie Lord Crudelta nachher zurück. Er hat viel Ärger vor sich, und wir wollen dazu beitragen.«

Bei der Instrumentalität, der Menschheitsregierung und bei der Führung des Alten Hauptkrankenhauses ging es allen nur um Rambos und Elisabeths Glück.

Als es Rambo besser ging, kehrten viele seiner Erde-Vier-Erinnerungen zurück. Die Reise begann aus seinem Gedächtnis zu schwinden.

Als er Elisabeth kennenlernte, haßte er sie.

Dies war nicht sein Mädchen – dies war nicht seine mutige, lebendige Elisabeth der Märkte und der Täler, der verschneiten Hügel und der langen Bootsfahrten. Dies war etwas Sanftes, Süßes, Trauriges und hoffnungslos Verliebtes.

Vomact kurierte das.

Er schickte Rambo in die Vergnügungsstadt auf den Hesperiden, wo ihn unerschrockene, geschwätzige Frauen verfolgten, weil er reich und berühmt war.

Nach einigen Wochen wollte er *seine* Elisabeth, dieses merkwürdige, scheue Mädchen, das von den Toten wieder auferweckt worden war, als er mit seinen eigenen zerbrechlichen Knochen $Weltraum_3$ durchrast hatte.

»Erzähl mir die Wahrheit, Liebling«, sagte er einmal ernst zu ihr. »Hat Lord Crudelta nicht vielleicht den Unfall inszeniert, an dem du gestorben bist?«

»Sie sagen, er sei nicht dabei gewesen«, meinte Elisabeth. »Sie sagen, es sei ein echter Unfall gewesen. Ich weiß es nicht. Ich werde es niemals wissen.«

»Es ist jetzt auch unwichtig«, sagte Rambo. »Crudelta ist fort, er ist in den Sternen, wo er nach Unruhe sucht, und er wird sie schon finden. Wir haben unseren Bungalow und unseren Wasserfall, und wir haben uns.«

»Ja, mein Liebling«, sagte sie. »Uns. Und keine phantastischen Floridas.«

Er blinzelte bei dieser Anspielung auf die Vergangenheit, aber er sagte nichts. Ein Mann, der Weltraum$_3$ durchmessen hat, braucht sehr wenig im Leben, außer der Gewißheit, *nicht* in den Weltraum$_3$ zurückzumüssen.

Manchmal träumte er, er sei wieder die Rakete, die alte Rakete, die auf eine unmögliche Reise ging. Sollen andere Männer folgen, dachte er, sollen andere Männer gehen!

Ich habe Elisabeth, und ich bin hier.

Ein Nachwort des Herausgebers:

Liebe der Zukunft – Zukunft der Liebe

Angefangen hat alles 1960 mit einem Artikel im *Playboy*. Unter der Überschrift »Girls for the Slime God« (»Mädchen für den Schleimgott«) machte sich damals jemand über die junge Literaturgattung Science Fiction lustig. Er hatte einige Ausgaben des längst eingegangenen Magazins *Marvel Science Stories* ausgegraben. Dessen Redakteure wollten 1938/39 den Markt mit Geschichten und Illustrationen erobern, die Utopie mit einer gehörigen Prise Sex pfefferten – so wie man es damals verstand.
Verglichen mit dem, was heutzutage geboten wird, war das alles jedoch sehr harmlos. Deshalb sahen sich die *Playboy*-Redakteure gezwungen, ihren Artikel mit einigen grellbunten Titelbildern eigener Machart zu schmücken: Darauf rissen greuliche außerirdische Ungeheuer unschuldigen Mädchen die Kleider vom Leib und dergleichen schauerliche Dinge mehr. Außerdem garnierte man den Artikel mit den wenigen »Sex«-Zitaten, die sich in jenem SF-Magazin finden ließen*.
Über diesen *Playboy*-Erguß stolperte Cele Goldsmith, die Herausgeberin des SF-Magazins *Amazing Stories*. Amüsiert, aber auch erbost über die Gleichsetzung von Science Fiction mit Sex und Sadismus, aktivierte sie Isaac Asimov, einen der bekanntesten und beliebtesten amerikanischen Utopisten. Er setzte sich an die Schreibmaschine und verfaßte die Kurzgeschichte »Playboy and the Slime God«, worin er geschickt den Spieß umdrehte.

* Diese Episode bekommt dadurch eine pikante Note, daß Prof. Hans Giese eben jene fiktiven Titelbilder für bare Münze nahm und sie in seinem zweibändigen Sexual-Lexikon als typische Beispiele für SF-Illustrationen hinstellte.

»Playboy hat behauptet, Science Fiction bestehe nur aus Sex und Sadismus«, erklärt er dazu*. »Aber bis 1960 gab es keinen Zweig der Literatur ... der so puritanisch war wie Science Fiction ... So schrieb ich ›Playboy and the Slime God‹, indem ich dieselben Zitate wie die *Playboy*-Leute benützte, und versuchte zu zeigen, wie sich der Zusammenprall von sexinteressierten Außerirdischen und einer Erdenfrau *tatsächlich* abspielen könnte.«

Ich habe den Hergang so ausführlich wiedergegeben, weil er den Anstoß zu »Sex im All« gab und Asimovs Parodie der Kern der Anthologie darstellt (»Was man so Liebe nennt«). Zum anderen wirft er jedoch ein bezeichnendes Licht auf die utopische Literatur bzw. auf die Vorurteile, die man ihr gegenüber allenthalben noch immer hegt.

Wie Asimov treffend bemerkt, ist Science Fiction ausgesprochen puritanisch. Wenn man so will, ist sie eine Lektüre für Jugendliche, in der überwiegenden Zahl sogar für Jugendliche mit einer ausgesprochenen »Pfadfinder«-Mentalität.

Aufgerüttelt aus langjähriger Fan-Vorliebe für das utopische Genre, begann ich auf Grund der Lektüre von Asimovs Parodie nach SF-Stories zu suchen, die sich mit der Liebe, der Sexualität, dem Eros beschäftigten. Zunächst hieß es auf der ganzen Linie: Fehlanzeige. Zwar gibt es in nahezu allen diesen Geschichten einen weiblichen (sic!) Helden, aber dieser hat allenfalls die Funktion eines Gesprächspartners oder soll demonstrieren, daß man auch in der Zukunft zum Kinderkriegen weibliche Wesen braucht. (Wenngleich die Idee des Retorten-Babys selbst diesem archaischen Brauchtum den Garaus zu machen beginnt.) Nicht selten hat man auch das Gefühl, daß unter all diesen Kriegern, Geheimagenten, Weltraumpiloten, Technikern und hartgesottenen Naturwissenschaftlern die Frau mehr eine Alibi-Funktion zu erfüllen hat, damit die forcierte Maskulinität nicht überdeutlich zutage tritt und der Autor (und seine Leserschaft) nicht allzusehr in den Ruch geistigen Body-buildings kommen.

* Asimov: »Nightfall and other Stories«, New York 1969

Dem tiefenspychologisch Informierten drängen sich da Vokabeln wie »Kastrationsangst«, »Ödipus-Komplex« und »Penis-Neid« geradezu auf.
Aus meiner Erinnerung tauchte dann irgendwann der Name Philip José Farmer auf. Mit »Flesh« und »A Woman a Day« hatte er vor Jahren für einen obskuren amerikanischen Taschenbuch-Verlag ausgesprochene Pornographie geschrieben, nur eben mit futuristischem Einschlag. Die weitere Suche führte schließlich zwar nicht zu den Goetheschen »Müttern« hinab, aber immerhin zu einer Novelle mit dem Titel »Mother«.
Darin schildert Farmer die delikate Beziehung zwischen einem verwöhnten Jüngling und seiner Mutter. Durch Verlegung des Schauplatzes auf einen viele Lichtjahre entfernten Planeten konnte der Autor die Handlung zu einem Modell psychoanalytischen Denkens umgestalten: Der Held kriecht im wahrsten Sinne des Wortes zurück in einen »Uterus« (eigentlich ein fremdartiges Lebewesen), der ihn fortan umhegt und umpflegt: eine überaus drastische Darstellung des Inzest-Tabus (und nicht zuletzt ein boshafter Seitenhieb auf die Allmacht der amerikanischen Frau).
Die anderen Autoren, auf die ich nach und nach stieß, behandeln in der Regel ihr Thema weniger offenkundig anhand von Sigmunds Freuds Werken. Meist schildern sie ihre Abenteuer auch viel gegenwartsnäher. Eines fällt immerhin deutlich ins Auge: Es haben sich typischerweise nur jene SF-Autoren an utopischen Variationen der Liebe versucht, die zu den Könnern ihres Genres zählen, wenn sie es – ebenso typisch – meist auch bei ein oder zwei Versuchen beließen.
Diese Anthologie erschien erstmals 1971 mit dem Titel »Liebe 2002«. Seither wurden die Liebe, die Erotik und die Sexualität (in beliebiger Mischung) über die Erzählungen der Science Fiction doch etwas üppiger gestreut, etwa so, wie ein Gewürz (Pfeffer? Knoblauch?), dessen geschmacksverbessernde Wirkung man entdeckt hat und das man von

da an reichlich und häufig dem Essen beigibt. Wohl bekomm's, kann ich da nur sagen, auch und gerade mit den Beiträgen dieser Sammlung.
Abschließen möchte ich diesen kleinen literaturgeschichtlichen Exkurs mit einer Pointe, auf die ich erst vor wenigen Tagen gestoßen bin, beim Wiederlesen, so ganz zufällig. Wer die herrlich verrückte Abenteuergeschichte von Cordwainer Smith genossen hat, die diesen Band beschließt und abrundet, wird sich an den Namen des Helden erinnern und – wie ich – wohl ein wenig gestutzt haben: Rambo – den kennen wir doch?
Der Kassenfüller, gemimt vom Super-Macho Sylvester Stallone, trägt sicher nicht zufällig denselben Namen wie der Held in Smiths bizarrer Weltraum-Lovestory. Auf welch verschlungenen Wegen Rambo allerdings aus der SF-Novelle der 60er Jahre (1963 unter dem Titel »Drunkboat« in »Amazing Stories« erstveröffentlicht) auf die Leinwand (und in den Vietnamkrieg) geraten ist, darüber kann man nur spekulieren. Zufall ist das jedenfalls nicht, dazu sind die beiden Helden, vom Namen mal ganz abgesehen, sich doch viel zu ähnlich. Des Rätsels Lösung dürfte wohl sein, daß Stallone, wie viele Amerikaner, eben auch Science Fiction gelesen hat, denke ich mir jedenfalls.
Aber wie Smith zu seinem Rambo kam, das ist inzwischen genau bekannt. Dieser »Artyr Rambo« hat zu seinem Namensvorbild keinen Geringeren als den französischen Dichter Arthur Rimbaud. Schon der Titel der Novelle deutet es an: »Das trunkene Schiff« war genau der Titel auch von Rimbauds berühmtesten Versepos (»Le bateau ivre«, 1871). Seltsam und verschlungen sind die Wege der Literatur!
Doch verabschieden möchte ich mich mit einem Zitat des Menschen- und Literaturkenners Sigmund Freud. Der schrieb 1905, mitten im prüdesten Wien, in seinen »Drei Abhandlungen zur Sexualtheorie«: »Wenn wir unter Verzicht auf unsere Leiblichkeit als bloß denkende Wesen, etwa von einem anderen Planeten her, die Dinge dieser Erde frisch

ins Auge fassen könnten, so würde vielleicht nichts anderes unserer Aufmerksamkeit mehr auffallen, als die Existenz zweier Geschlechter unter den Menschen, die einander sonst so ähnlich, doch durch die äußerlichsten Anzeichen ihre Verschiedenheit betonen.«

E. T. und Alien lassen grüßen!

München, im November 1986 *Jürgen vom Scheidt*

Quellenverzeichnis

Isaac Asimov, »Was man so Liebe nennt« erschien im März 1961 in »Amazing Stories« (»Playboy and the Slime God«, später: »What is this Thing called Love?«)

Aus dem Amerikanischen von Gisela Stege

J. G. Ballard, »Technische Spielerei« (»Track 12«) wurde erstmals 1958 in »New Worlds Science Fiction« veröffentlicht

Aus dem Englischen von Dagmar Türck-Wagner

Alfred Bester, »Das Leben ist auch nicht mehr, was es einmal war« (»They don't make Life like they used to«) erschien 1963 in »The Magazine of Fantasy and Science Fiction«

Aus dem Amerikanischen von Gisela Stege

Catherine Cliff, »Halsband und Leine« (»La chaine et le collier«) erschien erstmals in dem Magazin »Fiction«

Aus dem Französischen von Elke Kamper

Alain Dorémieux, »Vana« (»La Vana«) erschien erstmals in dem französischen SF- und Fantasy-Magazin »Fiction«

Aus dem Französischen von Elke Kamper

Philip José Farmer, »Mutter« (»Mother«) erschien April 1953 in »Thrilling Wonder Stories«

Aus dem Amerikanischen von Gisela Stege

James Gunn, »Die gutgebauten Mädchen« (»The Girls who were really built«, ursprünglich »Neosho's Choiciest«) erschien 1958 in »Fantastic«

Aus dem Amerikanischen von Dr. Robert Bergmann

Damon Knight, »Flachmann vom Antares« (»To the Pure«) erschien erstmals 1965
© Royal Publications
Aus dem Amerikanischen von Gisela Stege

Thomas Landfinder, »Die größte Liebe« wurde eigens für die »Liebe 2002«, die Originalausgabe von »Sechs × Sex im All«, geschrieben
© Verlag Bärmeier & Nikel

Fritz Leiber, »Der letzte Brief« (»The last Letter«) erschien 1958 in »Galaxy Science Fiction«
© Galaxy Publications
Aus dem Amerikanischen von Dagmar Türck-Wagner

Frederik Pohl, »Liebesspiele« (»Making Love«) erschien 1966 in »Playboy«
© HMH Publishing
Aus dem Amerikanischen von Gisela Stege

Robert Silverberg, »Braut einundneunzig« (»Bridge 91«) erschien im September 1967 in »If«
© Galaxy Publishing
Aus dem Amerikanischen von Dr. Rudolf Bergmann

Cordwainer Smith, »Das trunkene Schiff« (»Drunkboat«) erstmals veröffentlicht 1963 in »Amazing Stories«
© Ziff Davis Publishing
Aus dem Amerikanischen von Dagmar Türck-Wagner

Kurt Vonnegut, »Willkommen im Affenhaus« (»Welcome to the Monkey House«) erschien 1968 in »Playboy«
© HMH Publishing
Die Übersetzung aus dem Amerikanischen von Kurt Wagenseil wurde freundlicherweise vom Verlag Hoffmann und Campe zur Verfügung gestellt.